산과 삶과 사람과 3

경상도의 산

산과 삶과 사람과 3

경상도의 산

발 행 | 2022년 02일 22일
저 자 | 장순영
펴낸이 | 한건희
펴낸곳 | 주식회사 부크크
출판사등록 | 2014.07.15.(제2014-16호)
주 소 | 서울특별시 금천구 가산디지털1로 119 SK트윈타워 A동 305호
전 화 | 1670-8316
이메일 | info@bookk.co.kr

ISBN | 979-11-372-7513-3
www.bookk.co.kr

글머리에

산이라는 이름의 공간, 거기서도 가장 높은 곳, 제가 그곳에 오르는 이유는 결코 그보다 높아지기 위해서가 아니었습니다. 그 높고도 웅장함 속에서 저 자신이 얼마나 낮고 하찮은 존재인지를 깨닫기 위함이 맞습니다.

그럼에도 그곳에서 내려와 다시 세상에 들어서는 순간 저는 거기서 얻었던 가르침을 까맣게 잊고 맙니다. 산과 함께 어우러져 세상 시름 다 잊는 행복감이 가물거리다 사라질 즈음이면 또다시 배낭을 꾸리게 됩니다.

시시때때로 자연의 위대함을 되뇌고 교만해지려 할 때 인자요산仁者樂山의 귀한 의미를 새기며 거기로부터 충분한 에너지를 받을 수 있었기에 감사한 마음으로 산에서의 행보를 기록해왔습니다.

얼마 전 갤럽은 우리나라 국민의 취미 생활 중 으뜸이 등산이라는 조사 결과를 발표했습니다. 주말, 도봉산역이나 수락산역에 내리면 그 결과에 공감할 수밖에 없을 것입니다.

그처럼 많은 등산객이 오늘 가는 산에 대하여 그 산의 길뿐 아니라 그 산에 관한 설화, 그 산에서 일어났던 역사적 사실, 그 산과 관련된 다양한 문화와 정보를 알고 산행하면 훨씬 흥미로울 거라는 생각이 들었습니다.

'산과, 삶과 사람과'는 그러한 취지를 반영하고 그 산에서의 느낌을 가감 없이 옮겨놓은 글과 그림들의 묶음입니다.

일부 필자의 사견은 독자 제현의 견해와 다를 수도 있다는 걸 알면서도 굳이 에둘러 표현하지 않았습니다. 다르다는 게 옳고 그름의 가름이 아니기에.

강원도, 경기도, 경상도, 전라도, 충청도의 5도에 소재한 산들을 도 단위로 묶어 감히 다섯 권의 책으로 꾸며 세상에 내어놓는 무지한 용기를 발휘한 것은 우리나라의 수많은 명산을 속속 들여다보고 동시에 이 산들이 주는 행복을 세세하게 묘사해보고 싶었기 때문입니다. 산이 삶의 긍정으로 이어지고 사람과의 인연을 귀하게 해준다는 걸 표현해내고 싶었습니다.

김병소, 김동택, 박노천, 박순희, 유연준, 유호근, 윤선일, 윤창훈, 이남영, 임영빈, 장동수, 최동익, 최인섭, 황성수, 홍태영, 강계원 님 등 함께 산행해주신 횃불산악회 및 메아리산방 산우들께 진정으로 감사드립니다.

이 미진한 기록이 돌다리처럼 단단한 믿음으로,
햇살처럼 따뜻함으로,
순풍처럼 잔잔함으로,
들꽃처럼 강인함으로,
별빛처럼 반짝이는 찬란한 빛으로……
그런 계기가 된다면 얼마나 기쁜지 모르겠습니다.

장 순 영

산과 삶과 사람과 3

경상도의 산

<차 례>

37년 넘도록 감춰두었던 비경, 가야산 만물상

숱한 바위와 바위를 감싼 녹지대는 갈색으로 채색되면서도
바위와의 밀착을 소홀히 하지 않는다.
길게 이어지는 계단처럼 안전을 위한 인공시설물이 무척 많은데도
순수한 자연의 품격을 떨어뜨리지 않는다.

경상남도 합천군과 경상북도 성주군의 경계에 자리한 가야산伽倻山이지만 합천 해인사의 명성이 워낙 커서 가야산 또한 합천에 있는 산으로 아는 사람들이 많을 것이다.

1966년에 해인사 일원이 사적 및 명승 제5호로 지정된 바 있고 1972년에는 국립공원으로 지정하였다. 예로부터 수려하고 아름다운 경관을 자랑하는 가야산은 해동 10승지 또는 조선 8경으로 그 이름을 높여왔다.

선사시대 이래 산악신앙의 대상지이자 고려 팔만대장경을 간직한 해인사를 품에 안은 불교 성지로서, 그리고 선인들의 유람과 수도처로서 민족 생활사가 살아 숨 쉬는 명산이자 영산으로 존재해왔다.

가야산이 있는 합천, 고령 지방은 1~2세기경에 발원한 대가야국의 땅이었던 까닭에 가야산이라는 이름을 얻게 되었다고도 하고, 인도 불교 성지 부다가야Buddhagaya 부근 부처의 주요 설법처로 신성시되는 가야산에서 이름을 가져

왔다는 설도 있다. 어쨌든 이 지역은 축복받은 땅으로 높이 평가받고 있다.

조선 후기 인문지리학 연구의 선구를 이루었던 이중환이 택리지擇里志에서 '가야산 바깥 가야천 연변은 논이 대단히 기름져 한 말의 씨를 뿌리면 소출이 120~130 두나 되며 아무리 적더라도 80두 아래로는 내려가지 않는다. 그리고 물이 넉넉하여 가뭄을 모르고 밭에는 목화가 잘되어서 이 곳을 의식衣食의 고장이라 일컫는다.'라고 언급하였다.

37년 8개월 만에 개방한 불꽃 바위 만물상

경북 성주군 수륜면 백운리에 있는 백운동 탐방지원센터에 버스가 도착한 건 새벽 4시가 조금 넘어서였다.

가야산이 국립공원으로 지정된 이후 탐방 금지구역으로 묶여있던 절경의 만물상 구간이 37년 8개월 만인 2010년 6월 12일에 개방되었다.

많은 산악회가 그 사실을 알리면서 등산객들에게 만물상에 대한 호기심을 자극했다. 등산객들 또한 만물상에 대한 구미가 당겨 가야산에는 탐방객들이 더 많아졌다.

개방 이듬해 가을, 역시 들뜬 마음으로 만물상이 있는 가야산을 찾았다. 친구 동은이와 함께이다. 금요일 밤 11시경 서울에서 출발하는 산악회 버스에 타서는 울렁이는 속을 쓸어내렸다.

네 번째의 가야산행이지만 미답지인 만물상을 간다는 건 속을 울렁이게 하는 충분한 이유가 된다. 산은 늘 거기 있는데 그 산은 초인종을 울리며 내게 들어온다. 순간 산의 유전자와 나의 그것이 일치한다. 그리고 동화된다.

야생화 전시관을 지나 탐방안내소 맞은편 들머리에 발을 들여놓을 때는 아직 어둠이 걷히지 않은 시각이라 헤드 랜턴을 착용하였다. 아침 식사를 챙겨 먹느라 함께 버스를 타고 온 일행들을 놓쳐버렸다. 덕분에 요란스럽지 않게 친구와 오붓한 새벽 산행을 시작하게 된다.

두 군데의 탐방로 입구가 있는데 용기골 탐방로가 아닌 만물상 탐방로 입구로 들어선다. 초입부터 급한 돌계단 오르막이다. 랜턴 불빛에 가야산을 휘감는 가을 기운이 어찌나 생기 넘치는지 형상을 지닌 물체처럼 비친다.

"가야산은 새벽 공기도 일품이지."

처음 가야산을 방문한 동은이한테 아는 척하며 긴장을 풀어준다. 우측으로 어슴푸레 능선이 보이기 시작한다. 이미 동편의 첩첩 산들 너머로 붉고 노란 서기가 깔리면서 가야산의 가을이 시나브로 지적이고도 매력적인 자태를 드러낸다. 그리고 조금 더 올라 왼쪽 아래로 심원사가 모습을 드러냈다. 이제 헤드 랜턴은 필요 없다.

둥글고 찬란한 태양이 머리부터 빛을 발하더니 빠른 속도로 치고 올라온다. 산에서의 해맞이는 스위치를 올리면 바로 켜지는 불빛이 아니라 차분하면서도 빠른 걸음으로 달려와 품에 안기는 모습이다.

오늘의 해가 솟는 가야산에서의 일출 광경이 온몸에 전율을 일으킨다. 박동 심하게 울리는 벅차고도 벅찬 새벽이다. 일출의 끝을 보며 친구 동은이도 무언가 소망을 비나 보다.

"하늘이시여! 친구의 소망이 무어든 꼭 들어주시옵소서."

바위에 올라서서 크게 바람을 들이마시고 내려다보는 발아래 백운리 마을이 소담스럽다. 역시 산을 병풍 삼고 바람막이 삼은 산 아랫마을들은 하나같이 안정감 있고 평온하다.

"이제부터 자네들에게 많은 걸 보여주겠네."

수림 사이로 많은 바위가 줄을 잇고 반대편으로는 굴곡 심한 마루금이 선명하여 가야산은 이제부터 더 많은 것들을 보여주려 하는 게 느껴진다.

아니나 다를까, 만물상이 시야에 들어오고 왼쪽으로 상아덤부터 요철凹凸 심하게 굴곡으로 이어진 바위들이 하얀 구름 아래로 두꺼운 근육을 뽐내고 있다. 구름이 많아 햇살이 들락거리지만, 가야산은 그래서 더욱 운치 있다.

설악산과 북한산을 버무려놓은 모습이랄까. 험준한 구간에 들어서면서 안전을 위한 데크와 긴 계단이 눈에 띄는데 가야산에서는 그러한 인위적 시설물마저도 주변 풍광과 조화롭게 어우러진다.

만물상 탐방로는 초입부터 경사도가 심할 뿐만 아니라 오르막과 내리막을 일곱 번이나 반복해야 하는 험준한 구간이라고 들었다. 더불어 가야산 최고의 경관을 자랑하는 구간이라고도 하기에 더욱 쿵쾅거리는 가슴으로 만물상에 진입하는 중이다.

나아가는 길이 가파른 바위 비탈이라 쉴라치면 그때마다 뒤돌아 곳곳을 둘러보게 된다. 앞만 보고 오르다가 언제 저 멋진 곳을 모르고 지나쳤나 싶은 곳이 만물상이다. 만 개의 형상을 두루 살피려면 발만큼이나 눈도 바빠진다.

숱한 바위와 바위를 감싼 녹지대는 갈색으로 채색되면서도 바위와의 밀착을 소홀히 하지 않는다. 길게 이어지는 계단처럼 안전을 위한 인공시설물이 꽤 많은데도 순수한 자연의 품격을 떨어뜨리지 않는다.

역사적으로나 현실에 처해서나 산은 피치 못할 사정으로 현실도피의 장소가 되기도 한다. 도피처인 산속에서 생활하는 동안 새로운 철학과 인생관을 지니게 되어 초월의 깨우침을 얻는 때도 있고, 도피 의식을 미화하여 탈속을 도모하는 때도 있었을 것이다.

경우가 어떠하든 산에서는 한쪽으로 치우치지 않고 사람과 산이 서로 교감하면서 산 아래에서의 현실보다 승화된 삶을 영위하기도 한다.

현실도피와 은인자중의 장소로 산을 찾아 마침내 새로운 정신적 경계를 개척한 인물로 신라 때의 고운 최치원을 들 수 있을 것이다.

사람들이 치원대 혹은 제시석이라고 칭하는 이곳의 바위에 남긴 시를 되뇌노라면 여기 가야산이 얼마나 심산유곡인지를 인식하며 고개를 끄덕이게 된다.

사나운 물결이 뭇 돌에 부딪쳐 산봉우리를 울리니
사람의 말은 지척이라도 분간할 수 없구나.
늘 세상의 시비가 들려올까 염려하여
짐짓, 물이 온통 산을 감싸 흐르게 하였도다.

신라 말, 당나라에서도 이름을 떨친 최고의 문장가는 귀국해서도 엄격한 골품제를 따랐던 신라에서 6두품에 불과해 뜻을 펼치지 못하였다. 세상을 등지고 가야산으로 들어온 최치원의 마음이 짙게 배 있는 것도 같다.

이후 최치원은 시 한 수와 갓과 신만 남겨놓은 채 홀연히 사라졌다고 한다. 사람들은 당대의 천재가 신선이 되어 유유자적 가야산을 소요할 거라고 회자했다. 해인사 인근 여관촌이 있는 치인리도 최치원의 이름을 딴 치원리에서 비롯된 명칭이라고 한다. 혹여 천재의 실루엣이라도 비칠까 싶어 두루두루 멀리 내다보는데 그리움릿지 능선과 그 오른쪽으로 해탈바위가 아득하게 눈에 들어온다.

길을 이어 돌고 돌면 또 바위를 끼고 돌게 된다. 37년이 넘도록 감춰졌던 비경이다. 수고롭지 않고서야 어찌 그러한 비경을 접할 수 있겠는가.

'경상도에는 석화성石火星이 없다. 오직 가야산만이 뾰족한 돌이 줄을 잇달아서 불꽃 같으며, 공중에 따로 솟아 극히 높고 빼어나다.'

택리지에 우리나라의 산을 돌산과 토산으로 구분하고 화강암으로 이루어진 가야산 돌산 봉우리를 예찬한 글이다. 이중환의 지리학은 오늘날 현대 지리학적인 관점에서도 실생활에 손색없이 참고된다는 점에서 높이 평가받고 있다.

그의 지리학에 대한 평생의 성과를 집대성한 택리지에서 언급하였기에 화강암과 화강편마암으로 이루어진 가야산의 바위들은 더더욱 그 형세마저 극도의 멋을 자아낸다. 그렇게 불꽃처럼 이어진 바위 군락의 중심인 제단바위에 이르러 그 후방에서 보이는 곳곳을 마구 끌어당겨 카메라에 담는다. 일품의 전망장소이자 쉼터라 할 수 있다.

“어휴, 저길 오른단 말이야?”

저 절벽 꼭대기의 바위에 사람이 있지 않으면 어찌 저길 오를 수 있다고 생각할까. 산세나 분위기는 매우 다르지만, 설악산의 공룡능선처럼 혹은 북한산 의상능선처럼 바위 꼭대기마다 앞서간 사람들이 서 있어서 반갑다. 우리 역시 거기에 발 디디고 설 수 있으므로.

긴 계단을 올라 지나온 불꽃 바위 지대 만물상을 돌아보는 건 행복이자 아쉬움이다. 막 먹어 치운 아이스크림처럼 여운을 남게 한다. 행복의 여운을 담고 상아덤으로 향한다. 가야산은 그곳의 경관이 눈에 띌 때마다 걸음을 빨리하게 만든다.

천하절경의 기암 봉우리, 가망 사백 리 성봉 상아덤

지금까지의 바위 군락과는 확연히 틀린 숲길을 통해 올라서서 바라본 상아덤 일대 역시 멋진 풍광으로 어서 오라고 손짓한다. 칠불봉을 포함해 정상 일대도 운무를 걷어내고 파란 하늘을 이고 있다.

“와! 이걸 못 봤더라면.”

돌아본 수석 전시장 만물상은 거대한 바위 열차처럼 끝도 없이 칸을 잇고 있다. 산을 좋아하는 사람이 여기 만물상을 보지 못한 채 어떤 이유로든 산행을 중단했다면 그건 아쉬움을 넘어 불운이란 생각까지 드는 것이다.

상아덤으로 오르려면 봉우리를 두어 번 넘어야 하는데 헤아릴 수 없을 정도로 많은 계단을 오르게 된다. 올라와 숨을 고르면서 첩첩산중을 살피다가 실금처럼 가느다란 팔공산 마루금을 눈에 담게 된다. 가야산에서 팔공산을 가늠한다는 게 반갑기 그지없다. 멀리 지방에 와서 친숙한 지인을 만난 기분이다.

가야산에서 가장 아름다운 만물상능선과 이어져 천하절경의 산행로를 꾸미는 기암 봉우리 상아덤은 서장대라고도 불리는데 상아덤이 본래의 이름이라고 한다.

용기골에서 정상에 오르는 성터에 우뚝 솟아 400리를 내다볼 수 있는 가망사백리可望四百里 성봉聖峰이라고 안내판에 소개하고 있다. 이어지는 상아덤의 역사 유래가 읽을 만하다. 상아孀娥는 여신을 일컫는 옛말이며 덤은 바위를 말한다. 여신이 사는 바위란 뜻인데 그 여신이 바로 가야산 산신인 정견모주正見母主라고 한다.

신라 말 최치원이 지은 '석순응전'에 나오는 이야기다.

"천신이시여! 저한테 힘이 부족합니다. 우리 백성들을 평안하게 다스릴 힘을 주십시오."

가야국 백성들이 우러러 받든 산신 정견모주가 상아덤에서 밤낮없이 하늘을 향해 기도했다.

"내가 쭉 지켜보았는데 참으로 절실한 심정으로 기도하는구나. 게다가 미색까지 출중한 산신이로다."

그녀의 기도에 감복한 천신 이비하夷毗訶가 오색구름 수레를 타고 상아덤으로 내려왔다.
그리고 얼마 지나지 않아 산신과 천신 사이에 두 아들이 태어난다. 큰아들은 대가야의 첫째 왕인 이진아 시왕이고 둘째 아들은 금관가야의 수로왕이다.

"여기가 그런 곳이었어? 백성의 평안을 위해 빌었는데 왜 애가 생긴 거야?"
"그 두 아들이 가야국을 평안하게 다스려졌겠지."

천신과 산신의 밀회 장소이자 가야산 최고의 능선에서 가야의 전설을 더듬고는 서성재로 향한다. 가야산성 서문에 해당하는 고개인 서성재로 내려서는 길은 커다란 바위들을 땅에 박아 걷기 좋게 정비했다.

널찍한 쉼터에 서성재 지킴 터라고 적힌 작은 초소가 있다. 만물상 코스와 용기골 코스가 이곳 서성재에서 합류한다. 백운동 들머리에서 3.6km, 칠불봉까지 1.2km 남은 지점이다. 산행을 원점으로 회귀할 경우엔 지금처럼 만물상으로 올라 정상을 다녀와서 여기 서성재에서 용기골 방향으로 하산로를 잡으면 수월할 듯하다.

완만한 숲길이 이어지다가 경사 급한 너덜 돌길과 가파른 철제 계단을 오르며 보게 되는 경고문구들이 으스스하다. 낙뢰 주의, 미끄럼 주의, 추락 주의, 근육경련, 탈진 주의 등등. 그만큼 버겁게 올라왔음을 주지 시켜 자신을 스스로 재점검하라는 의미일 것이다.

산행은 언제 불시에 다가올지도 모를 1%의 불운에 대비해야 한다. 신체 에너지를 잘 관리하여 상황에 맞는 체온을 유지하여야 하고 적절한 비상식량으로 허기가 몰리기 전에 행동식을 섭취할 수 있도록 해야 하며, 땀 흘린 걸 보충할 수 있는 수분을 섭취하여야 한다.

여기서 물도 마시고 신발 끈을 조여 맨 다음 다시 길을 재촉한다.

역시 명산이요, 성산이로다

옆에서 보기에 바위 절벽 같은 칠불봉에도 계단이 놓여있다. 계단 끄트머리에는 벌거벗은 두 그루의 나무가 가지를 추켜올려 수고했다고 치하해준다.

가야국 김수로왕이 인도의 아유리국 공주 허황옥과 결혼하여 열 명의 왕자를 두었는데 큰아들이 왕위를 계승하여 김씨의 시조가 된 '거등'이고 둘째, 셋째는 어머니의 성을 따라 허許 씨의 시조가 되었다고 한다.

천신과 산신 정견모주의 둘째 아들이면서 경남 김해 지방을 중심으로 낙동강 유역에 있었던 가락국의 태조이자 김해 김씨 시조인 김수로왕은 인도 갠지스강 상류 아유타국의 공주 허황옥을 왕비로 맞아들인다.

얼마나 금슬이 좋았는지 무려 10남 2녀를 두었다. 큰아들이 왕위를 계승하여 김 씨의 시조가 된 거등巨燈이고 둘째 석錫, 셋째 명은 어머니의 성을 따라 김해 허許 씨의 시조가 되었다.

"저희들은 외삼촌따라 갈랍니다."

나머지 일곱 왕자는 외삼촌인 인도 스님 장유보옥長遊寶玉 선사를 따라 출가하였다. 서기 101년, 운상원雲上院이라는 절을 짓고 3년간 수도한 후 도를 깨달아 생불生佛이 되었다.

운상원은 일곱 왕자가 모두 성불하자 칠불사라 고쳐 부르게 된다. 가야산의 힘차고 또 강직하게 솟은 칠불봉 밑에 칠불암 터가 있다는 설화가 생겨났다. 신동국여지승람에 표기된 내용이다.

"우리 일곱 애들이 모두 성불하였다네요."
"경사났네. 경사났어. 가서 축하해줍시다."

가락국 김수로왕과 허왕후는 일곱 왕자가 마침내 성불하였다는 소식을 듣고 칠불사를 찾았다.

"일국의 왕일지라도 면회를 할 수 없습니다."

그러나 엄한 불법으로 허왕후조차 선원 출입을 막았다.

"아들들아! 들여보내 주지 않는구나. 너희들이 나오면 안 되겠니."

여러 날을 선원 밖에서 기다리던 허왕후는 성불한 아들들의 이름을 차례로 불렀으나 모습은 보이지 않고 목소리만 들려왔다.

"우리 칠 형제는 이미 출가하고 성불하여 속인을 대할 수 없으니 그만 돌아가세요."
"제발 얼굴 한 번만이라도 보고 돌아가게 해주렴."

허왕후는 아들들의 음성만 들어도 반가웠으나 한 번만이라도 얼굴을 보고 싶다고 간청하였다.

"정 그러시면 선원 앞 연못가로 오세요."

허왕후가 연못 주변을 아무리 둘러봐도 일곱 아들을 찾을 수 없었는데 연못 속을 들여다보니 성불한 금빛 색깔의 일곱 왕자가 합장하고 있었다.

"아아, 여기에들 있었구나."

그 모습에 감동한 것도 잠깐, 한번 사라진 일곱 왕자는 두 번 다시 나타나지 않았다. 그런 일이 있고 난 후 이 연못은 영지影池라 불렸다.

"형제가 열 명이나 되는데도 권력다툼이 없었을까."
"동생들이 얼마나 너그러웠으면 권력 욕심을 버리고 생불이 되었겠어."

당시에는 권력을 쥐는 것 못지않게 수도의 길을 걷는 것에 생의 의미를 부여했던 것 같다. 어떻게 보면 그 당시에 삶의 철학이 더 높은 차원의 이상세계였던 듯싶다.

내려놓거나 비움에 대한 관념이 지금 자기 계발에 국한된 시대와는 많이 다른. 가야국 이후 삼국시대에도 그런 일이 종종 있었다.

'산의 형세는 천하절경 중 제일이다.'

고기古記에서 극찬한 표현에 수긍하게 된다. 오대산, 소백산과 더불어 왜적의 전화를 입지 않아 화재, 수재, 풍재의 삼재가 들지 않는다는 가야산답다. 칠불봉에서 사방 둘러보니 역시 성산이라는 칭호가 무색하지 않다. 지리산을 맨 뒤로 첩첩 겹친 산그리메의 조망은 덕유산이나 지리산에서 보는 풍광에 떨어지지 않는다.

다른 곳에서 가야산을 볼 때도 멋지기는 마찬가지다. 금오산, 팔공산 혹은 비슬산 어딘가에서 가야산은 한 송이 연꽃처럼 보이기도 하다가 겹겹 솟은 봉우리 아래로 하얀 구름이 깔리면 둥둥 섬이 떠 있는 바다가 된다. 거기서 가야산을 보노라면 거대한 선박의 항해사가 된 기분이다.

주봉인 상왕봉이 소의 머리를 닮았다 해서 우두봉牛頭峯으로 불리기도 하는데 200m 떨어진 칠불봉에서 보니 그런 것도 같다.
칠불봉에서 내려와 상왕봉으로 걷는데 성주에서 합천으로 건너가는 접점 지역에 여기부터 해인사 경내지이며 사적지, 명승지인 문화재 구역이라는 팻말이 세워져 있다. 대한불교 조계종 12교구 본사인 해인사의 소유지가 얼마나 큰가를 짐작하게 해 준다.

"아무리 봐도 칠불봉이 상왕봉보다 더 높은 것 같지 않은가 말이야."

성주경찰서에 새로 부임한 서장이 가야산을 자주 산행하던 중 의문을 품었다. 성주군에 속한 칠불봉이 더 높다며 국토지리정보원에 가야산 최고봉을 가리자며 실측을 요청하였다. 그동안 상왕봉이 더 높다는 전제하에 합천 가야산으로 불렸으나 칠불봉이 더 높다면 성주 가야산으로 일컬어야 한다는 주장이다.
정밀측정에 나선 결과 칠불봉이 더 높은 것으로 측정되었다. 이로써 가야산은 성주의 소유로 기울어지는 듯했으나 경북과 경남, 성주와 합천 간에 논란이 지속하였어도 바뀐 건 아무것도 없었다.

칠불봉이 고도 상 가야산 최고봉이란 걸 확인하기는 했지만, 상왕봉이 여전히 주봉으로 대접받고 있으며 합천이 가야산의 주인 명패를 달고 있다. 정밀한 과학 계측도 이어져 온 관행과 역사를 뒤바꿀 수는 없었다.

"성주경찰서장의 노력이 물거품이 되고 말았어."

가야산국립공원과 합천군에서는 상왕봉을 주봉으로, 성주군에서는 칠불봉을 주봉으로 표기하고 있는데 실제 최고봉은 칠불봉(해발 1432.4m)이지만 상왕봉(해발 1430m)을 가야산 주봉으로 보는 정설은 그예 깨지지 않았다. 성주는 최고봉의 소유권자임을 확인하고 만물상을 개방한 것에 만족해야 했다.

이정표나 지도에는 상왕봉이라고 표기되었는데 정상석에는 우두봉이라고 적혀있고 이 지역이 합천군에 속하는 것임을 명백히 못 박았다. 상왕봉의 상왕은 열반경에서 모든 부처를 의미하는데 결국 가야산이라는 명칭은 이 지방의 옛 지명과 산의 형상, 산악신앙 및 불교 성지로서의 다양한 의미를 함축한 것이다.

상왕봉 꼭대기에는 움푹 팬 샘이 있으며 그 샘에 고인 물은 얼어붙었다. 건강한 소의 코에서 늘 땀이 흐르듯 물이 마르지 않는다는 가야 우비정牛鼻井이다. 가야 19명소 중 하나인 우비정을 읊은 시구를 옮겨본다.

우물이 금우金牛의 콧구멍 속으로 통해 있으니
하늘이 신령스런 물을 높은 산에 두었도다.
혹 한번 마신다면 청량함이 가슴속을 찌르니
순식간에 훨훨 바람타고 멀리 날아가리라.

그리 청량해 보이지 않는 우비정의 샘물 대신 물병을 꺼내 갈증을 씻고 정상을 떠난다.

"상왕이시여! 다시 뵐 때까지 부처로서의 품격을 유지하시고 옥체 상하지 않기를 바랍니다."
"그리하겠네. 경도 조심해서 하산하게나."

이제부터는 하산길이다. 하도 많이 올라와서 그런지 하늘에서 내려서는 기분이다.

가야산 꼭대기에 신령한 곳 있으니
개울물은 차갑고 초목은 무성하도다.
혹 구름에다 지극히 정성을 다하면
패연沛然히 뇌우가 산봉우리에서 일어나도다.

정상 바로 아래의 봉천대奉天臺를 노래한 글이다. 하늘에 기우제를 지내던 암봉 봉천대도 가야 19명소에 속한다. 정상에서 벗어나자 완만한 경사의 편안한 길이 이어진다. 격하게 소란스러운 마음으로 올라왔다가 차분하게 가라앉은 마음으로 내리막길을 딛게 된다.

가야산과 해인사의 각별하고도 엄청난 시너지

초라한 몰골의 석조여래입상을 보게 되는데 목 부분이 잘렸고 발과 대좌도 없어져 원형을 잃었다. 균형을 잃은 경직된 자세, 평면적이고 소극적인 조각 수법 등 형식화 경향이 현저한 여래상이라고 적혀있다. 그런데도 보물 264호이다.

가야산 지킴 초소까지도 무난하게 내려왔다. 해인사 앞에 외나무다리가 놓여있다.

숭유억불 정책이 시행되던 조선시대 때 양반이 말을 타고 법당 앞까지 들어오는 행패를 막기 위해 만들었다는데 언제부턴가 이 다리를 건너야 극락에 도달한다는 속설이 사족처럼 붙어 전해 내려오고 있다. 대단한 업그레이드가 아닐 수 없다

"말 타고 들어가면 극락에 못 갈까."
"말도 극락에 가겠지."

해인海印은 불교 경전인 화엄경에서 진실한 세계를 의미한다. 해인사 경내에 들어서면 이 큰 사찰의 수많은 이력 중에서도 국보 제32호인 팔만대장경이 가장 먼저 떠오른다. 몽골족의 침입으로 나라가 혼란에 빠지자 고려 조정은 평화를 소원하면서 백성의 마음을 하나로 모으기 위해 부처님의 말씀을 목판에 새기도록 하였다.

"여기서도 우리 조상들의 지혜를 가늠할 수 있지."

한 글자 쓸 때마다 한 번씩 절을 하였으며 삼십여 명의 장인이 경판 8만 1258장에 무려 5238만 2960자를 거꾸로 새겨 넣었는데, 글자의 형태가 정교하고 아름다울 뿐만 아니라 마치 한 사람이 쓴 듯 일정하며, 단 한 글자의 오탈자도 없다니 고려 인쇄술이 얼마나 높은 수준이었는가를 인식하게 한다.

조선시대에 세워진 장경각은 목조건물인데도 벌레가 생기지 않고 습기가 차지 않아 지금까지 경판을 안전하게 지키고 있어 팔만대장경과 함께 1995년 유네스코 세계문화유산으로 지정되었다.

해인사는 임진왜란 이후 일곱 차례나 대화재를 겪어 50여 동의 건물이 모두 불타 대부분 건물이 새로 중건되었으나 팔만대장경판과 이를 봉안한 장경각만은 거듭된 대화재를 피해 옛 모습을 고스란히 간직하고 있다니 참으로 불가사의하고 다행스러운 일이다.

“우리나라에서 제일 오래된 목조불상도 여기 있다지?”
“보고 가자.”

통일신라 때 만들어진 비로자나불상이 그것인데 경내 대적광전에서 볼 수 있다. 비로자나불상은 석가모니 불상과 달리 왼손의 집게손가락을 오른손이 감싸 쥐고 있다. 이는 부처와 중생은 하나이며 혼란과 깨달음도 하나라는 뜻을 담고 있다고 한다.

“섬세하군.”
“우리 조상님들은 손재주까지 비상했었어.”

대적광전 앞 넓은 마당에서는 일 년에 한 차례 스님과 신도들이 8만여 개의 대장경판을 머리에 이고 사찰 내부를 도는 ‘대장경 정대불사’라는 행사를 하는데 이때 대장경판을 직접 구경할 수 있다.

“아무튼, 엄청난 절이야.”

"삼보사찰이라잖아."

부처님의 진신 사리를 모신 통도사, 16명의 국사를 배출한 송광사, 부처님 말씀인 팔만대장경판을 간직한 해인사는 각각 부처님과 부처님의 가르침에 따라 살아가는 스님, 부처님이 말씀하신 법, 불교에서 귀히 여기는 이 세 가지 보물을 지닌 삼보사찰이다.

"해인사를 언급하면서 성철스님을 빼놓을 수는 없지."

1993년에 입적入寂한 성철스님은 가야산 백련암에서 수도하는 동안 속세와의 관계를 완전히 끊고 오로지 구도에만 몰입하였는데 1981년 종정으로 추대되었어도 '산은 산이요, 물은 물이다'라는 법어만 내려줄 뿐 종단 일에는 전혀 관여하지 않았다.

"세상에선 대통령이 어른이지만 절에 오면 방장이 어른이므로 3000배를 안 할 바에는 만나지 않겠다."

백련암에서 수도하던 중 자신을 만나러 온 박정희 대통령에게 이러한 뜻을 전하며 끝내 큰절로 내려오지 않아 만남이 무산되기도 하였다.

"다시 생각해도 대단한 분이셨어."

"가야산 호랑이로 불릴만한 분이셨지."

권위를 내세우기 위함이 아니라 불교의 자존감을 되살리고자 한 성철스님은 입적한 지 수십 년이 지났어도 종교 여부를 떠나 우러르기에 모자람이 없는 분으로 회자되고 있다. 이런저런 이유로 해인사는 가야산의 품에 안김으로써 거찰에 명찰이 되었고 가야산은 해인사를 옷자락 속에 둠으로써 명산에 영산으로 거듭났다. 어마어마한 시너지다.

해인사 초입의 갱맥원부터 상왕봉의 우비정까지 19개의 가야 명소가 있는데 합천군민들은 합천 팔경 중 가야산, 해인사, 홍류동계곡을 세 손가락 안에 꼽는다.

가야산 골짜기에서 발원하여 봄에는 꽃으로, 가을에는 단풍으로 물이 붉게 흐른다고 하여 붙여진 홍류동계곡은 철마다 각기 다른 풍광을 보여준다. 주변의 천년 노송과 함께 제3경 무릉교부터 제17경 학사대에 이르기까지 십리 길에 걸쳐 수많은 절경을 접할 수 있다. 벚꽃이 흐드러지게 핀 봄철에 다시 찾겠다는 충동이 막 생기는 중이다.

"어찌 딱 한 번에 이 많은 명승을 눈에 다 담을 수 있겠는가."

다시 올 때는 넉넉하게 시간을 내어 합천호를 들러보겠다고 마음먹는다. 저수량 7억 9천만 톤에 연간 2억 3천4백만 kW의 전력을 생산할 수 있다는 합천호는 1988년 합천군 대병면 상천리와 창리 사이의 황강 협곡에 높이 96m, 길이 472m의 다목적댐인 합천댐이 건설됨으로써 조성된 저수지이다.

짙은 산림으로 드리워진 깊은 계곡과 빼어난 경관의 호반은 국민 관광지로 지정되어 있으며 호반 남쪽과 북쪽에 있는 회암지구 관광지와 새터지구 관광지는 경남 내륙지방의 관광명소로 각광받고 있다.

합천에서 댐을 지나 거창까지 이어지는 호반 도로는 맑은 수면과 수려한 주변 경관으로 낭만 가득한 자동차 여행을 즐길 수 있는 곳이다.

벚꽃 만발한 봄을 염두에 두고 가야산과 또 합천과 아쉬운 작별을 고한다.

때 / 가을
곳 / 백운동 탐방센터 - 백운교 - 가야산성 터 - 만물상 - 촛대바위 - 서장대 - 서성재 - 칠불봉 - 상왕봉(우두봉) - 봉천대 - 극락교 - 해인사 - 치인리 - 치인 주차장

거제도 바닷길 따라 남에서 북으로 다섯 산의 종주

하늘과 바다와 산의 경계가 없다.
거기 더해 사람들까지 모두 하나로 이어져 있다.
바람이 멈추면 바다는 잠을 자는가.
나는 오로지 걷고 있는데 바다는 한 치의 미동조차 없다.

거제도 남단 명사 포구 위로 솟은 망산에서 가라산, 노자산 선자산을 거쳐 거제시 중심에 솟은 계룡산까지의 다섯 산을 남북으로 종주하는, 이른바 거제 남북 5산 종주 코스를 두 번째 시도하게 된다.

3년 전 홀로 산행했던 추억이 떠올라 몇몇 친구들에게 언급했더니 여덟 명이 군침을 흘린다. 보름 뒤 주말에 두 대의 승용차를 나눠 타고 바로 거제도로 달려갔다. 거기 산이 있고 바다가 있고 또 가까운 친구들이 있었다.

태영, 순희, 인섭, 계원이가 한 차에 타고 병소, 노천, 남영, 영빈과 함께 다섯 명이 또 한 차로 출발하였다. 대다수 운길산, 적갑산, 예봉산을 함께 종주한 동창이자 오랜 벗들이다.

거제도는 올 때마다 다시 찾을 명분을 만들어준다. 거제도에서 유람선을 타고 외도를 탐방하고자 하면 기상 탓으로 배가 출항하지 않아 날 좋을 때를 골라 다시 오게 하는 것처럼 말이다.

제주도에 이어 두 번째로 큰 섬 거제도는 크고 작은 60여 개의 섬이 그 부속도서로 주변에 깔려있다. 망산, 가라산, 노자산, 선자산, 계룡산, 북병산, 국사봉, 옥녀봉, 산방산, 대금산, 앵산 등 열한 개의 산들이 남북 혹은 동서로 이어져 있다. 그중 남북으로 늘어선 다섯 산을 접하고 나머지 산은 거제도에 다시 올 명분으로 남겨놓는다.

최남단 남부면의 명사해수욕장에서 첫 산을 오른다

금요일 오후 느지막하게 서울에서 출발하여 거제도에 들어섰을 때는 이미 밤이 깊었다. 늦은 밤, 저녁 식사를 하고 적당히 휴식을 취하다가 이른 새벽에 산행을 시작하기로 계획을 세웠다. 몇몇 친구들은 차 안에서 눈을 붙이고 또 몇몇은 잡담을 나누며 시간을 보낸다.

"기상! 출발 20분 전!"

새벽 네 시, 안개가 짙게 드리우며 흐릿하던 날씨가 먼 데서 오신 손님들을 예우하려는지 점차 개이기 시작한다. 이른 봄 바닷가인데도 춥다는 느낌은 들지 않는다. 친구들도 대다수 표정이 밝은 편이다. 출발 채비를 마치고 망산 들머리로 향한다.

국운이 기울던 조선 말엽, 왜구 선박의 침범을 감시하고 고기잡이 어부가 망을 본다고 하여 망산望山이라 불리게 되었다고 한다. 경남 통영시를 중심으로 세 개의 망산이 있는데 한산도 망산, 사량도 지리망산이 있고 여기 거제도 남쪽 해안에 접한 망산이 그것이다.

바다에서 시작하여 잠시 가파른 바윗길을 넘어서면 검은 바다가 다시 나타난다. 어둠 속 불빛 산행이라 더욱 그런가 보다. 산길을 걷는지 물길을 걷는지 혹은 하늘을 유영하는지 점점 구분이 흐릿해진다.

인자요산仁者樂山, 지자요수知者樂水의 양변을 모두 접하였으니 어찌 표정이 밝지 않을 쏜 가. 가까운 친구들과의 산행이라 마음은 더욱 넉넉하고 얼굴엔 자꾸 미소를 머금게 된다.

안개 커튼을 거둬내면서 들머리 명사 해안과 매물도 여객선 선착장이 한 폭 풍경화처럼 드러나는 중이다. 오를수록 마을의 가옥들과 배는 작아진다. 깎아지른 낭떠러지 아래에 거품으로 흩어지는 소소한 물결이 가슴을 일렁이게 한다.

"저 아래 악어처럼 떠 있는 섬이 장사도야."

"매물도도 보일 거 같은데."

"저게 매물도, 좀 더 뒤로 흐릿한 게 비진도야."

시야에 잡히는 모든 게 선명하진 않지만, 두루두루 대병대도, 소병대도와 매물도, 욕지도, 비진도 등 한려해상의 내로라하는 섬들을 콕콕 찍어낼 수 있다.

"높은 산은 아닌데 꽤 힘드네."
"바닷가 산이잖아. 해발 제로부터 시작하니까 숫자만 보고 판단했다간 낭패 볼 수 있어."

해발 397m의 망산 정상을 동네 뒷산 정도로 생각했다는 몇몇 친구들이 마음을 가다듬는 것처럼 보인다. 청명한 날엔 여기서 부산과 대마도까지 보인다고 하는데 오늘 거기까지 보려 하는 건 과한 욕심일 듯하다. 은근히 걱정했던 습한 날씨가 개는 것만도 감사하다.

돌탑을 쌓고 그 위에 자갈을 깔아 세운 정상석, 바다 수면에서 그리 높아 보이지 않는 곳에 세워진 정상석이 묘한 낭만을 풍긴다. 커다란 언덕을 등지고 근포와 대포마을이 각각 바다를 낀 풍광도 낭만 가득하다.

'태산은 작은 흙덩이도 사양하지 않기에 그 거대함을 이룰 수 있고, 바다는 작은 물줄기도 가리지 않기에 그처럼 깊어

질 수 있다.'

바다를 내려 보노라니 중국 역사상 가장 뛰어난 명문 중 하나로 평가받는 간축객서諫逐客書의 한 문장이 떠오른다. 진나라의 가신인 이사는 간축객서를 통해 출신을 가리지 말고 널리 인재를 등용하여 나라를 부강하게 이루라는 제안을 하였고, 마침내 진나라는 진시황으로 하여금 중국을 통일하게 한다.

뒷간에 사는 쥐는 더러운 것을 먹다가 사람이나 개를 보면 두려워 도망치지만, 곳간에 사는 쥐는 쌓아놓은 곡식을 먹으며 사람을 안중에 두지 않는다는 것을 본 이사는 사람이 어질거나 못났다고 하는 것은 이런 쥐의 행태와 같아 처해 있는 환경에 달렸을 뿐이라고 했다.

그는 진시황을 도와 천하 통일의 공을 세워 진나라 최고의 권력을 얻었지만, 결국 자신의 부귀영화를 누리려는 생각밖에 없었기 때문에 비참한 최후를 맞고 만다. 처한 환경에 대한 습성을 잘 아는 이가 결국 처한 환경에 속박되어 사람을 안중에 두지 못한 꼴이 되고 말았다.

바다로 흐르는 작은 물줄기일지라도 오염된 폐수만큼은 절대 흘러들지 않았으면 하는 생각으로 이어지다가 망산과 작별한다.

내봉산(해발 359m)에 이르러서도 미끄러지면 풍덩, 그대로 바다로 구를 것만 같다. 몸집이 큰 순희와 계원이가 땀을 쏟아내긴 하지만 너끈히 여유로운 표정이다.

"노천이랑 인섭이도 끄떡없지?"
"아직은 문제없어."

운전하고 온 태영이와 병소는 마라톤과 장거리 산행으로 단련된 지라 염려할 게 없다. 영빈이와 남영이도 여유롭게 물길 산행을 즐기는 표정이다.

야트막한 천장산 아래의 여차 몽돌 해안이 거기 머물러서 바다를 즐길 때만큼이나 아늑하고 평화로워 보인다. 수시로 저구항을 드나드는 소형어선들이 바다 마을의 바쁜 일상을 실감하게 해 준다.

거제도에서 제일 높은 가라산, 신선에 비유되는 노자산

"저기가 가라산 정상이야."
"엄청나게 멀구나."
"넌 다섯 산 완주는 무리겠어. 망산 하나로 만족하고 계룡산 날머리에서 기다리는 게 어때?"
"그러고 싶지만, 우리 어머니가 하늘에서 지켜보고 계셔서 멈출 수가 없네."

농을 주고받으면서도 친구의 체력을 염려해준다. 모두가 다 같이 안전하게 완주하고픈 마음이 동하기 때문이다. 진행할 능선을 따라 볼록하게 솟아 앞이마가 벗어진 봉우리가 가라산 정상이다.

돌담을 끼고 내려가다 아직은 휑한 침엽수림을 지나면 도로변에 닿는다. 작은 다대재라고 불리는 곳이다. 여기서 가라산 등산로 입구로 들어선다. 산에서 내려와 다시 산을 오르지만, 누구 하나 엄살 섞인 말을 하지 않는다. 다대산성을 지나 고갯마루 학동재 직전의 능선까지는 계속되는 잡목 숲에다 길이 꽤나 거친 편이다.

학동재를 넘어 여전히 물길, 산길이 이어진다. 남쪽이지만 아직 봄이 오기엔 이른지라 산수유 노랗게 피려면 멀어 보인다.

가라산에서 내려다보는 해금강은 여의주를 문 청룡이 동해를 향해 날아가는 형상을 하고 있다고 한다. 그 모습이 떠올라 걸음을 빨리하려다 뒤를 돌아보고 보조를 맞춘다. 망등을 지나 이제까지 없던 바위가 많이 눈에 띄는 가라산 정상(해발 585m)에 도착한다.

"여기가 거제도에서 제일 높은 산이야."

500년대 초 금관가야는 해인사가 있는 가야산과 여기 거제도의 남쪽 가야산까지가 그 국경이었는데 이곳이 가라산으로 변음 되었다고 전해진다.

숨은그림 찾기 하듯 여의주 문 청룡의 모습을 헤아리다가 고개를 돌리고 길을 서두른다. 자칫 늦어지면 막판 체력이 떨어질 즈음 다 같이 하산하는데 차질을 빚을 수 있다. 진 만큼 재로 가면서 햇살 듬뿍 받은 억새가 한가롭고도 평온해 보인다. 학동 해안과 해금강 등 노을빛 물들기 시작하는 바다 곳곳마다 감미롭고 평화롭다.

"안녕하세요."

"안녕하세요. 즐거운 산행 되세요."

몇 명의 산객들이 반대편에서 걸어온다. 이들도 외지에서 온 것처럼 보인다.

하늘과 바다와 산의 경계가 없다. 거기 더해 사람들까지 모두 하나로 이어져 있다. 바람이 멈추면 바다는 잠을 자는가. 우리는 오로지 걷고 있는데 바다는 한 치의 미동조차 없다. 가던 길 멈추고 뫼 바위에 올라 학동 포구를 내려다본다.

학동 몽돌 해안에서 올려다보면 노자산의 기암괴석이 꽤 볼만하다. 오래전 저기서 해상 식물공원 외도를 다녀온 적이 있었다.

47000평 규모의 외도 해상공원은 3000여 종이나 되는 식물들이 심겨 있고 지중해 양식으로 지어진 건물들이 이국적 정취를 물씬 풍긴다. 아직도 외도 유람선에서 돌아본 해금강의 사자바위, 촛대바위 등이 눈에 선하다.

노자산 전망대로 향하는 막바지 바윗길이 제법 날카롭다. 노자산 전망대에서 노자산 정상까지 800m, 거꾸로 가라산 정상까지는 3.4km라고 표시되어 있다. 밤샘 피로가 몰려오는지 노자산 정상이 실제 거리보다 멀게 느껴진다.

몇몇 친구들도 조금씩 지친 기색을 보인다. 오기 전부터 마음 다지고 소망했었다. 아홉 명 다 같이 무사히 완주하여 오랫동안 추억으로 공유하고 싶었다.

"욕심일 수도 있겠지만 끝까지 최선을 다해보자."

전망대에서 간식을 먹으며 한 번 더 다짐해보고는 정상으로 향한다. 너덜 오르막길을 올라 송신탑에 이르면 바로 정상이다. 거제도 동남쪽 위치인 동부면 구천리, 부춘리와 학동을 끼고 있어 각 마을에서 올라올 수 있게끔 등산로가 나 있다.

노자산老子山 정상(해발 565m)에서 내려다보는 조망도 시원하기가 이루 말할 수 없다. 다도해는 섬과 바다와 바람까지 서로 어우러져 춤을 추는 것처럼 보인다.

"불로초와 절경으로 인해 늙지 않고 오래 산다는 신선에 비유하여 노자산이라고 이름 붙여졌다니 우리도 건강수명이 연장되지 않을까."

"계룡산 찍을 때까지만이라도 건강하게 걸어야 할 텐데."

가을 단풍이 멋질 뿐 아니라 희귀조인 팔색조를 비롯하여 여러 종류의 희귀 동식물도 서식한다는 노자산에서 웃음을 지으며 서로를 격려하고 다시 진행한다.

멀리 선자산 정상이 보이고 그 왼편으로 이어진 능선을 따라 10시 방향의 끝 봉우리가 계룡산 정상이다. 여기서도 다시 내려갔다가 또 올라야 한다. 이 두 산으로 가기 위해 해양사 방향으로 하산한다. 하산로 초입은 상당히 가파르고 비좁은 편이다.

"이제 두 개의 산이 남았어. 친구 따라 억지로 올라갔다가는 다시 친구를 못 볼 수도 있어."

"오늘 너희들 보는 게 마지막이 될지도 모르지만……."

그렇게 남은 산을 아홉 명 모두가 동반한다.

선자산과 계룡산, 바다를 끌어안은 하늘길을 걷는다

선자산 들머리로 가는 거리 곳곳에 만개하지는 않았어도 동백꽃이 피기 시작한다. 평지에서 차분하게 시작되던 선자산 등로는 갈수록 가파르게 고도가 높아지고 너덜 바위 가득한 험로로 이어진다.

"노천아! 내려가지 못하고 쓰러지면 우리 집사람한테 사랑했었다고 전해줘."

"마지막까지도 친구한테 거짓말하라고 시키는 거냐."

"하하하!"

수차례 쉬었다가 땀깨나 흘리며 도착한 정상(해발 507m)에서 내려다보는 바다는 곧 어둠이 내려앉을 것처럼 묵직해졌다.

계룡산 남쪽 줄기로 이어진 선자산은 가을에는 단풍나무가 아름답고 자작나무와 참나무가 무성하며 계곡물이 맑고 깨끗하단다. 이 계곡의 물이 굽이굽이 모여 구천 댐을 이루고 있다.

오르면서 둘러보는 남쪽 나라, 노을을 살포시 품기 시작한 바다, 그 바다를 끌어안은 잿빛 하늘, 하루를 접어야 한다는 신호처럼 마음을 바쁘게 한다. 친구들과 함께 왔으면서도 이들에 대한 그리움이 생성된다.

무언가를 함께 한다는 사실에 대한 무한한 공감대, 그 느낌은 바로 함께 있으면서도 마구 솟구치는 그리움이다.

눈이 부시게 푸르른 날은
그리운 사람을 그리워하자
저기 저기 저, 가을꽃 자리
초록이 지쳐 단풍 드는데
눈이 나리면 어이 하리야
봄이 또 오면 어이 하리야
내가 죽고서 네가 산다면
네가 죽고서 내가 산다면
눈이 부시게 푸르른 날은
그리운 사람을 그리워하자

- 푸르른 날 / 미당 서정주 -

이처럼 맛깔스럽고 낭만 가득한 곳에 함께 왔으므로 해서 끝까지 함께 하고, 함께 이루고픈 본능이다.

네 군데의 방향으로 갈라지는 고자산치를 지나고 6.25 한국 전쟁 당시 포로 관리를 위해 세웠다는 통신대 건물의 잔해를 보게 된다. 아파트 단지와 자그마한 마을에 불이 켜졌고, 어두워 실체를 구분하기 어려워진 농지와 저수지를 아래에 두고 걸으며 계룡산까지 왔다.

"우리가 해낸 거야?"
"해냈어."
"마지막 하산 길만 조심하자. 모두 랜턴 꺼내서 켜."

대단하고 대견하다. 가슴이 울컥했지만, 축배는 내려가서 들어도 늦지 않다.

거제도의 중앙에 우뚝 솟은 계룡산(해발 506m)은 산정이 닭 볏과 흡사하고 산이 용트림하여 구천계곡을 이루었다 하여 그렇게 명명했다고 한다. 정상에는 신라 의상대사가 지었던 의상대의 절터와 불이문바위, 장군바위, 거북바위, 장기판바위 등이 있다.

왼편 아래로 삼성중공업 거제조선소에도 불빛이 보인다. 거제도는 조선 산업의 메카로 잘 알려져 왔다. 조선업계의 불황으로 거제도 섬 전체의 경제가 엉망이라는 얘기를 하도 많이 들어서인지 조선소에 에너지가 쑥 빠진 느낌이다.

내려오다가 비켜서서 보니 정상의 바위들 실루엣이 닭 벼슬을 닮은 것처럼도 보인다. 더 내려와서는 거제 시내와 공설운동장이 가깝게 보인다. 갈림길에서 계룡사를 지나 포로수용소 유적 공원까지 내려온다.

"수고들 했어."

"모두 자랑스럽지만 나 자신이 제일 자랑스럽다. 너희들 덕분에 내가 해냈다. 고맙다, 친구들아."

누가 먼저랄 것도 없이 악수하고 서로서로 포옹하며 해피엔딩을 만끽한다. 경험해보니까 혼자 긴 연계 산행을 했을 때보다 여럿이 할수록 그 기쁨과 감동은 훨씬 커진다. 그 큰 감동을 잠시 가슴에 여며두고 이상 유무를 점검했는데 아무도 탈이 생기지 않은 것 같다.

1950년 11월 27일부터 유엔군에 의해 설치된 포로수용소에는 1951년 6월까지 북한군 포로 15만 명과 중공군 포로 2만 명 등 최대 17만 3천 명의 포로를 수용했었고, 그중에는 여성 포로도 300명이 있었다.

현재는 잔존건물 일부만 남아서 당시 포로들의 생활상이나 모습, 의복, 무기 등을 전시해 놓았으며, 기존의 시설을 확장하여 거제도 포로수용소 유적공원으로 탈바꿈하여 1983년 12월 경상남도 문화재자료 제99호로 지정된 바 있다.

예약한 통영의 콘도로 향하면서 대장정의 뿌듯함도 있지만 마음 한구석 허전함이 고여 드는 걸 의식하게 된다. 아홉 명이 총 도상거리 27km, 실제 30여 km를 걸으며 바다를 품고 산을 만끽했는데도 말이다.

혼자나 두서너 명이 아닌 아홉 친구가 함께 시작하고 함께 마쳤다는 사실이 이곳 거제도에 커다란 흔적을 남겼기 때문일 것이다.

때 / 초봄
곳 / 명사 포구 - 칼바위등 - 전망대 - **망산** - 전망 바위 - 해미장골등 - 내봉산 - 호연암 - 여차등 - 세말번디 - 각지미 - 저구 고개 - 작은 다대재 - 다대산성 - 학동재 - 망등 - **가라산** - 진마이재 - 뫼바위 - 노자산 전망대 - **노자산** - 해양사 - 임도 - 부춘마을 - 동부면 사무소 - 구천댐 - 암석지대 - **선자산** - 고자산치 - 포로수용소 잔해 - 통신탑 - 절터 - **계룡산** - 434m 봉 - 임도 - 김실령 고개 - 계룡사 - 포로수용소 유적공원

삼대 기악에 꼽는 청량산의 기암 묘봉을 두루 관람하다

오르면서 연화봉과 그 오른쪽으로
향로봉이 바짝 밀착해 있다.
오마도 터널의 가파른 계단을 오르는데 금탑봉과
낭떠러지 위의 밀성대가 아찔한 모습을 드러낸다.

한반도의 등줄기 태백산맥의 영향으로 대부분 지역이 험준한 산지를 이루고 있는 경북 봉화군 북부지역은 구룡산, 선달산, 옥돌봉, 청옥산, 연화봉 등 1000m 이상의 높은 산들이 이어져 있으며, 군내에 문수산, 각화산과 청량산이 솟아 경상북도의 으뜸 산악지대를 형성하고 있다.

봉화군에서는 1980년부터 향토 고유의 전통 민속놀이이자 주민화합을 위한 지역의 대표적 문화행사로 해마다 청량문화제를 열고 있다.

산간지대로서 교통이 매우 불편했으나 영동선이 군의 중앙을 동서로 가로지르고 영남과 영동, 내륙에서 동해안을 연결하는 국도가 개설되어 지금은 원만한 교통 요지이다.

청량산淸凉山은 경관이 수려하고 편마암으로 형성된 기이한 암봉과 괴석이 장관을 이뤄 주왕산, 마이산과 함께 우리나라 3대 기악奇岳의 하나로 꼽혀왔다.

수산水山이라고 불리다가 조선시대에 이르러 청량산으로

이름이 바뀌었고 1544년 조선 중종 때 풍기군수 주세붕은 청량산을 유람하며 의상봉, 보살봉, 반야봉 등 불교식 명칭 일색이었던 열두 봉우리를 지금의 이름으로 새로 명명했다. 조선의 숭유억불 정책에 따라 불교문화의 흔적을 없애고 유교의 산으로 돌려놓은 셈이다.

1982년 경상북도 도립공원으로 지정되었고 2007년에는 청량사 일대를 중심으로 공원 일부가 국가지정문화재 명승 제23호로 지정된 바 있다.

풍경 소리 은은한 열두 고봉의 역동적 파노라마

5년 전 가을에 왔을 때 제대로 물든 단풍이 가을 산으로서의 참모습을 보여주었으나 짙은 운무와 갑작스러운 소나기로 조망을 놓쳤고 기악에 걸맞은 봉우리들을 건성으로 보고 지나친 게 아쉬움으로 남아있었다.

오늘 녹음 무성한 여름에 메아리산방 산악대장 동익이가 주선하여 진관이와 셋이 왔는데 날씨까지 쾌청하여 출발 전부터 기분이 들떴다. 이번엔 그때와 반대 방향 등로의 환종주를 계획했다.

청량산 박물관 뒤쪽의 주차장에서 보는 청량산은 나지막하여 그 뒤로 솟은 기이한 봉우리들을 감추고 있다. 청량교를 건너 청량지문 안쪽 도로까지 인적 없이 고요하기만 하다.

오른쪽 목교를 지나 2.9km 거리의 축융봉 가는 길로 들어선다. 주봉인 장인봉을 먼저 가려면 청량지문을 통과해 왼쪽으로 가야 한다.

500여 m를 올라 전망소에서 내려다보는 낙동강이 물살 없이 잔잔하여 흐름이 멈춰진 듯하다. 뙤약볕을 그대로 받은 박물관과 야영장 일대도 한산하기만 하여 도립공원으로서의 마케팅이 열악한 게 아닌가 하는 생각까지 든다.

경사 급한 계단을 오르고 또 올라 지나게 되는 소나무 군락지의 노송들은 하늘을 찌를 듯 높이 뻗기는 했는데 껍질이 벗겨져 인위적으로 칼질한 흔적이 완연하다. 일제강점기의 수탈 흔적이라고 한다.

"나쁜 놈들이야. 남의 나라는 뺏었어도 자연은 건드리지 말아야지."

"산에 다니다 보면 일본인들이 망쳐놓은 곳이 아주 많아."

진관이가 살짝 분개하자 자연 사랑이 남다른 동익이 표정이 굳어진다. 한껏 아름다움을 선사하는 또 다른 자연미를 눈에 담다 보면 기분 나쁜 생각들은 잊게 된다.

개성 넘치는 요석 기암들을 속속 눈에 담으며 계단을 올라 난간이 둘러쳐진 축융봉 정상(해발 845.2m)에 이르게 된다. 청량산의 열두 봉우리가 안내판의 이미지대로 확연하게 드러났다.

"죽여주는군."
"동양화 속에 들어와 있는 기분이야."

최고봉인 장인봉을 비롯하여 외장인봉, 선학봉, 축융봉, 경일봉, 금탑봉, 자란봉, 자소봉, 연적봉, 연화봉, 탁필봉, 향로봉 등 6·6봉이라고도 일컫는 800m 내외의 열두 고봉들이 절경을 이룬다.
그 자락의 청량사에서 산바람을 타고 풍경 소리가 들려오는 것만 같다. 자란봉과 선학봉을 연결하는 하늘 다리도 뚜렷이 볼 수 있다. 왼편 아래의 낙동강 물길은 실개천처럼 그 폭이 좁아졌다.

"저기 밀성대에서도 탄성이 터져 나올 거야. 그리 가자."

축융봉 아래 오마도 터널 갈림길에서 청량산 쪽으로 100m를 더 내려와 공민왕당 갈림길에서 밀성대 쪽으로 간다. 길을 잘 아는 동익이가 이끄는 대로 청량산의 곳곳 봉우리들을 편안하게 즐기며 걸을 수 있어 좋다. 너른 공터에서 평평한 숲길을 따라 다다른 전망대에서 또 한 차례 멋들어진 산세를 둘러보고는 아래로 이어지는 산성 길을 따라 걷는다.

"청량산은 예로부터 군사 요새였다더군."
"산세를 보니 그랬을 거야."

고구려와 신라의 영토 쟁탈을 위한 각축장이기도 했던 이곳은 낙동강을 끼고 바위 절벽으로 이루어진 험준한 산세인지라 일단 점령하면 외부 침입을 방어하기에 천혜의 조건을 갖춘 곳으로 보인다.

산 전체를 감싼 산성은 밀성대 아래에서 축융봉을 거쳐 구축된 공민왕 산성과 다시 경일봉에서 선학봉을 지나 청량사 계곡 옆으로 축성된 청량산성이 있고 축융봉과 경일봉을 잇는 오마도산성五馬道山城이 공민왕 산성과 청량산성을 연결한다고 하니 산성의 규모만 봐도 얼마나 중요한 요충지였는지를 짐작하게 한다.

현란한 기암절벽, 열두 개의 대臺와 여덟 개의 굴窟

성곽을 따라 걷다가 절벽 끝의 누각인 밀성대를 만나게 된다. 고려 공민왕이 홍건적의 난을 피해 이곳에 와서 성을 쌓고 군사훈련을 시켰는데 항명 죄인을 절벽 아래로 떨어뜨려 그 죄를 물었다는 전설이 전해진다.

“잔인하군.”
“수도인 개경을 버리고 여기까지 피신해왔으니 얼마나 이를 갈았겠어.”

고려사에 당시의 피신 상황을 묘사한 대목이 있다. 어가御駕가 남쪽으로 떠나는 중에 왕비와 공주는 가마가 아닌 말을 탔는데 그 말이 파리하고 연약하기 짝이 없어 보는 이들이 모두 눈물을 흘렸다고 한다.

“개경을 함락한 홍건적은 말과 소를 죽여 그 가죽으로 성을 쌓고 백성들을 마구 죽이는 것도 모자라서 임신부의 유방을 구워 먹는 짓까지 했다는 거야.”
“짐승만도 못한……”
“그러니 공민왕이 절치부심했겠지.”

그 후 10만이 넘는 적들의 머리를 베었고 원나라 황제의 옥새와 금은보화 등의 물품을 노획했으며 그 잔당인 파두반 등 10여만 명이 압록강을 건너 도망치면서 홍건적의 2차 침입이 평정되었다.

"해피하게 마무리되어서 다행이네."

밀성대에서 고려 말기의 수난사를 짚어보다가 100여 m를 되돌아 나와 산성 입구로 걸음을 옮긴다. 청량산에는 열두 개의 대臺가 있다.

막 지나온 밀성대를 포함해 독서대, 어풍대, 풍혈대, 학소대, 금강대, 원효대, 반야대, 만월대, 자비대, 청풍대, 송풍대, 의상대를 청량산 12대라 한다.

삼거리를 지나 오른쪽에 이끼가 잔뜩 낀 계곡을 거쳐 산성 입구의 주차장까지 내려왔다가 다시 청량사를 방향으로 잡아 수림 우거진 입석길을 오르게 된다. 차량이 오를 수 있는 도로가 따로 있는데 입석길이 덜 가파르고 편안하다고 표기되어 있다.

산꾼의 집이라고 부르는 기와집과 퇴계 이황이 공부한 장소에 후학들이 세운 청량정사淸凉精舍(오산당)가 있다.

퇴계는 도산서원을 근거지로 학문을 연구하고 후학을 양성하다가 수시로 청량산으로 들어가 수도하였다고 전해지는데 청량산인이라고 불릴 정도로 이 산을 무척 사랑하여 청량산에 관한 51편의 시를 남기기도 하였다.

그중 청량산가는 누구라도 찾아와 청량산의 아름다움을 상하게 할까 보아 안타까움을 표현하고 있다.

청량산 열두 봉우리 아는 이 나와 갈매기
갈매기 떠들건가 못 믿을 복숭아꽃
도화야 떠들지 마라 어부마저 알까 봐.

청량산에 대해 호불호가 명확했었나 보다. 실상 퇴계는 청량산을 아끼면서도 산세가 험준하여 오르내리기를 자제했던 것 같다.

"청량산은 험해서 노약자가 편히 살 곳이 못 된다. 더구나 청량산 앞에 낙천이 흐르나 산중에서는 물이 지나가는 것을 알 수가 없다."

이렇게 언급하면서 진실로 청량산을 좋아하지만, 그곳을 뒤로하고 산수를 겸한 도산에 머물며 생활하였다.

"퇴계가 관직을 그만두고 이곳으로 내려왔을 때는 무릎도 시큰거리고 허리 통증도 꽤 심했을 거야."
"하하, 일리 있어. 연세가 꽤 드셨을 때의 일화일 테니까. 청량사를 들러보고 가자."

산꾼의 집과 청량정사에서 가까운 거리에 있는 청량사는 높은 담벼락처럼 연화봉이 우뚝 솟아있다. 연꽃의 꽃술 자리라고 비유할 만큼 천혜의 장소이다.

여기서도 절터를 고르는 원효의 안목에 고개를 끄덕이게 된다. 유리보전 앞에 삼각우총과 마주하여 큰 가지 셋이 균형 있게 뻗어 건강미를 뽐내는 삼각우송이 있는데 이 소나무도 원효대사의 설화에 주요 역할을 맡는다.

"이 소는 제가 다루기 힘들군요. 대사님이 맡아주십시오."

원효대사가 청량사 창건에 진력할 즈음 뿔 셋 달린 소를 가진 농부는 제멋대로 날뛰는 소를 다루지 못하고 원효에게 시주하였다.

그런데 이 소는 절에 온 후 고분고분해지더니 청량사를 짓는데 필요한 재목과 여러 물건을 밤낮없이 운반하여 청량사 창건에 크게 일조하였다.

이 소가 준공을 하루 남겨놓고 죽게 되어 가까운 곳에 묻었는데 그 자리에서 가지가 셋 달린 소나무가 자라났다. 후세에 이 소나무를 삼각우송이라 부르고 소의 무덤을 삼각우총이라 불렀으며, 이 소를 지장보살의 화신으로 믿었다.

신라 문무왕 때 원효대사가 창건한 천년고찰 청량사는 창건 당시 33개의 부속건물을 갖추었을 정도로 대사찰이어서 봉우리마다 세워진 암자에서 스님들의 독경 소리가 온산에 울려 퍼질 정도였다고 한다.

조선 때의 불교 억압으로 많이 피폐했다고는 하지만 들어서니 명찰로서의 모습은 제대로 유지되는 것처럼 보인다. 무엇보다 사찰을 둘러싼 금탑봉, 연화봉, 축융봉이 청량사를 돋보이게 한다.

산꾼의 집으로 다시 내려와 좌측 자소봉으로의 직등 길로 진입한다. 오르면서 연화봉과 그 오른쪽으로 향로봉이 바짝 밀착해 있다. 오마도 터널의 가파른 계단을 오르는데 금탑봉과 낭떠러지 위의 밀성대가 아찔한 모습을 드러낸다.

이정표에 김생 굴이 머지않다고 표기되어 있다. 금탑봉 왼쪽 계곡을 따라 오르다가 직각 암벽 밑에 움푹 들어간 굴 앞에서 멈춘다. 통일신라 때의 서예가 김생은 이 굴에서 9년이나 서도書道를 닦았다.

"이만하면 누구도 따라올 수 없는 명필의 반열에 올랐을 거야."

9년이 지나 김생은 자신감을 갖고 산에서 내려갈 채비를 하는데 젊은 여인이 나타나 엉뚱한 제안을 하는 것이었다.

"도령이 이 산에서 서도를 닦은 것처럼 소녀도 길쌈을 수련해 왔사옵니다. 그동안 서로가 닦은 기량을 견줘보는 것이 어떻겠습니까."

"좋소. 솜씨를 겨루어봅시다."

김생은 자신의 실력을 자부하고 있던 터라 선뜻 수락하였다. 김생과 여인은 굴속에서 불을 끄고 각자의 실력을 발휘하였다. 불을 켜고 살펴보자 여인이 짠 천은 올 하나 삐뚤지 않고 고르게 짜였는데 김생의 글씨는 여인의 천만큼 고르지 못했다.

그제야 김생은 자신의 부족함을 깨닫고 1년을 더 학습하여 십 년을 채워서야 세상에 나와 명필의 반열에 올랐다고 한다. 어머니의 떡 써는 솜씨에 밀린 한석봉의 이야기처럼 명필에게 따라다니는 설화는 비슷하게 전개된다.

"그런데 젊은 남녀가 불 끄고 할 일이 그런 게임밖에 없었던 거야?"

"하하하, 진관이 다운 의문일세."

"싱숭생숭해서 글씨가 제대로 써질 리가 없지."

비가 많이 오면 굴 입구로 떨어지는 빗물이 폭포수처럼 보일 것 같은 김생 굴과 금강굴, 원효굴, 의상굴, 반야굴, 방장굴, 고운굴, 감생굴의 여덟 개 굴을 청량산 8 굴이라 일컬어 줄곧 보존 유지하고 있다. 또 청량산에는 총명수, 청량 약수, 감로수, 김생 폭의 네 개 우물이 있어 자연미를 높여준다.

자소봉(해발 855m)에서 지척의 탁필봉(해발 820m)을 지나 연적봉(해발 846.2m)에서 다시 두 봉우리를 돌아보고 축융봉의 널찍한 능선도 눈에 담는다.

청량산은 가파른 계단도 많고 유난히 오르내림이 반복되는 굴곡 산행을 하게 된다. 봉우리가 많으니 그럴 수밖에 없긴 하지만 근접해 있어 지루함은 덜한 편이다.

그리고 하늘 다리에 이르렀다. 2008년 완공 당시 길이 90m, 폭 1.2m, 지상에서의 높이 70m로 국내 최장의 산악 현수교였으나 지금은 파주 감악산, 원주 소금산 등의 규모가 큰 산악 교량에 밀려 이 정도의 숫자로는 명함을 내밀기가 쑥스러울 정도이다.

다리를 건너 뾰족하게 솟은 선학봉을 내려다보고 청량산 최고봉인 장인봉(해발 870m)에 도착한다. 화엄종의 시조인 의상대사가 입산수도한 곳이라고 하여 의상봉으로 불리다가 주세붕이 중국 태산 장악의 장인봉에 비유하여 그대로 바꾼 이름이다.

굽어보면 산 아래로 빼어난 기암절벽들이 병풍처럼 늘어섰고 원근 수백 리의 크고 작은 산맥과 하천들이 장관을 연출한다는 장인봉이지만 지금은 빽빽하게 자란 나무들로 인해 조망이 막히고 말았다. 장인봉에서의 하산 계단은 경사가 더욱 급해 난간을 붙잡지 않을 수가 없다.

금강대는 아래쪽 절벽을 철제 난간으로 둘러쳐 놓았다. 난간 위쪽의 큰 소나무와 아래쪽에 조금 작은 소나무 두 그루가 서로 마주 잡듯 가지를 뻗고 있다.

이곳 청량산 아래 금실 좋은 노부부가 살았는데, 하루는 병들어 누워있는 남편을 대신해 약초를 캐러 간 아내가 밤 늦도록 돌아오지 않자 남편이 청량산으로 찾아 나섰다.

"아니, 왜 거기 매달려 있는 거요. 내 손을 꼭 잡아요."

"안 돼요. 환자인 당신이 무슨 힘이 있다고."

헤매고 또 헤매다가 금강대 절벽에 매달려 있는 아내를 발견하고 간신히 아내 손을 잡았으나 힘이 부쳐 노부부가 함께 떨어지고 말았다. 바로 그 자리에서 그들을 닮은 소나무 한 쌍이 자라게 되었는데 훗날 이들 소나무를 할배할매송이라 부르고 있다.

"쯧쯧, 약초를 왜 이런 데서."

진관이 말대로 아무리 둘러보아도 금강대엔 약초가 있을 것 같지 않은데 할머니가 길을 잃었었나 보다. 안타까운 마음에 두 소나무 기둥을 쓸어보고 나머지 길을 내려선다. 청량폭포를 거쳐 원점으로 회귀했을 때는 다리 근육이 풀리는 느낌이다. 청량산의 복잡다단한 산세에 절레절레 고개를 흔들고 만다.

“그래도 이 산에 케이블카 같은 게 있으면 안 돼.”

지금도 자연 휴양지로 손색없는 청량산이지만 소백권 및 주왕산 관광지와 함께 지속해서 개발이 추진된다니 다음에 다시 만났을 때는 더욱 일취월장한 청량산을 기대하게 된다. 단지 자연훼손을 동반한 개발이 아니기를 염원하면서.

때 / 초여름
곳 / 청량산 박물관 - 청량지문 - 축융산 - 오마도 터널 길 - 밀성대 - 산성 입구 주차장 - 산꾼의 집 - 청량사 - 자소봉 - 탁필봉 - 연적봉 - 하늘다리 - 장인봉 - 금강대 - 청량폭포 - 원점회귀

사량도 지리산, 산을 걸으며 또한 바다를 부유하다

산줄기는 여전히 파도의 일렁임처럼 넘실대고 있다.
소금기 먹은 실바람 불어와 이 산, 들머리가 남해 끝닿은
해안이었음을 의식하자 섬 산은 스스로 그 존재를
부각하려 잠시도 주절거림을 멈추지 않는다

사량도蛇樑島는 한려해상 국립공원의 중간지점으로 경남 통영에서 서쪽으로 약 40분 거리의 뱃길에 위치하였으며 행정구역상 섬 전체가 통영시에 속한 사량면이다.

섬의 모양이 뱀처럼 생긴 데다 뱀 또한 많다고 해서 붙여진 이름이란다. 상도(윗섬)와 하도(아랫섬)가 1.5km 정도의 거리를 두고 서로 이마를 맞대고 있으며 수우도까지 포함해 세 개의 유인도와 여덟 개의 무인도로 이루어져 있다.

상도에만 1000가구, 2000명을 약간 웃도는 주민들이 살고 있으며, 연 20만 명의 탐방객, 특히 주말이면 5000명이 넘는 인파가 주로 등산과 낚시를 위해 찾는다니 관광지로서도 확고히 자리매김한 섬이라 할 수 있겠다.

상도에는 육지 산과 비교하면 높이나 산세는 작지만 탄탄하고 수려한 암릉으로 많은 등산객을 불러 모으는 산이 있다. 지리산이 바라보여 지리망산智異望山이라 불리다가 지금은 내륙의 지리산과 같은 이름으로 불리고 있다.

사량도 지리산은 상도에 동서로 길게 뻗은 산줄기 중 돈지리 쪽의 제일 높은 봉우리(해발 398m)를 지칭한다. 사량도에는 이보다 1m 더 높은 불모산이 있지만, 지리산을 대표적인 산으로 꼽고 있다.

기암절벽으로 형성된 한반도 남단 최고의 비경, 통영 가오치 선착장에서 승선하여 출발을 기다리면서도 마음이 설레는 건 사진으로만 보아오던 지리산이 자꾸만 눈에 밟히기 때문이다.

새소리, 바람 소리, 뱃고동의 절묘한 화음

번뜩이는 불빛, 에메랄드 물빛
격한 신호음
온몸을 휘감더니 힘주어
소매 잡아끈다.
강력한 끌어당김, 고혹적인 포옹
거부할 수 없는 카리스마,
순순히 몸을 맡기게 된다.
이끌려 내려진 곳,
바위 암팡지고
물살 고요한 섬마을
난 이미
사량도 지리산 깊은 품에 안겨있다.

사량대교가 개통되기 두 해 전, 여름휴가를 맞아 후배 계원이와 만나 서울에서 교대로 운전을 하며 통영 가오치항에 닿았다. 오후 3시 정각에 사량도 금평항으로 향하는 여객선을 탄다.

하얗게 포말을 일으키는 선미에서 점점 멀어지는 뭍을 보고 드넓은 한려수도 바닷바람에 몸을 내맡기다 보면 약 40여 분만에 사량도에 도착하게 된다. 금평리에서 버스를 타고 20여 분 지나 돈지리 지리산 들머리 앞에서 내린다.

"승용차 타고, 배 타고, 버스 타고 와서 곧바로 또 산을 타네요."

"산에서 내려와선 파도도 타볼까."

강행군이긴 하다. 그렇지만 그만한 노력을 기울일 가치가 충분하다고 판단한 사량도 아니던가. 배낭을 들춰 메고 올려다보니 초록 수림 사이의 암릉이 꽤 야무지다. 내지와 접한 바다 수면은 여름 바다답지 않게 조금의 일렁임도 없이 잔잔하고 고요하기만 하다.

산을 오르면서도 걸음이 더디게 이어진다. 맑고 푸른 해면, 그 위에 둥둥 뜬 것처럼 보이는 섬마을 풍광이 자꾸만 눈을 돌리게 만든다. 살펴보면 산기슭, 단애의 가파름이 여간 험준한 게 아니다. 깎아지른 기암절벽, 굽이굽이 사납게

휘어진 산허리는 쥐라기 공원에서나 보았음 직한 공룡의 등뼈를 연상케 하여 잠시도 마음을 놓을 수 없다.

산줄기는 여전히 파도의 일렁임처럼 넘실대고 있다. 소금기 먹은 실바람 불어와 이 산, 들머리가 남해 끝닿은 해안이었음을 의식하자 섬 산은 스스로 그 존재를 부각하려 잠시도 주절거림을 멈추지 않는다.

오름 중에 내려다보면 돈지 포구는 여전히 반원 상태에서 느긋한 낮잠을 즐기는 듯하다. 육지 여느 산 못지않게 빼어난 산세에 걸음이 조심스러울 정도로 평탄치 않은 바위를 걷는데 하늘과 바다, 그 사이를 공중 부양하는 기분이다. 새소리, 바람 소리, 나뭇가지 흔들림 소리는 저 아래 뱃고동 소리와 섞여 절묘한 화음을 이뤄낸다.

산길을 걷는 건지, 바다를 가르는 건지 그 혼돈에서 벗어나고 싶지 않다. 지리산, 불모산, 가마봉, 옥녀봉을 잇는 이 산 약 6.5km 하늘길을 한껏 즐기고픈 것이다. 내지항 쪽 금북계 등산로로 갈라지는 능선까지 오르는데 적잖이 땀을 흘렸다. 가쁜 숨은 바다를 내려보노라면 금세 가라앉는다.

산아! 바삐 끌어당기지 말아라. 바다야! 걸음 늦다고 밀듯 쫓아오지 말아라. 쫓기듯 바쁜 일도 없거니와 우린 이 섬 모든 주체를 두루두루 가슴에 담는 것 말고는 달리 욕심내는 것이 없단다.

345m 봉을 지나 지리산 바위 정상(해발 398m)에서 내려

다보는 곳은 눈 닿는 곳마다 풍경화다. 날씨마저 좋아 원근 조화로워 초점을 어디에 맞춰도 그럴듯하게 구도가 잡힌다. 늦은 시간이라 우리 둘 외엔 산객들이 보이지 않지만, 적막하다는 느낌은 들지 않는다.

"머릿속이 텅 비는 것 같아요."
"바깥세상 상념이 모두 사라지니까 편안하고 좋지?"

섬 산 능선 올라 너른 바다 지르밟으니
어찌 이리 푸근한가.
발밑 세상 오염 찌꺼기 죄다 덮이는 듯하고
구름 거닐듯 가볍기 그지없다.
가파른 암봉 찾아 유유자적 어제까지의 세상
유예시키고자 함을 이 산은
저 바다와 함께 진즉부터 알고 있었나 보다.
숨조차 고르기 힘들었던 아픔들,
거기서 돋은 생채기와 고름까지도 보듬어준다.

무량한 별들조차 올려다보기 힘든 어지러운 후유증
씻어내고 큰 사랑 주려 산은 예까지 이끌어
물길 밟게 해 주며 온 통의 시름 거둬간다.
상스럽기 한량없는 무원칙이 요동치는 세상 한복판,
파렴치하기 이를 데 없는 작태들 틈바구니에서

비록 허우적거릴지라도 사리를 가늠할 수 있는 분별로
자존감 놓치지 말라 점잖은 훈수를 둔다.
순결하고 투명하여 찬란하기까지 한 깊은 헤아림으로
얄팍한 사람들 속 가늠조차 말라한 수 가르침을 준다.
목젖까지 차오른 혼잣소리, 내뱉지도 못하고
가슴으로만 되뇌었던 고뇌에 찬 외침을 산은,
한 마디도 파열시키지 않고 묵묵히 들어준다.

올라와 내려다보면 교만 떨쳐내 높이 낮추라 하고,
심산 깊숙이 들여다볼라치면 나무보다 먼 숲길 열어
포용의 큰 의미 되새기게 한다.
내려와 올려다보면 산은,
애상을 자아내도록 흐드러져 쏟아지는 별들을
눈에 밟히도록 밝혀주어 굳어 건조한 살갗 주물러주며
긍정의 너른 의미 깨닫게 한다.

떠올리기 싫어 고개 젓던 까마득한 기억마저도 산은,
부챗살처럼 가득 모여들게 하더니 가슴
훈훈하게 문질러준다.
자비처럼 혹은 구원처럼 질곡 없이 노상
수채화 같은 삶이
어디라서 있으랴마는 이곳 섬 산 바다 능선 길엔,
그 무어라도 부르면 웃음으로 화답하고
두들기면 청아한 고음으로 손뼉 치며 반응한다.
위안의 햇살과 감사의 바람을 넌지시 건네주더니

거기 더해 축복의 푸름으로 사위를 눈부시게 빛내준다.

그 눈부심 속에서 산은,
숱하게 거듭되는 까칠한 이별에 대해서도
참하디참한 해학을 펼친다.
헤어짐조차 뜨거이 데우는 청초한 열정이야말로
붉게 익은 풍요에 견줘 모자람 없음을 풍자한다.
아직도 덜 뜨거워져 띄엄띄엄 남은 봄의 자국들을
한 점 아쉬움까지 스스로 소멸시키게 하니 말이다.
미처 털어내지 못한 계절의 흔적들은 더욱 낮아지고,
서둘러 스러지며 되돌아올 때를 환희로
기약하게 하니 말이다.

산은 다시 덧붙인다.
지나온 삶, 대개의 덩어리가 쌓인 위에 또 쌓인
고엽들 마냥 부토되어 흘러간 사연일 뿐이며,
별 가치 없이 수북한 에피소드의 되풀이와
다를 게 뭐 있느냐고.
바위와 나무, 파도마저 잠재운 바다. 사량도
모든 주체는 너나 할 것 없이 고개 끄덕이며 수긍한다.

그렇지. 이젠 맺어오던 것을 끊을 때가 아니라
더욱 이어가야 하는 순간일 뿐이라고.
그렇고말고. 무어든 보낼 때가 아니라 포용하며
무한으로 맞이해야 할 즈음에 우린 잠시 자릴

비울 뿐이라고.

그렇지 아니한가 말일세.
꾸룩! 푸른 물결 휘돌며 건조한 탁음 만들어내는
저어기 갈매기 울음도 가는 안타까움에서가 아니라
오는 반가움에서인 것을……

바다를 디딤대 삼아 별천지를 꾸민 숲길이다

정상에서 멀리까지 바다를 내려다보며 쉬었다가 일어선다. 촛대봉(해발 370m)으로 내려가는 길도 바짝 날을 세운 바위와 비탈 숲길로 이어진다.

발밑으로 산을 품 삼고 바다를 마당 삼은 내지 마을이 평화롭다. 329m 봉을 거쳐 내지항과 옥동마을 갈림길에서 진행하여 335m 봉을 지나고 불모산을 눈앞에 두게 된다. 비바람에 마모되고 갈라진 사량도 특유의 바위를 계속해서 밟는다.

깎아지른 바위 벼랑 사이로 해풍에 시달렸을 노송이 아슬아슬하게 매달려 있는가 하면 바위 능선을 끼고도는 숲길은 바다를 딛고 서서 별천지를 꾸미고 있다. 그렇게 달바위라고도 부르는 불모산(해발 399m)까지 와서 쉴 틈 없이 걸음을 서둘러 톱바위를 지난다.

바위벽에 박은 밧줄을 움켜쥐고 가마봉(해발 303m)을 오르자 가파르게 세워진 철제 계단이 놓여있다. 계단을 내려와 가다 보면 또다시 설치된 나무계단을 딛고 올라야 한다. 연지봉(해발 295m)이다.

밧줄에 사다리에, 그것도 모자라 계단을 길게 지어 사람이 안전하게 오르도록 하는 곳이 우리나라 산의 콘셉트다. 자연 그대로의 보전을 최우선으로 하는 수많은 나라와 특히 다른 점이다. 그래서 우리나라는 산행인구가 증가일로에 있는지도 모르겠다.

"그렇게 수선 떨 거면 아예 산을 비워라."

산양이 절벽을 능란하게 오른다는 건 잘 알려진 일이다. 암벽 클라이머를 무색하게 할 정도의 여유로움으로 수직 낭떠러지를 오른 산양 두 마리가 마치 자연보호를 외치며 시위하는 것처럼 느껴진다.

옥녀봉(해발 261m)에 도착했을 때는 어둠이 바다를 덮으며 금평항에 불이 켜지고 있다. 사량도 주민들은 지금도 혼례를 올릴 때 옥녀봉이 보이는 곳에서는 신랑·신부가 서로 맞절을 하지 않는단다.

또 신부가 가마를 타고 가다가도 옥녀봉 밑을 지날 때는 걸어서 간다고 하는데 이러한 풍습은 아마도 옥녀봉에 전해지는 전설 때문인 듯하다. 다소 살을 붙여 전설답게 꾸민 흔적이 엿보이지만, 그 내용의 요점은 이렇다.

사량도 외진 마을에서 태어난 옥녀는 젖먹이 때 고아가 되고 말았다. 가난 때문에 제대로 먹지 못한 엄마가 세상을 뜨자 그 슬픔에 시름시름 앓던 아버지마저도 눈을 감고 말았다.

"쯧쯧, 가엾은 것. 기구한 팔자를 타고 났구나."

옥녀를 가엾이 여긴 이웃의 홀아비가 옥녀를 데려다 키우며 친딸처럼 보살폈고 옥녀도 의붓아버지를 친아버지로 알고 자라게 된다. 옥녀는 어엿한 처녀로 성장했고 아버지에 대한 효심도 지극했다.

"하늘 아래 이런 일은 있을 수 없어."

어여쁘고도 아름다운 처녀로 성장한 옥녀, 딸에게서 욕정을 느낀 아버지. 이런 아버지의 속내를 알고 슬픔에 잠긴 옥녀는 사람의 탈을 쓰고 도저히 있을 수 없는 일이라 여겨 아버지의 욕정을 끊게 하고자 전전긍긍했다.

"옥녀야, 나도 내 자신을 다스리지 못하겠구나."

"아버지! 내일, 동이 트기 전에 상복을 입고 몸에 멍석을 말아 짐승 울음소리를 내면서 네 발로 저 봉우리까지 올라 오시면 아버지 요구대로 따르겠습니다."

그렇게 말하고 먼저 산봉우리까지 올라간 옥녀는 거기서 눈물로 밤을 새우며 새벽을 맞이했다.

"설마 그렇게까지 하면서 여기 올라오시진 않을 거야."

그런데 아버지가 저만치 벼랑 끝까지 시킨 그대로 기어 오는 게 아닌가. 더는 피할 곳이 없었던 옥녀는 절벽 아래로 뛰어내려 스스로 숨을 거두었는데 그게 옥녀봉 명명의 유래라 한다.

지금도 옥녀가 죽은 그 절벽에 사시사철 옥녀의 피가 흐르는 듯 붉은 이끼가 끼어있고 비가 오면 그 이끼는 더욱 붉어진다는 것이다. 아마도 근친상간에 관한 내용이라 쉬쉬 감추었던 전설이 이제는 그만큼 순결의 고귀함을 부각하는 섬마을 유산으로 전해지는 건지도 모르겠다.

금평리 진촌마을에 어둠이 덮어서야 하산했다. 어스름 노을이 질 무렵에도 이 산에 머물고픈 마음이 작지 않았었나 보다. 다시 올 날의 기약이 쉽지 않아 이곳을 기억의 곳간 모퉁이에 층층이 쌓아놓으려 했음이다.

내일 아침 이곳을 떠나면 한려수도의 맑고 잔잔한 물길과 함께 다도해의 섬 그림자가 환상처럼 떠오르고, 기기묘묘한 형상으로 솟구쳤다가 바닥에 바짝 웅크린 바위 능선은 세속의 허망함을 느낄 때마다 속속 떠오를 듯싶다.

때 / 여름
곳 / 통영 가오치항 - 유람선 탑승 - 돈지리 마을 - 지리산 정상 - 촛대봉 - 불모산 - 연지봉 - 가마봉 - 향봉 - 옥녀봉 - 금평항

물길 3백 리 한려해상 지킴이, 통영 미륵산

통영이 배출한 토지의 작가,
박경리 선생의 묘소가 인근에 있다.
전망쉼터에서 선생의 묘소를 내려다보며
마음을 바르게 세워보려 한다.

경남 통영시의 한산도에서 사천, 남해 등을 거쳐 전남 여수에 이르는 50해리 남해의 물길로 5백여 개의 크고 작은 섬들이 잔잔하고 푸른 바다 위에 떠 있는 물길 3백 리의 청정해역을 일컬어 한려수도閑麗水道라고 부른다.

국내에는 경남 통영시, 경북 울릉도, 전북 익산시, 강원도 원주시에 같은 한자어를 쓰는 네 곳의 미륵산彌勒山이 있다. 이중 통영의 미륵산은 한려해상 국립공원의 아름다운 경관을 한눈에 조망할 수 있는 등 경관이 아름다운 점 등을 고려하여 산림청이 100대 명산으로 지정한 바 있다.

통영시 남쪽 미륵도 중심부에 솟아 장차 미륵존불이 강림할 곳이라고 하여 미륵산으로 명명되었다고 하는데 용화사와 관음사, 미래사 등 이름에 걸맞은 여러 사찰이 있다.

사량도 지리산행을 마치고 다음 날 아침 사량도에서 통영으로 건너와 미륵산을 찾았다. 떡 본 김에 제사 지낸다고 서울에서 먼 거리의 통영에 마침 미륵산이 있으므로 거기 올라 한려수도를 내려다보기로 한 것이다.

국립공원 100경 중 최우수 경관을 볼 수 있는 곳

용화사광장에서 미륵산 등산 안내도를 살펴보고 출발한다. 용화사로 가는 넓은 도로를 비켜 왼편 숲으로 들어서면 편백 높게 뻗은 오솔길이 평탄하게 이어진다. 넓은 잔디밭인 띠밭등은 통영지역 학생들이 소풍을 오곤 하던 장소였다고 한다.

띠밭등에서 100여 m를 지나 약수터에서 목을 축이고 좀 더 오르면 미륵산 정상을 500m 남겨둔 갈림길이 나온다. 여기부터는 거친 바윗길 오르막이 계속되는데 정상을 오르는 가장 짧은 코스인 만큼 가파름이 상당히 심한 편이다.

정상 바로 아래의 70m 계단에 이르러 숨을 고르는데 한려수도가 펼쳐진다. 국립공원의 많은 비경 중에서도 가장 우수한 경관을 보게 된다.

2008년 3월 1일에 설치했다는 케이블카는 관광 상품으로 확고하게 자리를 잡은 것처럼 보인다.

"서울의 남산보다 바쁘게 운행하는 것 같네."

"설악산 권금성보다도 많은 거 같아요."

“그만큼 볼거리가 많다는 거겠지?”

한려수도를 제대로 내려다보고픈 생각에 내처 정상(해발 461m)까지 올라선다.

1968년 해상공원으로는 최초로 국립공원으로 지정된 한려해상 국립공원은 거제 해금강 지구, 통영·한산지구, 사천지구, 남해대교지구, 상주·금산지구, 여수·오동도 지구 등으로 구분되는데 지금 통영·한산지구를 발아래 두고 있다.

통영시 일부 지역과 한산도를 비롯한 미륵도, 추봉도, 죽도, 용초도, 선유도, 도곡도, 연대도, 비진도 등을 포함한 지역으로 자연경관이 수려한 건 말할 것도 없거니와 임진왜란 당시 이순신 장군의 전승 기념물이 산재해 있는 역사 유적지이기도 하다.

앞바다에 묵연히 시선을 담그자 그 위로 불길이 치솟는다. 왜선 60여 척이 불에 타고 아비규환의 왜군들이 바다로 뛰어든다. 행주대첩, 진주성 대첩과 함께 임진왜란 3 대첩으로 꼽으며, 명량대첩, 노량대첩과 함께 이순신 장군의 3 대첩에 속하는 한산대첩의 장면들을 상상하면 형언키 어려운 감명에 사로잡히다가 불뚝 자존감이 세워지는 걸 의식하게 된다.

세계 해전사에 가장 위대한 승리로 평가하는 세계 4대 해전을 보면 기원전 492년, 그리스와 페르시아 간의 살라미스Salamis 해전, 1588년 스페인함대가 영국을 침공한 칼레Calais 해전, 1805년 영국을 침략하여 영토를 넓히려던 프랑스 나폴레옹의 트라팔가르Trafalgar 해전과 임진년인 1592년 이순신 장군의 한산대첩을 꼽는다.

삼도 수군의 본영인 한산도는 충무공이 9000명의 왜병을 수장시킨 한산대첩의 교전 장으로 이충무공 유적(사적 제113호)이 있고 이충무공의 영정을 모신 충무사와 한산대첩 기념비, 대척문, 충무문, 행적비 등이 있다.

"가벼이 움직이지 말고 절대 산처럼 침착하고 무겁게 행동하라."

이순신 장군이 부하들에게 했던 말이다. 왜군과의 교전에서 자칫 경솔하게 대응했다가 패배할 것을 우려했을 테지만 장군은 '산처럼'이란 말을 써서 전투에 임하는 자세를 강조했다.

"이순신 장군은 저 아래 한산도에서 틈틈이 여기 미륵산을 올랐을 거야."

산에서 깨우침을 받아 바다를 다스려 승리를 취할 수 있었을 거란 생각을 해보는 것이다. 미륵산에서 바라보는 한려수도는 국립공원 100경 중 최우수 경관으로 선정된 바 있어 더더욱 늘어난 등산객과 케이블카 승객들로 정상 일대는 이만저만 분주한 게 아니다.

많은 섬과 그 사이의 푸른 물길, 간간이 떠 있는 범선 몇 척과 풍만하게 살진 뭉게구름들이 한려수도의 명성에 어긋남 없이 자리를 지키고 있다. 일본 대마도가 보일 만큼 청명하지는 않지만, 시선이 닿는 곳마다 눈길이 멈춰진다.

"역시 바다는 산에서 볼 때 더욱 아름답지요?"
"이곳 바다는 특히 그렇지."

그렇게 대답하고 바다에 시선을 담그는데 순간 그 바닷속에서 임진왜란 당시 거북선이 쏜 대포가 유물로 건져 올렸던 일을 떠올리게 한다.

'별황자총통別黃字銃筒'

1992년 8월 18일, 한산도 앞바다에서 해군 충무공 해저 유물 발굴단에 의해 별황자총통이 발굴되었다는 보도가 나간 이틀 후의 유물 공개행사는 더더욱 전국을 들썩이게 하였다.

'만력 병신년(1596년) 6월 모일에 만들어 올린 별황자총통
萬曆丙申六月日 造上 別黃字銃筒'

조선 수군의 무기였음을 확인시키는 한자체가 대포에 새겨져 있었다. 바야흐로 임진왜란 때 왜선을 침몰시킨 거북선 대포가 발굴되었으니 얼마나 가슴 떨리는 일이 벌어진 것인가. 정부는 국민의 흥분과 여론의 성화에 유물이 인양된 지 17일 만에 별황자총통을 국보 제274호로 지정하였다. 우리나라 문화재 역사상 최단기간 국보 지정 사례였다.

"대단한 성과였네요."
"그랬었지. 그런데……."

그로부터 4년여의 세월이 지나 이 모든 것이 사실이 아닌 사기였음이 밝혀진다. 1996년 6월, 한 사건을 수사하던 검찰은 수사 과정에서 우연히 별황자총통이 위조라는 진술을 듣게 된다.

"조사 결과는 더 경악스러웠죠. 모든 것이 사기였습니다."

해저에서 발견된 별황자총통은 골동품상한테 500만 원에

사들인 해군이 한산도 앞바다에 빠뜨린 뒤 잠수부를 동원해 건져 올리는 퍼포먼스를 연출한 것이었다.

이 충격적인 일은 당시 뚜렷한 발굴성과가 없어 해체 위기에 몰렸던 해군 충무공 해저 유물 발굴단의 조바심에서 비롯된 조작 사건이었다는 게 밝혀졌다. 당연히 별황자총통의 국보 지위가 박탈되었고 국보 제274호는 영구 결번되어 수치스러움의 상징으로 남고 말았다.

"이순신 장군이 통탄하셨겠네요."

"문화재에 관심이 많았던 사람들은 특히 허탈에 빠지고 부끄러움도 많이 느꼈었지."

정상 조금 아래로 봉수대 터가 있다. 그 당시의 해괴한 사건을 떠올렸다가 봉수대 쪽으로 눈을 돌린다. 경상남도 기념물 210호로 지정된 봉수대는 횃불과 연기를 이용하여 급한 소식을 전한 일종의 통신수단이었다.

고려 말 최영 장군이 왜구의 침입에 대비하여 군사와 백성들을 동원하여 축성했다는 산성인 당포 성터(경상남도 지방기념물 제63호)도 인근에 있으니 이 지역도 그 옛날 전쟁의 위험에 노출되어 급박하게 대비했던 곳임을 실감케 한다.

통영이 배출한 토지의 작가, 박경리 선생의 묘소가 인근에 있다. 전망쉼터에서 선생의 묘소를 내려다보며 마음을 바르게 세워보려 한다. 그러면 세상이 다 보인다고 선생은 그녀의 유고 시집 '버리고 갈 것만 남아서 참 홀가분하다'에서 표현했었다.

마음 바르게 서면 세상이 다 보인다.
빨아서 풀 먹인 모시적삼 같이 사물이 싱그럽다.
마음이 욕망으로 일그러졌을 때 진실은 눈멀고
해와 달이 없는 벌판 세상은 캄캄해질 것이다.
먹어도 먹어도 배가 고픈 욕망 무간지옥이 따로 있는가.
권세와 명리와 재물을 좇는 자
세상은 그래서 피비린내가 난다.

사람의 사사로운 욕심을 피비린내 나는 전쟁과 비견했는데 크게 다르지 않다는 걸 공감하게 된다. 통영 상륙작전 전망대에서 한국 전쟁 당시 해병대의 상륙작전 전과와 귀신 잡는 해병의 유래를 읽고 한산대첩 전망대인 케이블카 정류장 지붕으로 내려선다. 한려수도가 더욱 가까이 보인다.

이곳, 땅끝에서 돌아서기 싫어라

용화사광장으로 내려가다가 미래사와 갈라지면 미륵치라는 곳에 이르게 된다. 인근의 현금산, 야소골, 박경리 묘소와 용화사 방면으로 길이 나뉘는 지점이다. 용화사 쪽으로 800여 m 아래에 또 다른 사찰 관음사가 있고 조금 더 내려가다 보면 산자락이 깎인 터에 거북등대 모형이 세워져 있다. 한산도 가는 길목 제승당 입구 바다 암초 위에 세운 거북등대의 원석을 여기서 채취했다고 적혀있다.

거북등대는 충무공 이순신 장군이 만든 거북선을 기리고 한산만으로 입항하는 배들이 항로를 찾게끔 1963년에 준공하였으며 한산대첩의 배경지에 있는 거북등대 실물의 3분의 1 크기로 조형물을 제작한 거라고 한다.

역시 통영은 이충무공의 충절과 구국의 혼을 그 어느 곳보다 높이 기리는 도시라는 걸 거듭 인식하게 된다. 내려와 용화사에서 올려다보는 미륵산이 정겹다. 또 온다고 장담할 수 없기에 한려수도의 보루인 미륵산을 재차 올려본다.

미륵산에서 내려와 서울로 향하기 전에 다도해와 낙조의 조망처로 유명하다는 달아공원에 잠시 들렀다. 주변에 10년생 동백 1000그루를 심어 자연과 인공이 조화되는 경승 1번지로 가꾸고 있다는데 한려해상 국립공원을 조망하기에 뛰어난 곳이다.

관해정이라는 정자를 비켜 바다 쪽으로 조금 더 나가면 그야말로 땅끝에 선 기분이다. 이름을 지니지 못한 작은 바위섬에서부터 장재도, 저도, 송도, 학림도와 멀리 욕지열도까지 수십 개의 섬이 한눈에 들어온다.

다도해 풍경을 한 폭 그림으로 감상하게 된다. 달아達牙라는 명칭은 지형이 코끼리의 아래위 어금니와 닮아서 붙여졌는데 지금은 달구경 하기 좋은 곳이라는 쉬운 의미로 받아들여지고 있다.

동양의 나폴리라고도 일컫는 도시, 통영. 잠시 들렀다가 떠나면 훌쩍 등 돌리는 것만 같아 올 때마다 아쉬움 고이는 곳이 통영이다. 볼거리, 먹거리가 풍부하고 역사와 문화가 깊숙이 배어 있는 통영은 떠나와서는 다시 갈 구실을 만들게 되는 곳이다.

때 / 여름
곳 / 용화사광장 – 띠밭등 – 미륵산 – 한산대첩 전망대 – 미륵치 – 관음사 – 용화사 – 용화사 광장

포항 내연산, 땀에 젖고 열두 폭포수에 젖어

청하골에서 가장 경관이 빼어난 곳이 바로 여기서 보이는
관음폭과 연산 폭 주변을 에워싼 선일대, 신선대, 관음대, 월영대 등
천인 단애가 장성처럼 둘러쳐진 곳이라는데
보면서도 고개를 끄덕이게 된다.

경상북도 포항시와 영덕군에 걸쳐 있는 내연산內延山은 그 일대가 경북 3경에 꼽히는 경승지이다. 안으로 깊숙이 끌어들인다는 의미의 이름에 걸맞게 산세와 풍광, 생태적 가치로도 오는 이들을 푹 빠져들게 한다.

1970년대 포항종합제철(현 포스코)이 들어서면서 세계적인 제철 도시로 성장한 영일만의 포항시 북서부 지역은 태백산맥 남단에 해당하는 산악지대로 동대산, 구암산, 자초산, 면봉산, 보현산, 운주산, 향로봉, 천령산, 침곡산, 비학산 등 비교적 높은 산들이 솟아있고 동해안으로 뻗어 내려가면서 점차 낮아진다.

내연산은 해안 가까이 솟아올라 있어 최고봉 710m의 해발고도에 비해 더 우뚝 높아 보인다. 신라 진성여왕이 견훤의 난을 피해 종남산으로 피신 왔다가 내연산으로 개칭했다고 전해진다.

많은 폭포에 맑은 소와 푸른 담을 이루며 40여 리를 굽이

쳐 흐르는 청하골이 그윽하게 휘감아 돌고 있어 높이와 관계없이 명산의 반열에서 제외할 수 없는 곳이다.

조선 후기 산수화의 대가 겸재 정선은 내연산의 3층 폭포인 삼용추三龍湫를 화폭에 담고 금강산보다 아름다운 경관이라고 치켜세운 바 있다.

무엇보다 내연산이 탐방객을 끌어들이는 건 쌍생 폭, 보현폭, 삼보 폭, 잠룡 폭, 무풍폭, 관음폭, 연산 폭, 은폭, 복호 1폭과 2폭, 실폭과 시명 폭 등 폭포 전시장을 방불케 하는 12 폭포가 있어서라고 할 수 있다.

경상북도 문호 역할을 하는 항구도시로 육로와 해상교통의 요지이기도 한 포항은 여름철에 종종 오곤 했는데 구룡포와 송도, 해맞이광장 인근의 동상 조형물 '상생의 손'으로 유명한 호미곶虎尾串 등 바닷가를 즐겨 찾았었다.

재작년에 이어 이번 여름에도 바다가 아닌 산을 찾아 일부러 왔으니 또 내연산에 오고 싶어서였다. 두 해 전, 내연산을 휘감아 도는 여섯 봉우리 천령산 우척봉, 삿갓봉, 매봉, 향로봉, 삼지봉, 문수산을 환종주 했었는데 이번 산행에는 그때 접하지 못한 열두 폭포의 폭포수에 푹 젖기로 하였다.

올라서서 포항 앞바다를 눈에 담는다

새벽 일찍 서울에서 출발하여 보경사 주차장에 도착했을 때는 이미 많은 탐방객이 모여들어 주차 공간이 그리 많지 않았다. 한여름 휴가철을 끼고 있어서 계곡을 찾는 인파들이 많을 수밖에 없다. 건강특화구역으로 지정된 내연산답게 진입로도 깨끗하고 잘 정비되어 있다.

12폭을 품은 청하골은 천년고찰 보경사부터 시작된다. 보경사 일주문을 지나 매표소에서 거금 3500원을 지급하고 입장해야 하는데 사찰 입장료가 아니라 문화재 구역 입장료라고 적어놓은 걸 보니 아까운 마음이 조금은 덜하다.

경주 불국사의 말사인 보경사는 연륜에 비해 규모가 크지는 않다. 경내의 문화재도 고려 원진국사의 비석(보물 제252호)과 부도(보물 제430호)를 제외하고는 그 이름값만큼 딱히 내세울 건 없는 듯하다. 하지만 다수의 명찰처럼 화려하거나 호사스럽지 않고 내연산을 병풍 삼은 그윽한 풍광이 걸음을 멈춰 서게 한다.

"동해안 명산에서 명당을 골라 소승이 진나라의 도인으로부터 받은 팔면 보경을 묻으십시오."

"그건 왜 묻으라는 것이오?"

"보경을 묻은 자리에 불당을 세우면 왜구의 침입을 막을 뿐만 아니라 고구려나 백제에도 밀리지 않고 결국 삼국을 통일할 것입니다."

602년 진나라에 유학을 떠났다가 돌아온 신라 지명 법사가 진평왕에게 이르자 진평왕은 그의 말대로 내연산 아래에 있는 큰 연못에 팔면 보경八面寶鏡을 묻고 못을 메워 금당을 건립하였으니 그렇게 세워진 사찰이 보경사이다.

일단 문수봉으로 길을 잡는다. 내연산의 정점을 지키는 봉우리들을 접한 후 내려오면서 열두 개의 폭포를 거치기로 했다. 적당히 고여 흐르는 맑은 계곡을 끼고 걷다가 숲길로 들어선다. 문수봉과 선일대의 갈림길에서 오른쪽 문수봉 방향의 돌계단을 밟자 한동안 오르막 구간의 연속이다.

문수암이라 적힌 돌비를 지나 흐르는 땀을 훔치면서 수림 왼쪽 아래로 두 줄기 쌍생 폭포와 짙푸른 담을 내려다본다. 육신의 수고로움은 눈에 담는 객체가 무엇인가에 따라 쉬이 씻어지기도 하고 그 후유증이 길게 남기도 한다. 내연산에서 보이는 것들은 대개 지친 몸을 빨리 회복시켜주는 객체들이다.

길은 더욱 가파르고 잡목 우거진 너덜지대가 이어지지만, 이정표가 수시로 세워져 있어 길 놓칠 염려는 없어 보인다. 문수봉(해발 628m)에서 여러 등산객과 눈인사를 나누고 바로 삼지봉으로 향한다. 평평하고 널찍한 능선이라 문수봉 올라올 때와는 비교가 안 될 정도로 편안하다.

숲이 우거져 그다지 눈 돌릴 곳이 없다가 동해안 포항 앞바다가 시야에 들어온다. 힘들여 올라와 펼쳐진 바다를 보는 건 큰 기쁨이자 후련한 속 비움이다.

은 폭으로 내려가는 삼거리 구간을 지나친다. 여기서 내려가게 되면 폭포 몇 개를 놓치게 된다. 오늘 산행 계획은 12폭 트레킹을 포함하므로 향로봉까지 가야만 한다. 안락한 숲길 따라 내연산의 주봉 삼지봉(해발 711m)에 닿았는데 여기도 향로봉을 찍고 왔거나 은폭을 거쳐 올라온 산객들이 꽤 많이 모여 있다.

여기서 향로봉까지 2.6km, 곧바로 그리 향한다. 능선의 고도가 지속해서 높아지지만 크게 힘든 길은 아니다. 오름길의 종점, 보경사 입구에서 7.9km 거리의 향로봉(해발 930m)에 도착해 하늘과 맞닿게 되자 땀은 흐르지만, 한결 마음이 가벼워진다.

북에서 남으로 길게 이어진 동해를 내려다보면서 단전 깊이 숨을 들이마신다. 그깟 심호흡으로 잘아지고 굳어진 돌이 원형을 되찾겠는가마는 그래도 내면을 정화하고 싶다.

너른 바다를 깊이 바라본다고 하여 가까운 이에게 스트레스를 주었던 좁은 가슴에 너른 포용이 생기지는 않겠지만 신경림 시인의 '동해바다'는 잠시나마 자기 성찰의 시간을 갖게 한다.

> 친구가 원수보다 더 미워지는 날이 많다.
> 티끌 만한 잘못이 맷방석만 하게
> 동산만 하게 커 보이는 때가 많다.

그래서 세상이 어지러울수록
남에게는 엄격해지고 내게는 너그러워지나 보다.
돌처럼 잘아지고 굳어지나 보다.
멀리 동해바다를 내려다보며 생각한다.
널따란 바다처럼 너그러워질 수는 없을까
깊고 짙푸른 바다처럼
감싸고 끌어안고 받아들일 수는 없을까
스스로는 억센 파도로 다스리면서
제 몸은 맵고 모진 매로 채찍질하면서

열두 폭포와 일일이 대면하다

반성의 시간까지 가지면서 어짊의 미덕을 곱씹었으니 이젠 너른 시야를 지니고 계곡으로 내려서서 열두 폭포를 만날 일만 남았다.

시명리 방향은 고메이등으로 내려서서 시명리를 거쳐 청하골로 통하는 내리막 코스이다. 한동안 급경사의 내리막을 조심스럽게 내려서서야 물소리를 듣게 된다. 물을 건너 수목원 삼거리에서 보경사 쪽으로 길을 잡아야 열두 폭포를 모두 만나게 된다.

하산 길이다 보니 열두 번째 시명폭포를 먼저 만나게 된다. 등산로에서 150m 아래로 벗어나 만난 시명 폭에 살짝 실망하고 만다. 열두 폭포 전부가 웅장한 물줄기를 쏟아낼

거라고 기대하지는 않았기에 다음 11폭인 실 폭포로 걸음을 옮겼는데 실폭은 한술 더 떠 300m나 외떨어져 있다.

"이렇게라도 다 봐야 하는 게 옳은 일일까."

망설이면서도 그쪽으로 가게 된다. 가느다란 실타래처럼 흘러내린다는 실폭 또한 보았다는 것에 만족하고 만다. 10폭에 해당하는 복호 2폭과 그 아래의 9폭인 복호 1폭은 호랑이가 바위 위에 엎드려 쉬는 형상이라는데 어느 부분이 호랑이 머리인지, 꼬리는 어느 쪽인지 결국 분간 못 하고 돌아선다. 호랑이 닮은 폭포는 그 위로 올라서서 보았을 때 폭포로서의 미관이 더 출중하다.

다시 내리막길에 대단히 큰 애추崖錐를 보게 된다. 산악지대 비탈면에서 흔히 보는 암석 무더기들은 대부분 애추로, 동결과 융해가 반복된 풍화의 산물이라 대개 모서리가 날카롭게 각진 것이 특징이다.

'너덜겅', '너덜지대', '돌서렁'이라 부르기도 하는데 우리나라를 포함한 온대 지방의 애추 대다수는 과거 빙하기에 형성된 것으로 지금은 활동을 멈춘 화석 지형으로 알려져 있다.

음지골 쉼터라고 적힌 정자에서 잠시 목을 축이고 8폭으로 간다. 숨겨져 있다고 해서 명명된 은폭隱瀑 앞에 서자 짙푸르게 고인 소沼로 가지런히 떨어지는 물줄기가 마음을 차분히 가라앉혀 준다. 은폭 물길을 터준 기암도 볼만하다.

이제부터 여러 폭포와 기암절벽을 동시에 전망할 수 있는 코스이다. 소금강 전망대로 가면서 눈에 들어오는 이 일대의 광경은 탄성을 자아내게 한다.

초록 숲 사이로 드러난 절벽들의 깎아지른 모습이 그렇고, 우뚝 솟은 기암절벽 비하대와 학소대가 아래로 좁혀지면서 이루는 계곡의 형상은 벌린 입을 다물지 못하게 한다. 전망대에서 보는 맞은편 절벽의 정자 선일대가 아찔하게 느껴진다.

"옛사람들은 저기에 정자를 만들어놓고 얼마나 많이 와보았을까."

저 자리에 정자를 세우겠다는 발상과 안목도 놀랍거니와 또 거기에 정자를 세웠다는 사실도 무덤덤하게 지나칠 수만은 없을 만큼 대단하다는 생각이다.

또 내려다보는 관음폭포와 연산폭포도 지금까지 보아왔던 폭포들과는 격이 다르다는 걸 한눈에 알 수 있다. 청하골에서 가장 경관이 빼어난 곳이 바로 여기서 보이는 관음폭과 연산 폭 주변을 에워싼 선일대, 신선대, 관음대, 월영대 등 천인단애가 장성처럼 둘러쳐진 곳이라는데 보면서도 고개를 끄덕이게 된다.

신선대에 올라 휴식을 겸해 두루두루 주변 절경들을 눈에 담아두고 청하골에서 가장 규모가 큰 7폭, 연산폭포로 내려왔다. 역시 깎아지른 절벽인 학소대 밑으로 큼직한 물줄기가 굉음과 함께 쏟아지니 시원하기가 이루 말할 수 없다.

여섯 번째 관음폭은 쌍폭으로 물줄기 아래 못 옆에 커다란 굴이 있는데 관음굴이라 부른다. 몇몇 탐방객들을 따라 이 굴 안쪽으로 들어가자 입구 일부를 가린 채 떨어지는 폭포수 줄기가 색다른 모습을 연출한다.

연산폭포에서 내려서는 구름다리 적교도 관음폭포 쪽에서 보면 더더욱 이색적이다. 높이 30m, 길이 40m의 구름다리가 관음 직벽과 어우러져 눈을 즐겁게 한다. 연산 폭, 관음 폭, 잠룡 폭포 아래의 소를 삼용추라고도 하는데 겸재 정선이 '내연 삼용 추도'를 그렸을 정도로 이곳에 반했던 모양이다. 이 세 폭포는 어디서도 한눈에 담을 수 없기 때문에 겸재는 상상으로 그림을 완성하였다고 한다.

잠룡폭포는 용이 숨기에 충분히 깊고 은밀한 곳에 있다

5폭, 무풍 폭포도 등산로를 거슬러 올라가야 그 앞에서 제대로 볼 수 있다. 계곡 깊은 곳에 고혹한 자태로 물을 흘리고 있다. 계곡을 떠받치는 암벽들은 잎 푸른 나무들까지 받쳐주어 자연미 가득 풍기면서도 소란스럽지 않게 수려하다.

그리고 잠룡 폭포, 4폭을 마주한다. 이 주변 계곡은 영화 '남부군'의 촬영 장소다. 남부군 대원들이 모인 지리산 계곡의 일부 장면을 이곳에서 촬영했다고 한다.

3폭 삼보 폭포와 2폭 보현 폭포에 닿았을 때는 옷도 등산화도 흠뻑 젖고 말았다. 폭포 트레킹을 염두에 두고 왔는지라 멀찌감치 서서 바라만 보고 지나치는 게 싫어 서슴없이 물길을 건너고야 말았다.

“땀에 젖으나, 물에 젖으나 매일반 아니겠나.”

강원도 삼척의 덕풍계곡 기나긴 물길을 건너고 또 건너 응봉산에 오를 때가 떠올랐다. 그때의 물길 트레킹에 비하면 강물과 실개천의 차이라 할 수 있을 것이다.

이제 마지막 폭포이자 12폭 중 첫 폭포인 쌍생 폭포에 다다르자 많은 등산객을 보게 된다.

기화소 절벽과 어우러진 맑은 기화담은 깊이를 재기 어려울 정도로 검푸른 빛을 띠고 있다. 우람하여 큰 물살을 쏟아내는 건 아니지만 폭포의 두 줄 물길이 나란히 단아하게 떨어진다.

모두 접하고 나자 제작기 개성을 지닌 열두 폭포가 차례대로 뇌리를 스친다.

내연산 세 봉우리와 열두 폭포를 모두 만나고 보경사 주차장으로 내려설 즈음엔 기력이 많이 소진된 걸 느끼지만 열두 폭포가 하나의 그림으로 완성된 겸재의 화폭을 떠올리노라니 여느 명산을 내려섰을 때처럼 새로운 에너지가 대체되는 걸 느끼게 된다.

"내가 원해서 왔고, 원했던 대로 취했으니까."

때 / 여름
곳 / 보경사 주차장 - 보경사 - 문수봉 - 삼지봉 - 향로봉 - 시명리 - 청하골 12 폭포 - 원점회귀

팔공산 종주, 150개 구빗길에서 108번 번뇌하다

> 자연의 아름다움에 무관심하고 그 중요성에
> 무지하기 이를 데 없는 생태맹生態盲 대통령을
> 두었던 걸 큰 불행이었다는 게 자책으로 이어져
> 바른재까지 보폭을 넓히고 만다.

대구광역시 북부를 둘러싼 팔공산八公山은 정상 일대에서 뻗친 산줄기가 칠곡군, 군위군, 영천시, 경산시, 구미시까지 이어져 웅장한 산세에 계곡도 깊고 동화사, 은해사 등 사적이 많아 1980년 경상북도 도립공원으로 지정되었다.

최고봉인 비로봉 양쪽으로 동봉과 서봉이 날개 펼친 형상의 팔공산을 중심으로 대구광역시와 경상북도의 경계에 형성된 고리 형태環狀의 산지를 팔공산맥이라고 하는데 대구분지의 북부를 병풍처럼 가리고 있다.

전라북도 진안군과 장수군이 접하는 곳에도 동명의 팔공산(해발 1151m)이 있는데, 이 산은 산의 동쪽 안양마을에 있는 팔성사에 속한 여덟 개의 암자마다 성인이 한 사람씩 거처하고 있어 팔공산으로 이름 지었다고 전해진다.

이곳 팔공산의 명칭 유래는 보다 역사적이고 구체적이다. 후삼국 때 후백제의 견훤이 서라벌을 공략할 때 고려 태조 왕건이 5천 명의 군사를 거느리고 후백제군을 정벌하러 나섰다가 공산公山에서 견훤을 만나 포위를 당하였다.

그때 고려 건국의 일등 공신 신숭겸이 태조로 가장한 수레를 타고 적진에 뛰어들어 전사함으로써 왕건은 겨우 목숨을 구할 수 있었다. 당시 신숭겸과 김락 등 8명의 장수가 모두 전사하여 팔공산이라 명명하였다고 전해진다.

108m마다 한 개씩 세워진 150개의 이정표를 지나야

대구에서 입대 동기인 재오를 만나 회포를 풀고 다음 날 일찍 팔공산으로 왔다. 귀찮을 텐데도 재오가 동행해 갓바위 주차장까지 태워준다. 팔공산을 두 차례 다녀가면서 아쉬움이 남곤 했었는데 그때마다 시간에 쫓겨 여유롭게 산을 즐기지 못했기 때문이다. 이번에는 하계휴가 중 갓바위에서 파계사를 종주하며 짙푸른 팔공산의 여름에 푹 빠져 보기로 한 것이다.

"하산하기 전에 전화해. 한티재로 갈게."

"아니야. 거기서 택시 타고 내려갈게."

재오의 차가 주차장을 빠져나가는 걸 보고 바로 관암사 방향으로 길을 잡는다. 콘크리트 길 우측의 숲길로 걸어 덕은사를 지나고 관암사에서 경내를 둘러본다. 이른 아침이라 그런지 경 읽는 소리도 들리지 않고 스님들도 보이지 않는다. 그야말로 옅은 운무가 고인 고요한 산사의 평온한 아침이다.

관봉(갓바위)으로 오르는 1365개의 돌계단을 오른다. 1년 365일 찾는 명소라는 의미로 계단 숫자를 맞추었나 보다. 서울 청계산의 1240계단보다 훨씬 힘들다. 데크보다 높은 돌계단을 다 올랐을 때는 다리가 묵직하게 느껴진다.

관봉을 조금 앞두고 걸음을 멈춰 용두암과 용덕암, 그 건너로 환성산을 바라보자 그쪽으로도 아침 안개가 습하게 끼어있다. 관봉(해발 853m)에 들어서서 그제야 사람들을 보게 된다. 관봉 석조여래좌상 앞에 수많은 연등이 달려있고 그 아래에서 많은 사람이 절을 하고 있다. 여기 올 때마다 보게 되는 광경이다.

통일신라 때 만들어진 관봉 석조여래좌상(보물 제431호)은 병풍처럼 둘러쳐진 암벽을 배경으로 한 좌불상으로 머리에 갓을 쓴 것처럼 넓적한 돌이 올려져 있어서 갓바위라고도 부른다.

갓바위는 예전에 보았던 모습 그대로 약간 치켜 올라간 눈꼬리에 갓을 쓴 채 편안히 앉아 사람들을 보듬는 모습이다. 사람들은 예를 다해 절을 올리며 저마다 소원을 빌고 있다. 전국의 부처님 중 가장 인기가 높은 갓바위 스타 부처님 앞에서 빌면 한 가지 소원은 꼭 들어주신단다.

“제 소원은 안전하게 150이라는 숫자를 보는 것입니다. 들어주시면 감사하겠습니다.”

팔공산 종주 능선에는 관봉부터 한티재까지 촘촘하게 이정목이 설치되어 있다. 관봉에서 80m를 내려오면 NO.001이라 적힌 이정표에 동봉까지 7.2km라고 표시되어 있다.

지금 서 있는 1번 이정표부터 오늘 산행의 날머리인 한티재 150번 이정표까지 16.2km이니 평균 108m마다 한 개씩 세워졌다는 계산이 나온다. 길과 방향 안내엔 도움이 될 수 있겠으나 자칫 108 번뇌를 수행하는 고된 지루함을 느낄지도 모른다.

영천 일대와 대구시가지에 낮게 깔린 구름을 힐끔 쳐다보고는 2번 구조 목을 찾아 걸음을 옮긴다. 쇠 난간이 설치된 바위 구간을 오르며 능선 종주가 시작된다. 바위가 즐비하게 늘어선 암릉 길은 옅은 안개가 깔렸어도 주변이 트여 소소하게나마 바람이 불어준다.

“안개가 걷히면 유난히 덥겠지만.”

북지장사와 선본사로 갈라지는 주 능선 첫 번째 갈림길에서 오른쪽으로 둥근 바위 무덤 형태의 노적봉(해발 891m)은 바라만 보고 그냥 지나친다. 혹여 너무 늦으면 서울 가는 교통편에 지장을 받을 수도 있어 다른 때처럼 오지랖 넓게 방문할 수가 없다. 물 한 모금을 마시고 능성재 쪽의 완만해 보이는 능선으로 향한다.

오늘따라 유별나게 힘이 부치고 더위에 시달리는 중이다

능선 왼쪽 아래로 보이는 팔공 컨트리클럽이 눈살을 찌푸리게 한다. 5공 때 대통령 지시로 공사하여 6공 때 완공된 골프장이라는 걸 알고 더욱 화가 난다.

"역시 그 사람다운 발상이야."

명산의 턱밑까지 산을 깎아 골프장을 만든다는 전두환식 발상이 어처구니가 없다.

"라운딩하면서 운동은 제대로 되겠군."

가파르게 깎아 올린 필드에서 얼른 눈을 돌려 걸음을 빨리한다. 은해사 갈림길인 능성재를 지나 헬기장과 잡목 숲을 빠져나왔는데도 흉물스러운 골프장 언저리를 벗어나지 못했다. 느닷없이 그의 추징금 미납액이 떠오르고 너무 오래 산다는 생각까지 들어 미간이 좁혀진다. 고개를 세차게 흔들면서 좁고 한적한 오솔길을 빠져나와서도 한번 일어난 짜증이 쉬이 가시지 않는다.

있는 그대로 보존해야 할 대자연에, 그것도 도립공원 자락에 골프장을 만들어 미래세대에게 넘겨줘야 할 유산을 망가뜨리는 건 엄청난 범죄행위라는 생각이다. 자연은 현세대가 사는 동안 미래세대로부터 차용하여 이용하고 있는 것이다.

현세대의 소유지가 아니라 단지 점유하고 있을 뿐인데 점유자로서, 임차인으로서의 보전 의무를 회피하고 편의만 추구하려 마구 개발한다는 건 있을 수 없는 일이다. 더구나 그 시대의 대통령이 앞장서서 자연을 훼손했다니 기가 찰 노릇이 아니겠는가.

자연의 아름다움에 무관심하고 그 중요성에 무지하기 이를 데 없는 생태맹生態盲 대통령을 두었던 걸 큰 불행이었다는 게 자책으로 이어져 바른재까지 보폭을 넓히고 만다. 동화사로 내려가는 갈림길인 바른재에는 38번 이정목이 세워져 있다.

"으음, 38 곱하기 108은……"

관봉에서 4km를 조금 더 지나온 셈이다. 결국, 숫자와의 싸움이 되고 말았다. 팔공산의 육중한 산세를 꾸준히 접하면서 은해봉(해발 898m)에 닿아 더 가야 할 봉우리들을 바라본다.

철탑이 무수한 비로봉을 빼고는 그 우측의 동봉과 서봉을 거쳐 파계봉으로 이어지는 마루금들이 두터운 초록에 덮여 있다. 그런데 다시 진행하면서 짙푸른 팔공산의 여름을 즐기고자 했던 초심이 점점 시들해지는 걸 의식한다.

“이쯤에서 탈출할까.”

너무 덥다. 무척 힘들다. 차라리 비라도 뿌렸으면 좋겠다. 몸도 마음도 자꾸 처지고 있다는 걸 의식하며 헬기장을 지나 삿갓봉(해발 931m)에 다다른다. 얼음은 이미 녹아버려 미지근해진 물로 목을 축이고 처진 기운을 부활시키려 스트레칭으로 몸을 풀어본다.

신령재(도마재)에서 돌아보니 관봉이 아득하게 멀어졌는데 이정표의 숫자는 겨우 48번을 표시하고 있다. 좌측 동화사로 내려가는 표식이 자꾸 마음을 흔든다. 동화사에서 이리 올라와 비로봉을 찍고 내려간 적이 있었다.

대한불교 조계종 제9교구의 본사인 동화사는 통일신라 시대에 창건된 고찰로 금산사, 법주사와 함께 법상종 3대 사찰의 한 곳이며 대한불교 조계종 제9교구 본사이다. 임진왜란 때 절 전체가 불타버린 후 여러 차례의 중창을 거쳐 오늘에 이르렀는데 임란 당시 유정 사명대사가 승군을 지휘하였던 곳으로도 잘 알려져 있다.

어젯밤 재오와 술잔을 기울여서인지 오늘따라 유별나게 힘이 떨어지고 더위에 시달리는 중이다. 내려섰다 올라서고 다시 또 올랐어도 줄지어 늘어선 봉우리들이 압박처럼 느껴진다. 처음 예정했던 코스를 줄여 탈출하고 싶지만 결국 신령봉으로 향한다. 신령봉(해발 931.5m)은 나무 둥지에 문패를 메달아놓았다.

동봉이 가까워지면서 급경사에 바위 구간이 제법 거칠게 이어진다. 팔공산의 바위들은 대개 선돌처럼 세워져 있다. 숲을 비집고 곧게 세워진 바위들이 회전 구간의 열차처럼 늘어선 풍광을 눈에 담고 더 많은 바위가 군락을 이룬 염불봉(해발 1036.1m)에 닿는다.

염불봉에 올랐을 때는 대구 도심에도 안개가 많이 걷혔다. 발바닥 형상의 바위를 만져보고 저도 모르게 손을 코에 댔다가 멋쩍게 웃고 만다.

계단을 올라 미타봉이라고도 하는 동봉(해발 1167m)에 도착하였다. 갓바위 탐방안내소에서 9.3km를 왔고, 관봉에서 7.3km를 지난 거리이다. 정오를 넘긴 시간이라 불볕더위가 기승을 부려 거리에 비해 시간도 많이 소요되었다.

가슴을 저리게 하는 숫자, NO. 150

요란스럽게 설치된 비로봉의 공군 관제탑과 무수한 통신 철탑들을 보면서 그리 향한다. 비로봉으로 가는 통신시설 옆으로 곱게 핀 야생화들에 눈길을 주고 막 지나온 동봉과 그 아래로 케이블카 상부 승차장에 눈길을 머문다.

비로봉에 예전에 없던 정상석(해발 1193m)이 세워져 있다. 비로봉에서 바라본 서봉과 가야 할 능선은 군사기지를 보는 것과 달리 유순하고 아늑해 보인다. 끈적끈적하게 콧잔등으로 흐르는 땀방울을 훔치지도 않았더니 말라붙어 소금기가 묻어나는 것만 같다.

"이열치열 아니겠는가. 땀은 땀으로 씻어내야지. 후유."

수태골로 하산하는 삼거리인 오도재를 넘고 헬기장을 지나 오르게 되는 철 계단은 서봉으로 향하는 관문이다. 서봉으로 오르면서 비로봉과 동봉을 돌아보자 몇 번이나 굴곡 심한 오르내림이 있었는데도 편하게 이어져 있는 것처럼 보인다.

서봉(해발 1147m)은 삼성봉이라고도 부른다. 정상석 뒷면에 그렇게 표기되어 있다. 아래로 장군봉 능선과 초록 틈으로 노출된 용바위가 멋지다. 사면에 바위들을 박아놓은 듯한 동봉과 그 너머로 갓바위 능선이 아득하다.

팔공산 정상부의 비로봉, 동봉, 서봉의 세 봉우리를 삼존불에 비유하기도 한다니 팔공산은 역시 불전에 핀 향처럼 친불 성향이 강한 곳이다.

날머리 한티재까지 7.2km, 숫자보다 훨씬 멀게 느껴지지만, 그 숫자를 줄이려 걸음을 내디딘다. 칼바위를 비롯해 여러 형태의 바위들이 도열하듯 세로로 서 있는 게 흥미롭다. 파계봉으로 가는 등산로도 급경사 오르막에 암벽 밧줄 구간이 많아 무척이나 힘을 쏟게 한다.

톱날 능선을 지나면서는 우회로가 많아 오르내리면서 땀깨나 흘린다. 가마바위에 걸터앉아 휴식을 취하려는데 눈이 감긴다.

잠깐이지만 졸다가 깨자 컨디션이 한결 나아진 듯하다. 파계봉(해발 991.2m)에서도 곳곳에 잠깐씩 눈길을 던지고 20여 분 내려가 파계재에 닿았다. 파계봉부터는 등산로가 순한 편이다.

"뭐야! 왜들 길을 막고 있어? 조폭들이야?"

의자 모양의 바위와 또 다른 몇몇 바위들이 모여 길을 좁히고 있다.

"아닌데요. 우린 가족이거든요."

다시 보니 옹기종기 모여선 모습들이 무척 다복해 보인다.

"아, 네. 행복하세요."

막내처럼 보이는 작은 바위의 머리를 쓰다듬고는 그들을 지나쳐 숲길로 들어서자 시원한 바람이 불어주고 등산로가 완만해 막바지 산행이 조금은 수월해진다.

NO. 150이 적힌 이정표를 보고 날머리의 마지막 계단을 내려섰는데 뿌듯하다기보다는 속이 저려 온다. 아직 오후 햇볕이 창창하게 뜨거워 더더욱 가슴이 벅차다.

"고생했어. 잘 견뎌내고 끝까지 잘 해냈어."

숫자와의 싸움에서 이겨낸 자신을 스스로 위안하며 한티휴게소에서 내리막 고개에 눈길을 머문다. 한티재 고갯길은 2007년 국토교통부에서 한국의 아름다운 길 100선에 선정했다. 굽이굽이 휘감아 도는 도로가 드라이브 코스로 적격이란 생각이 든다.

도상거리 18.2km를 걷는 오늘 산행의 역주행, 즉 여기 한티재에서 시작하여 갓바위 탐방안내소까지의 산행을 흔히 팔공산 한갓 종주라고 하는데 시간이 나더라도 결코 다시 하고 싶다는 생각이 들지 않는다.

"그래도 팔공산은 다시 찾아올 거야. 그땐 국립공원으로 승격되었으면 좋겠군."

때 / 여름
곳 / 갓바위 주차장 - 관암사 - 관봉(갓바위) - 노적봉 - 은해봉 - 삿갓봉 - 신령봉 - 염불봉 - 동봉 - 비로봉 - 서봉 - 가마바위 - 파계봉 - 파계재 - 한티휴게소

거침없이 성공하는 길상지, 직지사를 품은 황악산

'한반도 중심에 위치하여 다섯 방위를 상징하는
오방색五方色의 중앙을 가리키는 황黃 자를 써서
황악산이라 하며 정상에 오르면 하는 일들이
거침없이 성공하는 길상지지의 산이다'

충청도에서 추풍령을 넘어 경상도로 통하는 교통 중심지 김천시는 대부분 지역이 험준한 산지와 구릉지를 이루고 있다. 서쪽으로 충청북도와 경계를 이루는 소백산맥을 따라 황악산, 민주지산, 삼도봉, 대덕산 등 1100m 이상의 고산이 솟아있으며 동쪽으로 구미시와 경계로 금오산이 있다.

또 가야산맥이 남쪽으로 뻗으면서 1300m급의 수도산, 단지봉 등이 솟아 경상남도와 경계를 이루고 있다. 험준한 산으로 격리된 인접 지역을 역시 큰 고개인 추풍령, 면목령, 주치령과 우두령이 연결해준다.

경부선과 경부고속도로가 관통하는 교통상의 이점을 안고 있는 데다 높고 수려한 산들과 역사유물까지 많아 산악 및 사찰 관광지로 각광을 받는 김천이다. 경상북도 김천시와 충청북도 영동군에 걸쳐 추풍령에서 삼도봉으로 이어지는 백두대간 산줄기 중간에 있는 황악산黃岳山은 학이 많이 찾아온다고 해서 황학산黃鶴山으로 불리던 산이었다.

이 일대를 상징하는 산으로 험준하고 높은 봉우리라는 뜻에서 큰 산 악岳 자를 쓰는 산임에도 돌산이 아닌 흙산이어서 흙의 의미를 담은 황黃을 써서 황악산이라 부른다.

속세에서의 성공을 보장받는다

직지사 주차장에서 직지 문화공원을 오른쪽으로 두고 차로를 따라 오르면 동국제일가람 황악산문이라는 입구까지 다다르게 된다. 나무마다 아직 때 이른 단풍을 물들이려 경쟁하듯 애쓰는 것처럼 보인다. 여길 통과하면 매표소이다. 김천시민이 아니면 2500원을 직지사에 내야 한다.

원나라의 서예가이자 문인화의 대가인 조맹부의 친필이라는 황악산직지사黃岳山直指寺라고 쓴 한자 현판이 걸린 일주문을 지난다. 직지사로 가는 포장도로는 그 좌우로 푸른 숲이 형성되어 걷는 걸음을 무척 가볍게 해 준다.

직지사는 대한불교 조계종 제8교구 본사이다. 신라 때 아도화상이 선산 도리사를 창건한 후 황악산 직지사 터를 손가락으로 가리키면서 절을 지으라고 해서 붙여졌다는 설과, 고려 시대에 능여대사가 이 절을 세울 때 자를 사용하지 않고 직접 자기 손으로 측량하였다고 해서 직지사라고 했다는 설이 있다. 어느 유래든 손가락과 관련된 사찰인 건 틀리지않다.

직지사는 사찰의 생활을 일반인이 경험할 수 있는 다양한 템플스테이 프로그램을 갖추고 있는데 2002년 월드컵 당시 외국인을 위한 한국불교 전통문화체험 프로그램을 만들어 시행하면서 본격적으로 시작되었다고 한다. 다른 사찰과 달리 일주문에서 다소 떨어진 위치에 자리한 금강문 앞에는 피를 토하며 죽어간 영혼들로 인해 서늘한 느낌이 감돈다.

"여기서 하루 묵어갈 수 있겠습니까."

떠돌이 승려가 전국을 돌아다니다가 경남 합천의 한 마을에 이르렀는데 들어서고 보니 살림을 차리고 식구들을 거느리는 대처승 마을이었다.

"보다시피 우리 딸이 생긴 것도 이쁘고 머리도 좋은데 어때? 맘에 들지 않는가?"

떠돌이 승려를 좋게 본 촌장은 자신의 무남독녀 딸을 위함이기도 했지만, 그의 사람 됨됨이가 마음에 들어 사위로 삼으려 했다.

"저는 비구승입니다."

떠돌이 승려는 싱글로 수도 생활을 하는 비구승임을 알리며 한사코 결혼하기를 반대했다.

"이 마을에 들어온 이상 촌장인 나를 거역할 수 없어."

촌장은 승려의 바랑과 승복을 빼앗고 딸과 강제로 결혼시켰다.

"얘야, 네 신랑 물건들은 보이지 않는 곳에 꼭꼭 감춰두거라. 내뺄지도 모르니까 말이다."

신랑 승려가 도망칠까 봐 목탁과 장삼, 바랑을 깊숙이 숨기기까지 하여 승려는 처가살이를 하게 되었다.

"여보, 죄송하게 되었어요."

아들을 낳고 살기를 3년이 지난 어느 날, 반강제적으로 결혼을 하게 되어 늘 미안한 마음을 지녔던 아내는 사실을 토로하고 남편의 빼앗긴 물건들을 내주었다.

"3년이면 살 만큼 산 듯싶소."

다음 날 아침이 되자 남편이 사라졌다. 불심이 발동한 남편이 다시 승려가 되려고 도주한 것이다.

"어휴, 요 입이 방정이지. 그렇지만 한번 낭군은 영원한 낭군이야."

여인은 남편을 찾아 전국의 사찰을 모조리 찾아 헤매다가 직지사에 있다는 소문을 듣게 된다.

"그럼 그렇지. 지가 뛰어봐야 벼룩이지. 그런데… 근데 몸이 왜 이러지."

아들을 업고 전국 방방곡곡 남편을 찾아 헤매었고 직지사까지 부랴부랴 여러 날을 달려왔으니 몸이 축날 만도 했다.

"아아, 간신히 여기까지 왔는데… 여보…"

여인은 지금의 금강문 자리에 이르러 결국 피를 토하면서 죽고 말았다.

"이 밤중에 웬 여인의 목소리가 들립니다."

"나가서 확인해 보거라."

그 후 부인이 죽은 날만 되면 매년 직지사의 승려들이 누가 부른 듯이 쫓아나가 부인이 죽은 자리에서 피를 토하고 죽어갔다.

"그녀의 원혼을 달래줘야 할 것 같은데요."

이에 직지사에서는 부인의 수고로움을 위로하고 원귀를 진정시키고자 그 옆에 사당을 짓고 그녀의 원혼을 달래기 위해 매년 제사를 올렸다.

"사찰안에 사당이 웬 말이냐."

그러던 중 어느 해 이름 있는 고승이 찾아와 나무랐다.

"그게 그러니까…"

승려들에게 사당이 세워진 연유를 들은 고승이 일렀다.

"그러면 이곳에 금강문을 지어 금강역사로 하여금 여인의 원혼을 막도록 하여라."

여인이 죽은 자리에 지금의 금강문을 짓는 바람에 일주문과는 지나치게 멀고 천왕문과는 유난히 가까워졌다. 원혼을 달래기 위한 사당을 대신하여 금강문을 세우고 금강역사가 원혼을 막았다는 건립 계기의 일화는 민간신앙보다 불교의 권위가 우위에 있음을 알리고자 하는 설화라 하겠다.

금강문과 천왕문 외에도 사찰 경내에는 석조약사여래좌상(보물 제319호)과 대웅전 앞 삼층석탑(보물 제606호), 비로전 앞 삼층석탑(보물 제607호), 청풍료 앞 삼층석탑(보물 제1186호)과 대웅전 삼존불 탱화(보물 제670호), 석조 나한좌상(경상북도 유형문화재 제296호)이 있으니 엄청난 가치를 소장한 절이라 하겠다. 입장료를 비싸게 매겨도 크게 할 말이 없다.

"그런데 여인의 남편은 어디로 잠수를 탄 거지?"

남편의 행방을 궁금해하면서 직지사를 지나 길게 이어진 도로를 걷는다. 내원교를 건너서야 운수암을 옆으로 두고 산행로가 시작된다. 직지사에서 황악산까지 4.4km이고 여기서 3km이니 포장도로 1.4km를 걸어온 셈이다.

숲길에 나무계단과 철제 계단, 잔돌이 섞인 흙길이 반복되는데 그늘진 숲길이라 걷기엔 무리가 없다. 여시골산 갈림길을 지나고 백두대간 괘방령 갈림길에 이른다.

여기부터는 괘방령에서 우두령으로 대간을 걸을 때 지났던 길이다. 경북 김천시 대항면과 충북 영동군 매곡면을 잇는 고갯길인 괘방령掛榜嶺은 906번 지방도로가 지나는데 이웃한 추풍령이 관로官路라면 괘방령은 간섭받기 싫어하는 장사꾼들이 이용하는 상로商路였다. 조선 시대 때 이 고개를 넘어 과거를 보러 가면 급제를 알리는 방榜에 붙는다 하여 붙여진 지명이다.

실제 괘방령이나 추풍령은 경기도, 충청도, 경상도로 오가는 고개로 많이 애용하지는 않았다. 괘방령과 추풍령으로 오가는 길이 우회길인데다가 옥천과 영동 사이에 있는 금강 협곡들로 인해 자주 이용되지 못했고, 대신 문경과 충주를 연결하는 조령이나 상주와 보은을 잇는 이화령을 많이 이용했다고 한다.

여기서도 완만하게 경사진 오르막이다. 조망이 트이지는 않지만, 숲다운 숲길이라 마음을 푸근하게 하고 지루함을 덜어준다. 황악산 610m를 남겨놓고 시계가 트이며 김천시가 열린다. 몇몇 산객들이 점심을 먹고 있는 헬기장을 지나 정상에 이른다.

“반갑습니다. 예전 모습 그대로군요.”

“반갑네. 자네는 그새 많이 수척해졌구먼.”

“세상살이가 얼마나 힘든지 잘 모르시지요? 속세에 사는 이들이 산 찾는 이유 중에는 힘든 삶을 위로받고자 하는 마음도 없지 않답니다.”
“그래? 그러면 산에 들어와서 살지 그러나.”
“…….”

3년 만에 다시 찾았으나 낯설지 않아 좋은데 맹한 건지 단순한 건지 황악산은 자연인이 되라고 한다.

‘한반도 중심에 위치하여 다섯 방위를 상징하는 오방색五方色의 중앙을 가리키는 황黃 자를 써서 황악산이라 하며 정상에 오르면 하는 일들이 거침없이 성공하는 길상지지의 산이다’

정상석 뒷면에 적힌 달콤한 글귀를 읽으면서 성공이 눈앞에 다가온 기분이 든다.

“여기서 살 수는 없고 거침없이 성공하게 되면 다시 한번 뵙겠습니다.”

비로봉이라고 별칭을 지닌 황악산 정상(해발 1111m)에서도 김천시와 백두대간의 평범한 산마루를 눈에 담는 것 외에는 크게 시간 끌어 머물 일이 없어 바로 작별을 한다.

다시 헬기장으로 내려서서 곤천산 방향을 등지고 바람재 쪽으로 향한다. 정상에서 600m를 걸어오면 형제봉의 패찰이 붙어있다. 김천시가지를 아래로 두고 첩첩 산악지대인 대간에 눈길을 주다가 신선봉으로 걸음을 옮긴다.

편안한 숲길 따라 느릿하게 걸어 신선봉 삼거리를 거쳐 신선봉(해발 944m)에 도착한다. 정상인 비로봉에서 2.8km 떨어져 있다. 황악산은 비로봉을 중심으로 정상 일대의 형제봉, 신선봉, 운수봉이 직지사를 포근히 감싸주는 형세다.

신선봉에서의 하산로는 그리 험하지는 않지만, 무척 가파르다. 직지사를 1.2km 남겨두고 망봉이라 표시된 이정표를 지난다.

길이 가파르니 통나무 계단이 숱하게 이어진다. 오를 때의 합류점인 포장도로에서 다시 직지사에 닿자 올라갈 때보다 사람들이 훨씬 많아졌다.

"성공, 성공이라…… 나한테도 과연……."

직지사를 지나면서 날머리에 이르자 바로 속인의 근성이 드러난다. 성공을 보장받고 내려온 기분이 들어 어깨가 우쫄해지는 것이다.

“안락한 가정과 가족을 마다하고 수도의 길을 자처한 비구승 남편도 있거늘 나는 어찌 속세 미물의 근성을 집착처럼 붙들고 사는가.”

때 / 초가을
곳 / 직지사 주차장 – 직지사 매표소 – 직지사 – 괘방령 갈림길 – 황악산 – 형제봉 – 신선봉 – 망봉 – 직지사 – 원점회귀

유네스코 세계 지질공원, 경북의 소금강, 주왕산

붉음과 노랑에 초록이 섞여 반겨주는
절골 입구부터 암반과 자갈을 충분히 적신
청정 옥수가 하얗게 피어오른 구름 아래로
흐르듯 멈춘 듯 잔잔하다.

힘들여 어렵게 찾아왔지만 수많은 천혜비경과 선한 인심에 빠져 쉽사리 돌아서지 못하는 곳이 청송이다. 2017년 상주영덕 구간 고속도로가 개통되면서 지금은 서울에서도 서너 시간 만에 올 수 있게 되었다.

한라산, 성산 일출봉, 만장굴, 서귀포층, 산방산, 용머리 해안, 수월봉, 중문 대포 해안 주상절리대, 천지연폭포 등 제주도의 9곳에 이어 경상북도 청송군은 군 전체가 두 번째로 지질학적 희귀성과 중요도를 인정받아 2017년 4월에 유네스코 지정 세계 지질공원에 등재되었다. 주왕산이 유네스코 등재의 중심에 있음은 물론이다.

유네스코UNESCO(국제연합교육과학문화기구 헌장)에서 세계적으로 지질학적 가치를 지닌 명소와 경관을 보호·교육·지속 가능한 발전이라는 개념으로 관리하도록 지정한 유네스코 세계 지질공원은 전 세계에 총 41개국 147개 공원이 인증되어있다.

지각을 구성하는 암석은 마그마가 식어서 형성된 화성암, 광물 조각들이 쌓여 만들어진 퇴적암과 화성암이나 퇴적암 같은 기존 암석들이 열이나 압력을 받아 변한 변성암으로 나눌 수 있다. 청송에는 이 세 종류의 암석이 모두 분포하고 있다.

올 때 힘들어 울고 떠날 때 아쉬워 운다.

청송군 주왕산면에 소재한 주왕산周王山은 산세가 아름답고 특히 수직구조로 쌓인 화성암 단애가 많아 경북의 소금강으로 불리는데 유서 깊은 사찰과 유적지도 다양하여 1976년에 국립공원으로 지정되었다.

중국 동진東晉의 왕족인 주도가 스스로 후주 천왕後周天王이라 칭하고 군사를 일으켜 당나라에 쳐들어갔다가 크게 패하자 신라로 건너와 주왕산에 숨었다. 그 뒤 나옹화상 혜근이 이곳에서 수도하면서 산의 이름을 주왕산으로 하면 고장이 복될 것이라 하여 명명했다고 한다. 웅장한 산세에 깎아 세운 듯한 기암절벽이 마치 돌 병풍을 두른 것 같아 석병산石屛山이라 부르기도 한다.

주왕산을 화두에 올리면서 주산지를 그냥 지나칠 수 없다. 2013년 명승 제105호로 지정된 주산지는 주왕산 국립공원 내에 있는데 주산천 지류의 발원지로서 길이 200m, 너비

100m, 수심 8m에 총저수량 10만 5천 톤으로 1720년 조선 경종 원년에 만들어진 이후 지금까지 아무리 가뭄이 들어도 바닥이 드러난 적이 없다고 한다. 비가 오면 스펀지처럼 물을 머금고 있다가 조금씩 물을 흘려보내는 퇴적암층이 바닥을 형성하고 있어 풍부한 수량을 유지할 수 있다.

주산지에 자생하는 능수버들과 왕버들 20여 그루가 울창한 수림과 함께 연출하는 아늑한 분위기는 고고하고도 신비롭다. 1983년 제방 확장공사로 저수지 물을 뺀 이후, 30년 만인 2013년에 제방 보수공사를 위해 물을 모두 뺀 적이 있는데 이때에도 왕버들의 생육에는 지장이 없었다고 한다.

자연 그대로의 계곡 트레킹을 할 수 있는 절골을 거쳐

주왕산 절골의 아름다운 산세와 어우러진 물안개 피는 주산지의 새벽을 담으려 많은 사람이 주변에 몰렸다. 늦은 밤 서울에서 출발해 다음 날 새벽에 동트기를 기다리며 지켜본 주산지였지만 짙은 안개와 어긋난 기상으로 인해 기대감을 충족시킬 수는 없었다.

저녁노을에 어우러진 왕버들과 청아하고도 붉은 물빛이 신비스러웠던 주산지의 옛 정취를 떠올리다가 절골 입구로 걸음을 옮긴다.

세 번째 탐방인 오늘 주왕산행은 미답지인 절골을 통과하기로 한 산악회 계획에 무조건 맞추기로 하였다. 약 10km에 달하는 계곡에 사철 맑고 깨끗한 물이 흐르고 죽순처럼 솟은 기암괴석과 울창한 수림이 마치 별천지와 같은 분위기를 자아낸다는 글귀에 기대감을 가진 것이다.

절골 주차장에 다시 차를 세우고 운수雲水길이라 이름 지은 절골 입구로 들어선다.

'우람한 주방산천周房山川 너무나 애틋하고, 아득한 운수동천雲水洞天 참으로 어여쁘네.'

조선 후기의 문인 이상정은 주왕산의 두 계곡을 이렇게 노래한 바 있다. 구름과 물이 어우러진 계곡이니 얼마나 깊고 운치 넘치겠는가.

붉음과 노랑에 초록이 섞여 반겨주는 절골 입구부터 암반과 자갈을 충분히 적신 청정 옥수가 하얗게 피어오른 구름 아래로 흐르듯 멈춘 듯 잔잔하다. 여름에 적당한 강우 뒤의 수량이라면 계곡 트레킹에 적절할 거라는 생각이 든다.

절골은 절리 및 풍화작용으로 다양한 형상의 급준 단애cliff가 속속 눈에 띈다. 암석들이 수직으로 뻗은 기암절벽의 급사면에 초록과 주황, 노랑이 어우러져 가을 수채화를 전시해 놓은 듯하다.

계곡의 그늘 쪽은 덜하지만, 햇살 받는 양지쪽 단풍들은 형형색색 화려한 색감을 드러내는 중이다. 동시에 산객들의 얼굴에도 화사하게 꽃을 피우고 있다. 절골은 때 묻지 않은 물리적 공간으로 가을을 공유하며 동시에 탐방객들을 마냥 흐뭇하게 한다. 철제 난간이나 데크 계단 등이 거의 없어 바위 징검다리를 딛고 물을 건너는 자연 그대로의 물길 트레킹을 할 수 있어 더더욱 흡족하다.

담과 소에 뿌려진 낙엽은 신혼부부의 겨울 비단이불처럼 곱고도 푸근하다. 암반 위를 걷고 물을 건너다가 대문 다리 삼거리에서 주왕산의 첫 봉우리 가메봉으로 길을 잡는다.

절골 탐방안내소로부터 3.5km 지점인 대문 다리에서 등산화 끈을 고쳐 매고 산길 오르막으로 접어들면 가메봉을 1.2km가량 남겨두고 추색 고운 공간에 뒤떨어지지 않는 숲길을 걷게 된다.

가메봉 삼거리에 이르러 잠시 숨을 돌리는데 산객들이 두 갈래로 갈라진다. 내원마을로 방향을 잡거나 후리메기 쪽으로 가는 이들이다. 처음 예정했던 대로 일단 가메봉을 찍고 돌아와 내원마을을 거치기로 한다.

가메봉(해발 882m)은 정상석 대신 팻말로 그 위치를 표시하고 있다. 주변이 낭떠러지라 추락위험을 경고하는 안내글이 적혀있다. 올라온 절골과 북쪽 먹구동 일대, 물오른 주변 봉우리들을 두루 둘러보고 200m 아래의 삼거리로 다시 내려선다.

천연의 오묘함, 주방계곡의 폭포 향연

후리메기 삼거리와 주왕산 주봉 쪽보다 내원마을과 용연폭포 방향으로 내려가는 산객들은 그리 많지 않다. 역시 곱게 물든 단풍 숲길을 지나 경사로를 내려오면 억새군락을 만난다. 주변 단풍들과 잘 어우러진 건강한 억새밭이다.

청송군 주왕산 내원골에 자리하여 전기도 들어오지 않는 내원마을. 임진왜란 당시 산 아래 주민들이 계곡 상류 쪽으로 피난을 오면서 형성된 마을이라고 한다.

1970년대에는 80여 가구 500여 명이 거주했는데 1980년대까지 전기가 들어오지 않아 등산객들에 의해 전기 없는 오지마을로 알려지기 시작했다. 그 후 2005년 9가구가 명맥을 유지해오다가 2007년 수질오염과 미관저해를 이유로 철거되었다.

최근 국립공원사무소에서는 내원마을의 옛 추억을 더듬고 완만하게 펼쳐진 주왕계곡 코스에서 잠시 쉬어갈 수 있도록 생태문화 휴식 공간을 조성하였다. 내원마을의 유래를 살펴보고 마을 터를 지나 억새의 하늘거림을 보다가 용연폭포에 닿는다.

2단으로 이루어져 쌍용추폭포라고도 부르는 용연폭포는

주왕산의 폭포 중 가장 크고 웅장한 규모이다. 1단 폭포는 폭이 약 4m, 낙차는 6m에 달하고 폭과 길이가 10m 정도에 이르는 구혈이 형성되어 있다. 구혈 양측 암벽 단애에는 왼쪽 면에 세 개, 오른쪽으로 한 개씩 하식동굴, 즉 하천의 침식작용으로 생겨난 동굴이 있다.

폭포수의 수량만큼 크고 깊은 용연의 짙푸름이 그 깊이를 가늠할 수 없게 하는데 금세라도 암수 두 마리의 용이 튀어나올 것만 같아 한걸음 뒤로 물러서게 된다.

상상이 지나쳐 등골 오싹함을 느끼다가 주방계곡으로 내려간다. 주왕산 방문 탐방객의 90%가 찾는다는 주방계곡은 절골과는 확연히 다른 기암괴석이 먼저 눈에 들어온다. 명실상부한 유네스코 세계 지질공원이다.

절구폭포를 지나 3폭포부터 2폭포, 1폭포가 이어지는 폭포 향연에도 수많은 탐방객이 몰려있다. 3단의 용추폭포 중 1단폭 아래의 못은 선녀탕, 2단폭 아래는 구룡소라 불리는데 탐방객이 없으면 선녀들이 마구 입수할 것 같은 천연의 오묘함을 지녔다.

높고 거대한 단애 사이의 협곡으로 내려서는 길도 신비롭기는 마찬가지다. 설악산의 흘림골이나 주전골, 오대산 청학동 계곡과는 또 다른 분위기를 자아낸다.

학소교를 건너 학소대와 그 맞은편에 떡을 찌는 시루처럼 생겨 이름 붙인 시루봉을 대한다. 옆에서 보니 설악산의 귀면암처럼 다소 사나운 얼굴 형상에 가깝다. 자하교를 건너 비로봉과 촛대봉 암벽 사이의 협곡에 높이 5m, 길이 2m가량 되는 주왕굴이 있다.

당나라가 반정에 실패하고 달아난 후주 천왕 주도를 없애달라고 신라에 청하자 신라는 마일성 장군에게 주도의 소탕 임무를 맡긴다.

마 장군에게 쫓긴 주왕이 이 굴에서 숨어 지냈다고 한다. 맞은편 촛대봉에서 쏜 화살에 맞아 최후를 맞은 주왕이 흘린 피가 주방천을 따라 흐르면서 붉은 수달래가 되었다고 한다.

"남의 나라 와서까지 고생이 많았었구나."

쫓겨 와 끝까지 재기하지 못하고 불행한 최후를 맞은 주왕에게 측은지심이 생긴다. 당나라에서 몸을 피해 이곳으로 도망쳐온 주왕은 죽기 전까지 여기 와서 많은 일을 도모했나 보다.

적군의 침투를 방어하기 위해 자하성(주방산성)을 구축했고, 그의 군사들은 연화 굴을 훈련장으로 사용했다고 전해진다. 또 주왕이 무기를 저장해두었던 무장 굴이 있는데 굴 속은 큰 암석으로 가로막혀 10m 이상 들어갈 수 없게 되어있다.

자하성에서 500m쯤 떨어진 곳에 있는 주왕암은 높이 솟은 나한봉, 지장봉, 관음봉, 옥순봉, 칠성봉, 호암봉 등에 의해 보호받듯 둘러싸여 있다.

이들 봉우리를 둘러보고 오늘 산행의 날머리인 대전사大典寺로 향한다. 대전사는 대개의 주왕산 탐방객들이 들머리로 삼는 주왕계곡의 입구에 자리하였는데 주왕산을 병풍 삼았기에 첫눈에도 풍광이 뛰어난 사찰이라는 걸 느낄 수 있다.

특히 대전사 전면에서 볼 때 그 뒤로 우뚝 솟은 기암이 제일 먼저 눈길을 사로잡는다. 기암은 원래 하나의 암석이었으나 여섯 개의 거대한 주상절리를 따라 풍화작용이 이루어지면서 일곱 개의 암봉으로 분리되었는데 그 폭이 무려 150m에 이른다.

주왕을 쫓은 마 장군이 꼭대기에 깃발을 세워 기암旗巖이라 부른다. 한가운데에 두 조각으로 갈라진 금이 나 있는데 마 장군이 쏜 화살에 맞아서 생긴 거라고 전해진다. 사실 여부를 떠나 보기에도 특이하고 기묘한 기암奇巖이 대전사를 훌륭한 사찰 터로 거듭 각인시킨다.

대전사는 서기 672년 신라 문무왕 때 의상대사가 창건하였다고 적혀있다. 대한불교 조계종 제10 교구 본사인 은해사의 말사로서 백련암과 주왕암이 부속암자로 있다. 최치원, 무학대사, 서거정, 김종직 등이 수도했으며 임진왜란 때에는 사명대사가 승군 훈련을 시켰던 곳이다.

석가모니 삼존불을 봉안한 본당 보광전(보물 제1570호)과 관세음보살을 모신 부속 전각인 관음전, 그리고 명부전, 산령각, 요사채 등을 둘러보고 경내를 빠져나온다. 가까이에 달기약수터가 있지만, 시간에 쫓겨 이번에는 들르지 못한다. 청송읍 부곡리에 있는 이 약수는 빛깔과 냄새가 없고 마신 즉시 트림이 자주 난다.

시간당 약 60리터의 약수 솟는데 사계절 그 양이 같은 데다 가뭄에도 양이 줄지 않고 아무리 추워도 얼지 않는다. 빈혈, 위장병, 관절염, 신경질환, 심장병, 부인병 등에 특효가 있어 각처에서 수많은 사람이 약수터를 찾는다. 골짜기를 따라 신탕, 상탕, 중탕, 하탕 등 여럿의 약수구가 있다.

다시 주왕산에 올 때는 여유롭게 청송 한옥 민예촌에 고택 숙박을 예약하고 달기약수로 위장도 튼실하게 해 주어야겠다고 마음을 다진다.

대감댁, 영감 댁, 정승댁, 훈장 댁, 참봉댁, 교수댁, 생원댁 등 일곱 채의 한옥을 만들어 마을을 꾸린 민예촌은 한옥의 고풍스러운 매력을 한껏 살리면서 편리하고 안락한 숙박시설을 갖추어 고택체험을 할 수 있도록 해놓았다.

내려와서 다시 올려다보면 주왕산은 서울 인근의 북한산이나 도봉산처럼 언제든 가까이 다가설 만큼 친근한 느낌을 준다.

특히 오늘 같은 절정의 가을이면 손꼽아 가고픈 곳 중의 한 곳이다.

때 / 가을
곳 / 절골 탐방지원센터 - 신술골 - 대문 다리 - 가메봉 - 내원마을 - 용연폭포 - 용추폭포 - 주왕암 - 주왕굴 - 학소대 - 대전사 - 주왕산 탐방안내소

백두대간에 흩날리는 눈발, 겨울 황학산과 백화산

같은 곳에서의 다른 상황, 똑같은 상황에
부닥친 두 사람의 처신,
의리를 택하느냐 아니면 변절하고 마느냐에 관한
심리 변화가 오묘하고도 흥미롭다.

이화령梨花嶺은 경북 문경시 문경읍과 충청북도 괴산군 연풍면 사이에 있는 해발 548m의 고개로 중부내륙과 영남을 연결하는 관문이다. 고개가 가파르고 험한 데다 산짐승도 많이 출몰하여 예전에는 여러 사람이 함께 넘어갔다 하여 이우릿재라 부르다가 고개 근방에 배나무가 많아 이화령으로 칭하였다.

아침 일찍부터 눈발이 흩날리기 시작했는데 산악회 버스가 이화령에 도착했을 때는 더욱 살점 굵은 눈송이로 변해 눈에 뜨일 정도로 푹푹 쌓이고 있다.

이화령 남쪽 6km 거리에 솟은 황학산은 경북 문경과 충북 괴산을 접하면서 백두대간 상에서 백화산으로 이어진다. 겨울 백두대간에 들어서면 혹독하게 냉한 추위도, 발이 푹푹 빠지는 폭설도 축제의 소품에 불과하다.

스스로 원해서 산을 찾은 이한테는 맘껏 즐길 수 있는 놀이 공간이다. 경제적 풍요, 안락한 여유로움이 행복이라는 속세에서의 철학을 철저히 배척한다.

호젓하게 펼쳐진 산마루에 억새밭과 참나무 숲길, 수많은 야생초를 찬찬히 둘러보며 대간의 한 구간을 걸었던 기억이 생생하다.

백두대간 능선에 올랐어도 눈발은 그칠 기미가 없다

이화령에서 문경지역을 내려다보고 그 뒤로 눈발 때문에 더욱 흐릿한 악휘봉, 마분봉, 시루봉과 덕가산을 가늠하다가 터널을 빠져나간다. 이화령터널 좌측은 조령산으로 가는 길이고 우측에 황학산 들머리가 있다.

황학산을 거쳐 백화산까지 10km, 눈길이라 실제보다 긴 거리가 될 것이다. 돌계단이 설치된 급경사 구간을 치고 오르면 철책이 나오고 그 우측으로 돌아 올라간다. 철조망 바깥의 산 사면을 따라 나아가는데 아이젠을 찼어도 경사면 오름길이라 이만저만 조심스러운 게 아니다.

황학산과 백화산의 백두대간 능선 길은 약간의 암릉이 있긴 해도 대부분 평탄하여 걷기 좋은 길로 기억된다. 내리는 눈을 보며 이쯤에서 그쳤으면 좋겠다는 생각이 든다.

함께 버스를 타고 온 30여 명의 일행 간격이 점점 벌려지니 더욱 그렇다. 더 쌓이면 눈길을 만들며 진행하는 러셀 등반이 될 것이다.

대간 능선에 올랐어도 눈은 그칠 기미가 없다. 사방 뿌옇게 흐려져 조령산 쪽으로나 백화산 쪽으로 시야가 막혀버렸다. 이 길은 산행로로서 이렇다 할 특색이 없는 평범하고 순탄한 능선인데 지금은 발이 푹푹 빠지는 설원으로 변해 길도 좁아지고 말았다. 한발 한발 걸음을 내딛는 게 점점 버거워진다.

힘이 들면 다른 생각을 떠올리며 힘의 소모를 덜고자 하는가 보다. 같은 장소에서 극단의 기상을 접하자 엉뚱한 생각이 떠오른다. 같은 곳에서의 다른 상황, 똑같은 상황에 부닥친 두 사람의 처신, 의리를 택하느냐 아니면 변절하고 마느냐에 관한 심리 변화가 오묘하고도 흥미롭다.

"시신을 어디다 숨겼지?"

"난 죽이지 않았습니다."

두 명의 공범이 수사관에게 신문을 받고 있다. 수사관은 그 두 사람을 각각 다른 방에 앉혀 놓고 귀가 솔깃한 제안을 한다.

"네가 죄를 자백하면 최대한 정상을 참작해 너를 징역 10년으로 감해주겠다. 그러나 네가 자백하지 않고 네 공범이 자백해서 사실이 밝혀지면 넌 모든 죄를 뒤집어쓰고 20년의 징역형을 살게 될 것이다."

계속해서 수사관의 말이 이어진다.

"너와 네 공범이 모두 자백하면 둘 다 10년을 살고 나오겠지만 둘 다 굳게 입을 다문다면 경찰은 너희 두 사람을 풀어줄 수밖에 없을 것이다. 너희들이 풀려나는 길은 둘 다 묵비권을 행사해 증거 불충분으로 유죄를 입증시키지 못하게끔 하는 것이다."

과연 어떤 선택을 취해야 하는가. 침묵한다면 그들은 둘 다 풀려난다. 그러나 두 사람은 각각 10년의 형을 받고 교도소에서 마주쳐 범행 전 의리로 똘똘 뭉쳐 공범이 되었던 자신들의 의기투합을 씁쓸하게 곱씹고 만다.

상대를 불신했기에, 두 사람의 공범은 혹여 자신 혼자만이 20년의 최고형을 받을까 봐 우려하였다. 그래서 자신에게 돌아올 피해를 최소화하는 방안을 택한 것이다.

1950년대 과학자인 메릴 프러드와 멜빈 드레셔는 게임이론의 고전이 되는 모델을 고안했는데 바로 '죄수의 딜레마'론이다.

10년형의 제안을 택한 공범들의 판단은 일견 비합리적이고 실패한 것처럼 보일 수도 있지만, 역설적으로 이들 공범의 선택은 합리적이다. 자신의 이익을 최대화시키려는데 있어서의 걸림돌, 서로 속임수를 쓸 가능성이 있는 이기적 경쟁자들 간에 다반사로 일어나는 갈등을 연구한 것이 이 이론의 핵심이다.

이 상황에서 최고의 선택은 상호협력을 통해 공동의 이익을 확보하는 것이지만 죄수의 딜레마에서 이것은 불가능하다. 두 사람의 공범은 상대가 선택한 결정이 어떤 건지 알 수가 없다.

수사관으로부터 똑같은 협상 제안을 받았다는 사실만 알고 갈등만 일으킬 뿐, 결국 상책은 의리를 지키는 게 아니라 변절하는 것, 자신을 희생하거나 상호 이익을 도모하기보다는 배반하는 쪽이 최상의 선택이라는 의외의 사실을 반증한다.

나 자신이 딜레마에 빠진 공범 중 한 사람이 아니라는 사실을 무척 다행스럽게 생각하면서 조봉(해발 673m)에 닿았을 때는 눈발이 약해지긴 했으나 이미 걸음을 무디게 할 정도로 쌓인 후였다. 대간을 종주하는 산객들의 흔적이 곳곳에 주렁주렁 달려있다.

이쯤 어딘가에 물웅덩이 같은 고산 습지대가 있는데 분간하 못하고 지나치나 보다. 지금은 동면에 들어갔을 테지만 개구리 울음소리가 들리고 수북한 올챙이알을 보았었다.

또 이 구간 명품 코스인 잎사귀 가느다란 풀밭 길도 눈에 묻혀 장소 구분이 어렵다. 한겨울이 아니라면 실크로드처럼 화사했을 능선이 스틱에 의존해야 할 만큼의 두터운 눈밭이다. 바위가 있는 트인 공간에서 잠시 숨을 고르며 흐릿하게나마 주흘산과 부봉을 짚어본다. 거기도 온통 하얗다가 간간이 점점 먹이 섞였을 뿐이다.

분지리 안말 갈림길에서 조금 더 지나 머리 부분만 살짝 드러난 황학산 정상석(해발 912.8m)을 보게 된다. 조봉의 정상석처럼 무릎 정도 높이의 표지석인지라 거의 눈에 묻히고 말았다. 눈을 쓸어내고 인증 사진을 찍는 모습이 마냥 순수해 보인다.

황학산을 지나면서 사면을 꽉 메운 눈꽃은 눈이 부실 정도로 멋지고 아름답다. 눈발 멎고 드러난 햇살에 화사하게 핀 설화와 은빛 상고대를 보여주려 푹푹 빠지는 설원을 걷게 했었나 보다.

황학산에서 백화산으로 가는 길도 여전히 발자국조차 없이 무릎까지 빠지는 구간이 허다하다. 마원리로 빠지는 탈출로가 있지만, 일행 중 누구도 그리 내려가는 사람은 없다. 이런 눈길에는 여럿이 함께 가는 게 상책이다.

이처럼 길을 놓칠 수도 있는 위험천만한 눈길 산행은 동반한 이들이 공통으로 운영해야 하는 게임과 다르지 않다. 모두가 같은 마음의 동반자일 때 끝까지 안전을 보장받을 수 있으며 승리까지 챙길 수 있다.

게임의 결과가 자신의 주관적 선택과 자신에게 주어진 기회뿐 아니라 함께 게임을 하는 다른 사람들의 선택 때문에 결정되는 상황을 분석하는데 이용되는 게임이론을 여기서도 대입해본다.

승자와 패자가 극명하게 드러나는 제로섬 게임이 아니라면, 그리고 참여자가 다수라면 서로 협동하는 호혜적인 단합이 서로에게 좋은 결과를 가져오지만, 개개인의 충만한 이기심이 표출하게 되면 이러한 정교의 결과는 나오지 않고 모두에게 마이너스가 되는 일이 비일비재하게 생긴다.

"세상이 그런 데야. 게임이론조차 극복 못 하는 곳이 사람 사는 세상이야."

오랜 날들을 얼어붙어 유리알처럼 단단하게 굳은 상고대가 막막해지려는 기분을 달래준다. 막 매달려 솜털처럼 두툼한 눈꽃들이 커다란 위안이 된다. 일행들과 거리 폭을 가까이 유지하며 앞으로 나아가자 백화산 정상이 보이고 그 우측으로 이어진 대간도 희미하게 드러났다.

조금 후 오늘 산행 중 가장 위험한 바위 구간에서 정체된다. 쌓인 눈과 얼음으로 발을 내딛는데 조바심이 나는 사면길이다. 그리 긴 암릉은 아니지만 설치된 밧줄을 붙들고 아주 조심스럽게 내려선다.

먼저 내려선 사람이 뒤따라 내려오는 사람을 받쳐주고 또 다른 바위 오르막은 밑에서 받쳐주어 밧줄을 잡고 올라서면 손을 내밀어 잡아당겨 준다. 눈과 얼음만 아니라면 그 정도는 아니었겠지만, 추위를 잊고 이마에 땀이 흐를 만큼 간담이 서늘했던 순간을 모두 무사히 넘어섰다.

남자들이 번갈아 가며 선두에 서서 눈길을 만들어간다. 발자국이 보통 깊이 팬 게 아니다.

백화산 정상 100m 아래의 옥녀봉 갈림길에 이르러서 모인 일행들이 함께 휴식을 취한다. 여기서 희양산까지의 거리가 8.7km라는 표식이 있다. 예정대로 일단 정상까지 갔다가 다시 돌아와 마원리로 하산할 것이다.

백화산 정상(해발 1063.5m)에서 일행들의 표정이 밝아진다. 서로 도움을 주며 호혜적으로 올라선 정상이기 때문에 마음마저 훈훈해지는 것이다.

이기는 길만이 살길이라는 격한 경쟁의 선거판에서 선거가 끝난 후 과연 누가 이득을 보았는가. 당선자일까? 그들은 이미 서로를 비방하는 흑색선전으로 일관한데다 당선만을 위해 온갖 물리적 힘을 동원하는 통에 치유될 수 없는 상처를 입고 말았다.

저 자신만의 이익을 극대화하기 위한 선택은 끝내 자신뿐 아니라 모두에게 마이너스 결과를 초래하였다. 상호 협조가 없이 이질감만 드러냈기 때문이다.

케이크를 놓고 다투는 두 아이, 입찰 현장에서의 건설업자들, 이들에게는 함께 고된 산행을 하는 이들과는 확연히 다른 공통된 목표가 있다. 탐욕과 불신이 가득한 사회에서 이들이 원하는 목표는 딱 하나다.

자신의 이익을 극대화하는 것. 아이들은 조금이라도 더 많은 케이크를 차지하기 위해, 입찰 참여자들은 상대를 따돌리고 자신이 낙찰받기 위해 행동한다. 그게 여의찮으면 서슴없이 담합을 제안한다. 우리가 사는 현실은 이처럼 이기적 선택을 강요받게 되는 상황에 숱하게 부딪힌다.

문경과 괴산에 걸쳐 있는 백화산白華山, 하얀 천을 씌운 듯 보여 붙여졌다는 이름값을 오늘 톡톡히 하고 있다는 생각이다. 괴산군에서는 가장 높은 산인 백화산에서 이기적 선택에 흔들리지 않는 교훈을 어렴풋이나마 깨우쳤기 때문이다.

정상에서 바라본 문경 들녘도 온통 설국이다. 부근에 황학산뿐 아니라 이만봉, 시루봉, 희양산 등의 높은 봉우리가 많지만, 오늘은 조망을 기대하기가 요원하다.

마원리로의 하산로도 경사진 내리막은 무척이나 미끄럽다. 스틱으로 두드린 후에 걸음을 내디디고 따라오는 뒷사람을 위해 낮은 나뭇가지를 들어준다. 종착지에 닿을 즈음엔 다리뿐 아니라 온몸이 뻐근하지만 모두 만면에 웃음꽃이 활짝 피었다.

안전한 완주를 넘어 일심동체, 상호 배려의 신비한 빛깔을 그 산에서 보았기 때문이다. 다 내려와서도 영롱한 빛을 발하기 때문이다.

적어도 경직된 근육이 이완될 때까지는 황학산에서 백화산으로 이어지는 대간의 한 구간에 있는 것처럼 여운으로 남을 것이다. 버겁고 시린 눈길이 아니라 티 없이 깨끗하고 훈훈한 눈길의 여운으로, 뿌듯하고 개운한 기억으로 남아 황학산과 백화산에서의 겨울을 떠올리게 될 것이다.

때 / 겨울
곳 / 이화령 휴게소 - 조봉 - 황학산 - 마원리 삼거리 - 옥녀봉 삼거리 - 백화산 - 마원리

비록 황장목은 사라졌지만 거듭 태어난 황장산

전국에서 손꼽는 오지마을에 토박이보다 많은 귀농 인구가 늘어
오미자를 재배하고 가공하며 또 오미자 맥주까지 생산하고 있다.
황장산을 찾는 산객들까지 늘어나며
두메산골에 생기가 돌기 시작했다.

경상북도 문경시에 소재하는 황장산黃腸山은 일제강점기 일본 천황의 정원이라 하여 황정산皇廷山이라고도 하였으며 봉산이라는 표지석이 있기도 한데, 봉산封山이란 나라에서 궁전, 재궁 혹은 선박 등에 필요한 목재를 얻기 위해 나무를 심고 가꾸기에 적당한 지역을 선정하여 국가가 직접 관리·보호하는 산을 말한다.

1680년 조선 숙종 때 이 산에서의 벌목과 개간을 금지하는 봉산으로 정했다는 기록이 있으며 당시 황장목을 베면 곤장 100대의 중형이 내려졌다고 한다.

황장산에서 생산되는 금강송인 황장목은 일반 소나무와 달리 재질이 단단하고 굵고 길며 목재의 균열이 거의 없어 왕실의 장례용 관棺이나 대궐을 만드는데 많이 쓰였다.

흥선 대원군이 이 산의 황장목을 베어 경복궁을 지었다고 전해지고, 일제강점기에 수탈당하여 지금은 황장산에 황장목이 사라졌다. 어쨌거나 조선왕조의 몰락과 함께 황장산의

황장목도 자취를 감춘 셈이다.

월악산 국립공원의 산들과 어깨를 나란히 하며

깜빡 잠이 들었다가 깨었더니 안생달 마을에 도착했다고 한다. 문경시 동로면 생달리에 소재한 생달 계곡을 기준으로 그 바깥을 외생달이라 하고 상류를 안생달이라고 부른단다. 주차장에서 차로를 따라 이동해서 들머리인 황장산 공원 지킴터로 간다.

암벽이 드러난 맷등 바위를 좌측으로 두고 아스팔트 길을 걷는다. 아스팔트가 끝나는 지점에서 우측으로 길이 이어지면서 오미자 고장답게 오미자밭이 흔하다. 원래 이곳 생달리 일대는 탄광촌이었다. 광부로 생업을 잇다가 지금은 오미자를 재배하며 시대변화에 적응하고 있다.

밭이 끝나는 곳에 황장산까지 2.4km라고 표시된 이정표가 세워진 지점부터 산길로 접어든다. 계단을 오르고 가뭄으로 메마른 협곡을 지난다. 마을에서는 어리시골이라고 부르는 원시 계곡이다. 계곡을 거슬러 너덜 돌길의 경사가 이어진다. 백두대간 황장산 능선에 이르러 이마에 송송 맺힌 땀을 훔친다.

오른쪽으로는 비법정탐방로임을 알리는 출입 금지 현수막이 걸려있지만 대간 종주를 목표로 한 이들에게는 이미 금줄로서의 규제 권한을 잃은 것처럼 보인다.

이곳 월악산국립공원은 마골치에서 대미산, 황장산을 거쳐 벌재에 이르는 20.8km의 긴 구간이 비법정탐방로로 묶여 있다. 그쪽의 산들에 시선을 두면 같은 산줄기임에도 산행을 제한한 자락은 왠지 우울해 보인다.

그 바깥에서 보아도 그렇고, 안에 들어가서는 더더욱 혼자 소외된 것처럼 느껴진다. 심하게는 비무장지대에 들어선 느낌을 받기도 한다.

속리산 문장대에서 눌재 쪽을 바라보며 닭 쫓던 개처럼 멍했던 때가 생각나더니 설악산 마등령에서 황철봉 바라보기를 오작교 너머 직녀를 바라보는 견우처럼 먹먹했던 때가 떠오르는 것이다.

안전과 자연보호를 위해 탐방로를 제한하는 산림청, 환경부, 국립공원관리공단의 취지 이행 노력과 백두대간을 종주하는 산객들의 목표 의식이 첨예하게 대립하여 두 주체 모두에게 불안한 결과물을 제공하는 것이 현실인지라 비법정탐방로의 산들은 그저 우울하고 침침할 수밖에 없다.

명쾌한 대안을 제시하지 못해 안타깝지만, 예약 산행, 동반 산행 혹은 한정적 개방 등 어떤 방법으로든 탄력적으로 운영되었으면 하는 것이 개인적 생각이다. 막으려 자는 결코 통과하려는 자를 견뎌내기 어렵기 때문이다.

백두대간白頭大幹은 18세기경 조선 후기에 발간된 산경표

山經表에서 그 어원이 비롯되었는데 우리나라 산줄기의 명칭과 강줄기를 포함해 지형에 관한 총체적인 정보를 담은 지리서이다. 저자가 누구인지는 알려지지 않고 있다.
우리나라의 산줄기를 모두 15개로 분류하여 1대간大幹과 1정간正幹, 13정맥正脈에 거기서 뻗은 기맥岐脈으로 정리하였다.
태백산맥이나 소백산맥 등의 산맥개념은 실제 지형의 파악이 아니라 땅속의 맥 줄기인 지질 구조선을 기본으로 정의한 것이다. 백두대간, 정간, 정맥은 지형의 개념이고 산맥체계는 지질의 개념이다.
일제가 식민지의 지하자원을 수탈하고자 우리의 산줄기 개념을 왜곡시켰던 것을 바로 잡은 거라고 할 수 있다.

"어차피 백두대간이 산객들 종주를 위해 생겨난 건 아니었잖아."

그렇게 짧은 생각을 접고 눈앞에 놓인 길로 걸음을 내디딘다. 계단을 오르자 문경새재 주흘산이 먼저 보인다. 조령산과 연계해 산행했던 때를 떠올리면서 정상에 이르자 정상석(해발 1077m) 앞에 꽤 많은 등산객이 줄을 서 있다. 헬기장인 주변에 나무들이 높이 솟아 벌재로 이어지는 백두대간 능선을 빼고는 달리 볼거리를 찾을 수 없다.

하산하며 월악산 국립공원 내의 도락산과 준봉들을 눈에 담지만, 영봉은 보이지 않는다. 암벽에 바짝 붙여 세운 쇠난간을 잡고 그 길을 통과하자 그제야 우뚝한 만수봉의 왼쪽 후미로 영봉이 모습을 드러낸다. 언제 어디서 보아도 반가운 자태이다.

"무탈하시지요?"
"덕분에 잘 있다네."
"곧 찾아뵙겠습니다."

영봉과 속내를 주고받다가 능선을 따라 맷등 바위에 이른다. 맷등 바위 칼날 능선은 안전난간이 설치되어 영상으로 보았던 것처럼 위험스럽지는 않다. 그래도 난간에 바짝 다가가면 서늘할 정도의 고도감을 느끼게 된다. 이 구간이 안전시설을 보완하여 대간 일부를 개방한 곳이다.

전망대에서는 도락산이 손에 잡힐 듯 가깝고 그 너머로 소백산도 상체를 드러냈다. 대미산에 시선을 주며 맷등 바위를 내려선다. 경사 급한 바위 구역에 설치된 철제 계단을 내려서고 사면 바윗길을 조심스레 걸어 안생달 마을 쪽으로 고도를 낮춰가니 잣나무 수림을 지나 헬기장에 닿는다.

헬기장을 지나 우만골이라고도 부르는 생달 계곡 상류 지역에서 대간 줄기인 작은 차갓재로 이어진다. 날머리에 이르기 전 마지막 쉼터로서 적합한 곳이다. 여기서 노란 금계국과 분홍 금강초롱의 마중을 받으며 내려가다가 시멘트 차도를 걸어 공원 지킴터에 도착한다.

아쉬움이 많이 남는 산행이다. 촛대바위와 낙타바위가 있는 능선이 열리고 백두대간 코스의 금줄이 사라지면 다시 오마고 생각할 뿐이다.

문경시 동로면, 전국에서 손꼽는 오지마을에 토박이보다 많은 귀농 인구가 늘어 오미자를 재배하고 가공하며 또 오미자 맥주까지 생산하고 있다.

황장산을 찾는 산객들까지 늘어나며 두메산골에 생기가 돌기 시작했다. 탄광에 이어 특산물 농사를 짓고 외지인이 번거롭게 드나드는 마을이 되었다. 황장산에 비록 황장목이 사라지긴 했지만 더 이상 남은 다른 것들까지 사라지지 않기를 바라게 된다. 이 마을에도 싱그러움 그대로의 자연미가 생생하게 남아있기를 소망하며 생달리를 뒤로 한다.

때 / 여름
곳 / 공원 지킴터 – 황장산 – 맷등 바위 – 작은 차갓재 – 원점회귀

가야산국립공원의 금강산 축소판, 매화산 남산제일봉

아직 단풍 물든 가을을 품기에는 많이 이른 편이다.
꿩 대신 닭이라는 심정으로 암봉 산행에 족하기로
마음을 먹었었는데 막상 대하고 보니 매화산 암봉은
닭이 아니라 매를 뛰어넘는 봉황이었다.

경남 합천의 가야산국립공원은 상왕봉, 칠불봉, 동성봉 일대의 주 능선과 매화산 남산제일봉을 중심으로 하는 산악 경관 지대, 그리고 치인리 계곡, 홍류동계곡, 백운동계곡 등 하상 경관 지대의 세 곳으로 크게 나눌 수 있다.

그중 남산제일봉은 합천 8경 중 제4경으로 금강산의 축소판이라 일컬을 정도로 수려한 산세를 지녔다. 만개한 매화에 비유되는 기암괴석이 날카로운 바위 능선에 즐비하게 널려있어 울창한 상록수림과 멋진 하모니를 이룬다. 그래서 매화산梅花山이라고도 부르고 매화산의 으뜸 봉우리로 그 존재감을 나타내기도 한다.

가야산국립공원에 속하지만, 가야산이나 가야산의 부속 봉우리는 아니다. 가야산에 버금가는 다양한 산세를 지니고 있으며 가야 남산, 천불산이라고도 불리는 남산제일봉이다.

이처럼 수려한 비경을 대하니 혼자 온 게 매우 안타깝다

가야산국립공원에서 해인사 입구까지 4km의 계곡이 이어지는데 가을이면 단풍이 너무 붉어 흐르는 물에 붉게 투영되어 이름 붙여진 홍류동계곡이다.

합천 8경중 제3경으로 송림 사이의 물살이 기암괴석에 부딪히는 소리가 고운 최치원의 귀를 먹게 했다는 이야기가 전해질 정도로 수량 풍부한 계류가 철철 넘쳐흐른다.

산악회 버스가 일행들을 내려준 곳은 홍류동계곡을 지척에 둔 청량사 입구로 정상인 남산제일봉까지 3.3km를 걸어 올라야 하는 곳이다. 여기서 산행 준비를 마치고 20~30여 가구가 올망졸망 모여 사는 청량동 마을을 지나 청량동 매표소에서 한 사람당 2500원씩의 단체 입장료를 사게 되는데 명분은 해인사 관람료이다. 명산대찰이란 용어가 이때만큼은 거부반응을 일으킨다. 명산을 대신하여 사찰에서 돈을 받는다는 의미로 해석하게 된다.

30여 분 포장도로를 따라 걸어 오르면 천불산 청량사라고 새긴 자연석이 세워져 있다. 매화산을 두고 불가에서는 천개의 불상이 능선을 뒤덮고 있는 모습과 흡사하여 천불산이라 부르고 있다.

청량사는 대한불교 조계종 제12교구 본사인 해인사의 말사로 정확한 창건 연대는 알 수 없지만, 최치원이 즐겨 찾던 곳이라고 기록되어 있어 통일신라 말기 이전에 창건된 것으로 추정된다.

오른쪽으로 청량사를 두고 왼쪽으로 좁아진 등산로를 따라 걷다가 샘터에서 물을 보충하고 소나무 수림 속의 제1 휴게소부터 본격적으로 산행이 시작된다.

여기서 좌측 제3 휴게소로 가는 길을 버리고 우측 길을 택해 제2 휴게소 쪽으로 향한다. 매화산 남산제일봉 휘하의 숱한 바위 봉우리들을 고루 만날 수 있는 길이다.

30여 분 바위와 돌이 많은 가파른 경사 지대를 올라 벤치가 여럿 놓여있는 안부가 제2 휴게소이다. 여기서 숨을 돌리고 난 후로는 암릉이 이어진다. 암릉이긴 해도 계단으로 안전하게 연결되어 고도를 높이는데 별 장애가 없다.

홍류동으로 빠지는 갈림길을 지나 첫 봉우리에 이르러 사방을 둘러보니 하늘을 유람하는 기분이다. 데크로 잘 세워진 전망대에서 올려다보는 가야산과 매화산의 풍경은 그야말로 보기 쉽지 않은 가경이다.

"우리나라는 참 좋은 나라야."

이런 생각이 많이 들 때가 바로 산에 있을 때이다. 다시 촛대처럼 솟은 매화산의 바위들이 절경을 드러내 마냥 눈길 머물고 싶다. 단풍이 아름답기로 이름난 매화산이지만 아직 단풍 물든 가을을 품기에는 많이 이른 편이다.

꿩 대신 닭이라는 심정으로 암봉 산행에 족하기로 마음을 먹었었는데 막상 대하고 보니 매화산 암봉은 닭이 아니라 매를 뛰어넘는 봉황이었다.

원효대사가 다녀간 산은 모두 명산이라는 말에 공감해왔던 바인데 수운 최치원 또한 마찬가지다. 그가 다녀간 산은 산객들이 신뢰하고 탐방할만하다는 생각이 든다. 산에 와서 기대 이상의 감회에 젖게 되면 혼자 왔음이 안타까워진다. 이처럼 수려한 비경과 마주하노라면 늘 그렇다.

꼭 함께 오고 싶었던 그대이다.
여기 홍류동 거기서도
매화 만개하고 천의 불상 늘어선 작은 금강산이라
가누기 어려울 만큼 그리움 차올라
절대 비경에 빠져들며 속으로만 외쳐댄다.
몇 번이고 내지른 고성은
허공 가르며 파장조차 없이 스러진다.

저어기 가야산에 아스라이
투명하게 해맑은 추억 한 덩이만이
메아리 되어 가슴으로 스며든다.
결코 쥐어지지 않는 거품 같은 추상인걸
결국, 허욕의 부스러기인걸
가파른 암반 딛고 내려서서야 깨우치곤
자조 섞인 쓴웃음 짓는다.

바위와 숲의 멋진 조화, 그 절경에 빠져든다

암반이 꽤 넓은 두 번째 봉우리를 지나면서도 활짝 핀 매화꽃처럼 속속 솟은 기암들은 주변의 광활한 산마루를 배경으로 개성 넘치는 비경을 연출하고 있다. 그 안에 길게 놓인 계단과 거길 오르는 원색 산객들의 모습까지 사진으로 남기지 않을 수 없다.

관악산과 수락산을 합쳐놓은 것처럼 기상천외한 바위들을 전시한 바위 박물관을 둘러보는 느낌이다. 여기저기서 탄성이 터질 정도로 암릉 산행의 묘미를 충분히 만끽할 수 있어 가파른 오르막도 힘든 줄 모르겠다.

벤치가 널려있어 전망대 구실을 하는 봉우리가 제3 휴게소이다. 여기에서 또 10여 분 지나 제4 휴게소, 마찬가지로 널려있는 벤치에 앉아 상왕봉과 칠불봉의 가야산 정상 일대가 웅장하게 날개 펼치고 있는 걸 보게 된다.

아늑한 수풀 능선이 눈에 잡히는가 하면 날카로운 단애가 불쑥 나타나곤 한다. 지엄함과 자애로움이 공존하는 엄부자모의 가정을 상기시킨다. 온순한 초록 구릉과 남성적이고 가부장적인 기암 단애를 반복해 보여주는 설악산 화채능선에 온 듯 착각에 빠지게끔 한다.

제4 휴게소를 지나 배낭을 먼저 들어 올려 구멍 바위를 통과하고 쇠밧줄을 붙들면서 슬랩 구간을 내려섰다가 또 올라서면 주봉인 남산제일봉의 제2봉이 되는 지점에 이른다. 이곳에서도 전망을 간과할 수 없다. 바로 왼편으로 우뚝 솟은 남산제일봉과 남쪽으로 뻗어 매화봉(해발 952m)에 이르는 능선으로도 독특한 바위들이 눈길을 잡아끈다.

그렇게 남산제일봉(해발 1010m)에 올라서서 막 지나온 능선을 내려다보면 바위와 숲의 조화로움이 얼마나 경이로운지 새삼 인식하게 된다. 사통팔달 시원하게 펼쳐져 가야산을 비롯해 서쪽으로 별유산, 비계산, 남쪽으로 오도산을 관망하고 동쪽 아래로는 지나온 바위 전시장을 한눈에 조망할 수 있다.

점입가경이다. 남산제일봉을 중심으로 금관 바위, 열매 바위, 곰바위 등 날카롭고도 준엄하게 솟은 일곱 개의 암봉들이 차례로 늘어선 모습 또한 눈을 떼지 못하게 하는 장관이다. 연속되는 풍광에 숨이 가쁜 적이 있는가. 절경에 눈을 떼지 못해 호흡이 빨라지는 걸 느껴 보았는가.

"꼭 다시 오겠습니다."
"다시 왔을 때도 가슴 벅차도록 환영해주겠네."

정상에서 치인 주차장까지의 거리는 3.1km이다. 하산해야 한다고 생각하자 아쉬워 자꾸만 고개 돌리게 된다. 하산로를 따라 걷다가 가야산 아래로 넓게 자리 잡은 해인사가 눈에 들어온다.

가야산의 주봉인 상왕봉을 중심으로 두리봉, 깃대봉, 단지봉과 이곳 매화산의 남산제일봉, 그리고 이어지는 별유산의 의상봉, 동성봉 등 1000m 이상의 산지들이 연봉을 이뤄 병풍처럼 해인사를 둘러싸고 있으니 해인사는 팔만대장경이 아니더라도 얼마나 복 받은 사찰인가.

남쪽 매화봉 능선을 타고 내려가면 청량사로 회귀하게 되는데 북쪽 능선을 타고 해인사 방면으로 내려서는 길을 택한다. 하산로는 바윗길 오르막과 달리 부드러운 숲길로 이어지다가 물 흐르지 않는 계곡 길로 내려서게 된다.

개방한 만물상을 보고 가야산에서 내려설 때만큼이나 벅찬 앙금이 진하게 고여 온다. 해인사 관광호텔이 있고 식당들이 늘어선 치인리에 이르자 아직 이른 철인데도 단풍을 찾아 나선 많은 인파로 차가 빠져나오기 어려울 정도로 복잡하다. 갑자기 이 많은 탐방객이 천 개의 불상이 감춰진 매화산의 속살을 들여다보지 못하고 관광단지 언저리에서 소란스러운 분위기에 심취해 있다는 게 안타깝게 여겨진다.

때 / 초가을
곳 / 청량동 마을 - 청량동 매표소 - 청량사 - 전망대 - 남산제일봉 - 돼지골 - 해인사 관광호텔 - 치인리 주차장

소백산, 설국열차 타고 하얀 눈밭을 누비다

바람이 몰아치며 쌓였던 눈이 다시 휘날린다.
두어 달 후면 진달래가 만발하고 진달래 지면 이어 철쭉에
원추리 꽃 무리가 화사할 천상의 화원에 지금은
눈보라가 몰아치면서 구름을 밀어 국망봉을 넘고 있다.

경상북도 최북단에 위치하여 강원도 영월군, 충청북도 단양군과 경계를 이루는 영주시는 남으로 안동시와 예천군을 접하고 있다.

영주시는 외나무다리를 길게 이어 지나갈 수 있는 영무무섬마을, 유네스코 세계문화유산이자 안양루가 있는 부석사, 우리나라 최초의 사액서원인 소수서원과 바로 옆의 선비촌, 그리고 인삼박물관 등 가볼 만한 곳이 수두룩한 관광명소이다.

2012년 경북 영주시, 봉화군, 충북 단양군, 강원도 영월군에 걸쳐 총 거리 143km에 이르는 12구간 코스의 소백산 자락길이 완성·개통되었다.

문화생태 탐방로로 이름을 올렸고, '한국관광의 별'에 선정된 소백산 자락길은 공원구역, 인근 마을과 계곡 및 국립공원 구간을 통과하는 탐방로로 많은 이들이 찾고 있다.

인삼으로 특히 유명한 영주시 풍기읍은 무엇보다 소백산을

끼고 있어 정겨움이 더한 곳이다. 예로부터 소백산 일대는 산삼을 비롯해 많은 약초가 자생하여 풍기읍은 이들 약초의 집산지가 되었다. 산삼이나 약초를 캐려는 게 아님에도 풍기읍으로 온 건 순백의 계절에 소백산 희방사 코스를 택해 한 점 눈송이로 어우러지기 위해서이다.

소백산은 예로부터 우리 민족이 신성시해온 영산 중의 한 곳이자 영남지방의 진산으로 고구려, 백제, 신라가 국경을 마주하고 자웅을 겨루며 수많은 애환을 남기기도 하였다. 웅장한 산악경관은 물론이며 주변에 부석사, 온달산성 등 명승고적이 많아 1987년 이 일대를 소백산 국립공원으로 지정하였다.

한반도의 중심에 우뚝 솟아 장대한 백두대간을 잇고 사철 제각기 특출한 신비로움을 간직한 소백산은 주봉인 비로봉을 위시하여 연화봉, 형제봉, 신선봉, 국망봉 등 여러 봉우리가 능선으로 연결되어 웅장한 위용을 뽐낸다.

설국열차의 레일 깔린 소백산 정상

희방사역 맞은편 마을 길을 따라 계곡을 따라가면 희방사 제1 주차장이다. 희방사 통제소를 지나 소백교 갈림길에서 왼쪽 오솔길을 따라 걷는 희방사 탐방안내소까지 짧은 길이 아니다.

탐방안내소 가까이 이정표가 있는 갈림길에서 우측으로 돌아 올라서면 희방폭포다. 해발 700m 고지에 있는 희방폭포는 영남 제1의 폭포로 높이가 28m에 달한다.

"하늘이 내려주어 꿈속에서 노니는 곳天惠夢遊處이로다."

연화봉에서 발원하여 수천 구비를 돌고 또 돌아 흐르다 이곳에서 한바탕 천지를 진동시키는 장관에 넋을 잃어 조선 초기의 문신 서거정은 그렇게 감탄했다고 한다. 45년간 세종, 문종, 단종, 세조, 예종, 성종의 여섯 임금을 모시며 모진 세월을 견뎌낸 인물답지 않게 감성이 풍부하다는 생각이 든다.

계단을 통과하여 10여 분을 올라 희방사喜方寺에 이르렀다. 그리 큰 절은 아니지만 들어서면서부터 마음이 차분해진다. 울창한 수림이 뒤덮어 단아하고 아늑하다.

대한불교 조계종 제16교구 본사인 고운사의 말사로 신라 선덕여왕 때 두운 대사가 해발 850m의 이 자리에 세웠다고 한다.

두운은 태백산 심원암에서 이곳의 천연동굴로 옮겨 수도하고 있었는데 어느 겨울밤 호랑이가 찾아와 무언가 호소하는 몸짓을 보이기에 살펴보니 목에 여인의 비녀가 걸려있었다.

"물불 가리지 않고 먹어댄 모양이구나."

비녀를 뽑아내자 호랑이가 온전히 돌아갔다. 그런 일이 있고 난 뒤 어느 날 그 호랑이는 정신 잃은 어여쁜 처녀를 등에 태우고 왔다.

"야, 이놈아! 여기가 보건소인 줄 아느냐."
"혼자 적적하실 것 같아서 은혜도 갚을 겸……"
"또 이런 짓 하면 비녀를 다시 목구멍에 박아버리겠다."

처녀를 정성껏 간호하여 원기를 회복시킨 다음 굴속에 싸리나무 울타리를 만들어 따로 거처하며 겨울을 넘긴 뒤 처녀를 집으로 데리고 갔다.

"나무아미타불, 댁의 따님 덕분에 아주 힘든 겨울을 보냈습니다."
"그러셨겠습니다. 스님."

계림의 귀족인 그녀의 아버지 유석은 은혜에 보답하고자 두운이 수도하던 동굴 앞에 절을 짓고 농토를 마련해주었으며, 무쇠로 수철교水鐵橋를 놓아주었다고 한다.
두운 스님은 절 이름에 은혜를 갚게 되어 기쁘다는 뜻의 '

희'와 두운 조사의 참선 방이란 것을 상징하는 '방'을 써서 '희방사'라 명한다. 호랑이와 처녀에 얽힌 희방사 창건설화이다. 희방사에는 은은한 종소리로 잘 알려진 경상북도 유형문화재 제226호 동종銅鍾과 누구의 것인지 알 수 없는 부도 2기가 있다.

희방사에서 우측 비탈 계곡으로 이어지는 길을 따라 눈으로 뒤덮인 급경사를 거슬러 올라 지능선에 닿았다. 희방 깔딱재(해발 1050m)라고 불리는 이 고개에서 거친 숨을 고른다. 여기서 연화봉까지 1.6km가 남았다. 수치상의 거리보다 훨씬 힘을 빼게 하는 코스인지라 거리 개념은 무의미하다고 하겠다.

“와아~ 멋지네요.”

“역시 힘들인 만큼 보답을 해주네요.”

왼편 북릉을 타고 급경사 능선을 길게 오르자 철쭉 군락지의 상고대가 절정의 모습을 보여주면서 함께 올라온 일행들로 하여금 탄성을 자아내게 한다. 두툼한 눈꽃도 겨울 산행의 미각을 한층 돋워준다.

죽령에서 올라오는 삼거리 연화봉(해발 1376.9m)에 닿자 얼어붙은 공간을 뚫고 제2연화봉과 천문대가 선명하게 형체를 드러냈다. 주봉인 비로봉 너머로 함백산과 태백산이 이어지는 산악 설국 백두대간을 바라보자 눈이 시려 오는 듯하다.

여기부터 북동 방향으로 등산로가 완만하게 이어지고 주변은 설화가 만개하여 계절의 경이로운 개성에 적극 동조하게 된다. 잠시 눈 덮인 소백산천문대에 눈길을 머무는데 갑자기 하늘이 흐려지더니 눈발이 흩날린다. 서둘러 비로봉으로 향한다.

경북 풍기와 충북 단양이 경계를 이루면서 이어지는 백두대간을 따라 30여 분을 걸으면 제1 연화봉이다. 하늘이 잿빛으로 변하면서 제법 눈발이 굵어진다. 파란 하늘과 선명하게 대비되는 눈꽃에 더욱 살점이 붙는다.

계속해서 완만하게 이어지는 길을 따라 걷다 보면 오늘 하산 코스인 천동리로 가는 갈림길이 나오는데 이 삼거리에서 오른쪽의 나무계단을 따라 더 오르면 소백산 정상인 비로봉(해발 1435m)이다.

비로봉 서북쪽 일대 수만 평 초원지대는 수많은 야생화의 보고이자 솜다리라고도 일컫는 희귀 식물 에델바이스가 자생하는 곳인데 지금은 백색의 설원이다, 바람이 몰아치며 쌓였던 눈이 다시 휘날린다.

두어 달 후면 진달래가 만발하고 진달래가 지면 이어서 철쭉에 원추리꽃 무리가 화사할 천상의 화원에 눈보라가 몰아치면서 구름을 밀어 국망봉을 넘고 있다.

산을 넘으려는 눈구름과 사력을 다해 버티는 국망봉이 치열하게 샅바 싸움을 벌인다. 결국, 산을 건너지 못한 구름이 꼬리를 잘린 채 골에 파묻히고 만다.

어의곡 방향의 긴 데크 길이 설국열차가 지나갈 레일처럼 길게 뻗어있다. 눈발을 피해 고개 숙인 채 그 길을 걸어오는 산객들의 모습에서 깊은 동지애를 느끼게 된다.

"너무 춥습니다. 그만 내려가시죠."

함께 온 산악회원들과 천동으로 방향을 잡고 하산을 서두른다. 긴 계단을 내려서서 천동 삼거리에 이를 즈음 날이 개기 시작한다. 다리교를 건너서 보이는 계곡도 꽁꽁 얼어붙었다. 거기 허영호 기념비가 세워져 있어 걸음을 멈춘다.

'3극점과 7대륙 최고봉을 모두 정복한 인류 최초의 탐험가'

그를 단적으로 표현하기에 적절한 수식어이다. 북극과 남극, 에베레스트가 지구 3극점이다.

아시아 대륙 네팔 히말라야의 에베레스트, 아메리카 최고봉인 남미의 아콩카과, 알래스카에 소재한 북미대륙의 매킨리, 세계에서 가장 높은 화산인 아프리카 킬리만자로, 유럽

엘부르즈, 오세아니아 칼스텐츠에 이어 남극 빈슨매시프까지 모두 정복했다니 인간의 한계 능력이 어디까지인지 가늠이나 하겠는가.

덧붙이면 허영호는 국내 산악인 중 높이 8000m 이상의 고봉을 가장 많이 등정한 산악인이며, 뼛속까지 모험가 기질이 밴 사람이다. 초경량항공기 조종면허증을 획득하더니 2008년 4월 초경량 비행기 '스트릭 새도'를 타고 경기도 여주에서 제주도를 거쳐 다시 돌아오는 국토종단 왕복 비행에 성공했고 독도 비행에도 성공했다.

경외감 그득한 눈빛으로 그의 기념비에 쌓인 눈을 쓸어내리고는 다리안폭포를 지난다. 크고 작은 소를 이룬 삼단폭포가 예전의 구름다리 안에 있어 다리를 건너와야 볼 수 있다고 해서 그렇게 이름 지어졌다.

하산 날머리 천동리에 내려와 마을 뒷산 중턱에 있는 천동동굴을 들러본다. 1977년 2월 마을 주민에 의해 발견된 석회암층 천연동굴은 그해 12월 충청북도 기념물 제19호로 지정되었다. 470m 길이의 동굴은 약 4억 5000만 년 전부터 각양각색의 종유석과 석순, 석주가 생성됐다. 고씨굴, 환선굴 등 여러 곳의 천연동굴을 보아왔지만, 그때마다 그 신비로움은 경탄을 금치 못하게 한다.

"언제든 맘 내키면 주저 말고 달려오시게."

천동동굴을 나와 다시 올려다보는데 소백산은 아무 때건 오라고 한다.

"그러겠습니다."

지난해 철쭉 철의 봄 소백산과 마찬가지로 겨울 소백산 역시 제 계절을 가장 잘 표출할 때 왔다 가니 상큼하기가 이루 말할 수 없다.

때 / 겨울
곳 / 희방사역 - 희방사 탐방안내소 - 희방폭포 - 희방사 - 희방 깔딱재 - 연화봉 - 제1연화봉 - 소백산 비로봉 - 다리안폭포 - 천동 탐방안내소

한려해상국립공원의 유일한 산악 공원, 남해 금산

현명한 군주는 여자에게서 미색美色만을
즐길 뿐 절대 사적인 정에 치우쳐
그 여자의 청을
들어주지 않는다고 하였다.

경상남도 남서부에 있는 남해군은 남해읍을 중심으로 남해도와 창선도 두 개의 섬으로 이루어져 있다. 제주도, 거제도, 진도, 강화도에 이어 우리나라에서 다섯 번째 큰 섬으로 교각 없는 현수교인 남해대교를 통해 육지와 연결된다.

1598년 임진왜란 때 이순신 장군이 이끄는 함대가 노량앞바다에서 왜군을 크게 물리친 노량해전이 일어난 곳으로 백전노장의 성웅은 이 전투에서 파란만장하고도 거친 삶을 마감하게 된다.

거기 남해군에 있는 금산錦山은 한려해상국립공원의 유일한 산악공원으로 기암괴석들로 뒤덮인 금산 38경이 절경을 이루고 있으며 경상남도 기념물 제18호로 지정되어 있다.

신라 원효대사의 기도처로서 보광산이라 하였는데, 이성계가 조선을 건국하기 전에 이 산에서 수도하면서 기원하여 왕좌에 오르게 되자 보은을 위해 영구불멸의 비단을 두른다는 뜻의 비단 금錦 자를 써서 금산으로 바꿔 부르게 되었다.

금산을 소금강산에 비견하며 남해 금강이라 일컫는 것은 멀리 떨어진 남해의 섬 속에서 다시 아득한 섬과 바다를 눈앞에 두고 우뚝하게 솟은 돌산으로서의 신비감을 주기 때문일 것이다.

신이든 사람이든 다시 오고 싶은 곳

부소암으로 오르는 코스를 택해 그 들머리인 두모마을 주차장에서 산행을 시작한다.

2013년도에 이르러 30년 만에 개방한 길이다. 호근이와 계원이가 다녀와서 강력하게 추천하자 병소와 남영이가 마음이 동했다.

“어때? 멸치랑 갈치회도 먹을 겸해서.”

“그럼 콜이지.”

바닷가라 부는 바람이 찰 것도 같은데 전혀 그렇지 않다. 입었던 바람막이 점퍼까지 벗어 배낭에 꾸겨 넣는다. 봄이 자리 잡아가는 등산로를 따라 잡목 우거진 숲길을 세 사람이 호기롭게 오른다.

"섬 산은 내륙의 산들에 비해 마음을 들뜨게 하는 그 무언가가 있어."

"바다를 끼어서겠지."

"싱싱한 회를 먹을 수 있어서겠지."

바다가 고향이고, 고향이 이곳 남쪽인 데다 산행 후 좋아하는 횟감을 염두에 두고 있으니 병소야말로 들뜨고도 남음이 있을 것이다. 만물이 소생한다는 봄이 남쪽 바다에 정착하고 있으므로 아무런 이유가 없어도 들뜰만하다. 무어든 다시 살아나고 거듭 웅비에 찬 생장을 도모할 것만 같다.

다도해에서 유일하게 체적이 큰 화강암 뭉치의 산임에도 흙산의 기질도 강해 남해안에서 가장 큰 규모의 낙엽수 군락을 이루고 있다는 금산이다. 그런 수림을 오르다가 비교적 널찍하고 평평한 자연 암의 거북바위를 만난다. 이 바위 윗면에는 문자인지 그림인지 도대체 분간이 가지 않는 암각이 새겨있다.

"영원히 죽지 않고 싶구나. 짐이 오래 살아야 진나라가 태평할 것이니 네가 불로초를 구해왔으면 한다."

"제가 무슨 재주로…"

"넌 지금 바로 죽고 싶은 모양이구나."

"찾아오겠습니다."

진시황의 신하인 서불은 불로초를 구하려 제주도, 거제도, 남해를 헤매었다.

"다녀갔다는 흔적이나 남겨두고 떠나자."

그러나 서불은 죽지 않게 하는 풀을 끝내 찾지 못하고 다녀갔다는 표시로 이곳 양아리 거북바위에 상형문자를 새겨 둔다.

이 암각이 새겨진 바위를 서불과차암이라 하며 일명 남해 상주 석각이라고도 부르는데 혹자는 눈에 화상을 입은 어느 석공이 선덕여왕을 향한 그리움을 식히려고 더듬더듬 새겼다는 별자리라고도 해석한다.

"너희들 생각엔 어때?"
"서불이라면 한자로 새겼을 텐데."
"내가 보기엔 딱따구리가 쪼아댄 거 같은데."
"딱따구리가 네 눈은 왜 안 쪼는지 모르겠다."

어쨌거나 이 바위를 1974년에 경상남도 기념물 제6호로 지정하였고 금산은 중국 진시황의 불로초를 구하기 위해 서불이 다녀간 산으로 전해지며, 중국에서 서불의 행적이 밝혀지고 출생지가 발굴된 것으로 보아 실제 인물이었음을 알 수 있다.

계단에 올라서자 시원스레 조망이 열린다. 바다 위로 둥둥 솟은 나지막한 산들이 이어지는데 설흔산, 장등산과 오른쪽은 호구산이라고 하는 남산이다.

달팽이처럼 비틀어 세운 철 계단을 올라 지나야 한다. 바위 뒤로 작은 구멍을 통과하기가 어려워 설치한 것이다. 올라서면 부소암 갈림길이다.

시원하게 트인 바다를 배경으로 우뚝 솟아 신령스럽기까지 한 큰 바위 부소암扶蘇岩이 당연하단 듯 걸음을 멈추게 한다. 금산 34 경인 부소암은 중국 진시황의 장자 부소가 유배되어 살았다는 설과 단군의 셋째 아들 부소가 방황하다 이곳에서 천일기도를 했다는 설이 있는데 어떤 게 맞든 그건 중요하지 않다.

바다를 내려다보노라니 남은 시름 조각마저 바다에 뿌려지게 된다. 낭만 넘치는 남해에는 문학과 예술, 그리고 올곧은 해학이 넘실댄다.

한 여자 돌 속에 묻혀있었네
그 여자 사랑에 나도 돌 속으로 들어갔네
어느 여름 비 많이 오고
그 여자 울면서 돌 속에서 떠나갔네

떠나가는 그 여자 해와 달이 끌어주었네
남해 금산 푸른 하늘가에 나 혼자 있네
남해 금산 푸른 바닷물 속에 나 혼자 잠기네

이성복 시인의 '남해 금산'에서 물과 돌이 많은 이곳을 거듭 음미하게 된다. 그러다가 누군가의 대성 일갈이 귓전을 울린다.

"조사석이 정승이 된 것은 희빈 장 씨 때문이 아닙니까?"

이조참판을 거쳐 예조판서에 오른 조사석이 후궁 장희빈과 결탁하여 출세하였다는 소문이 돌자 김만중이 나선 것이다. 조선 후기의 문인이자 대제학, 대사헌까지 오른 서포 김만중은 숙종이 장희빈을 총애할 때 숙종의 면전에다 조사석의 베갯머리송사냐고 빗대 물었다가 숙종을 진노케 해 파직되고 유배당한다. 그 후 기사회생하였으나 남인의 정치보복으로 다시 남해에 유배된 후 병사하고 만다.

"성격이 불같은 양반이셨네."
"불의에 눈감았으면 가늘고 길게 살 수도 있었겠지."

소신이 뚜렷한 사람이 평소의 생각 혹은 신념과 다른 이야기를 한다는 것은 입을 다물고 있는 것보다 훨씬 어려울 것이었다.

"그래도 상대가 나라님인데."
"아마도 김만중은 한비자를 읽었을 거야."

한비자韓非子는 군주의 현명한 처세와 그렇지 못한 처세에 따라 나라의 흥망성쇠가 달렸음을 경고하고 있다. 현명한 군주는 여자에게서 미색美色만을 즐길 뿐 절대 사적인 정에 치우쳐 그 여자의 청을 들어주지 않는다고 하였다.

지도자가 참모의 조언을 어떻게 받아들이고 어떻게 처신하느냐에 따라 국가 운명이 달라질 수 있음을 말하는 구절이라 하겠다.

이미 소설 구운몽을 저술한 바 있던 김만중이 유배 생활 중 사씨남정기와 서포만필을 집필했다는 노도가 어디쯤일까 헤아리면서도 임금을 향한 그의 일갈이 들리는 것만 같아 속이 후련해진다.

빨간 양철지붕의 암자 부소암扶蘇庵은 거대한 암벽 부소암의 품에 안겨 바다가 내려다보이는 자리에 세워져 있다. 비바람 몰아치면 지탱할 수 있으려나 우려가 된다.

비록 허름하여 곧 쓰러질 것만 같은 작은 암자지만 보물 제1736호 대방광불 화엄경 진본 권 53이 나온 곳일 진데

회심곡 읊으며 수행에 전념하노라면 그 무엇인들 장애가 될까 싶기도 하다.

협곡 구간에 설치된 철제 다리를 건너 상사암으로 가면서 돌아본 부소암은 쭈글쭈글한 주름이 사람의 뇌를 닮은 모양새다. 상사암 갈림길에서 금산 최대의 암봉인 상사암에 닿았다.

조선 숙종 때 전라남도 돌산지역에 살던 사람이 남해로 이거 하여 살았는데 이웃에 사는 아름다운 과부한테 반해 상사병에 걸리고 말았다.

남자가 시름시름 죽을 지경에 이르자 아름다운 과부가 이 바위에서 남자의 상사병을 풀어주었다는 전설이 얽혀 있다.

"아름다운 여인이 맘씨까지 후덕하군."

"그런데 여기서 어떻게 풀어주었다는 거지?"

"더 깊이 들어가면 다칠라."

남영이가 제기한 의문이 맴돌기는 하지만 이내 멋진 풍광에 머리를 비워낸다. 금산 27경인 상사암에서는 정상인 망대를 위시하여 대장봉, 화엄봉, 예수 관음상, 향로봉 등의 기암 묘봉들이 과시하듯 몸체를 드러내고 그 사이로 보리암이 자리하고 있는 걸 볼 수 있다. 발아래로는 움푹한 상주 해수욕장과 그 뒤로 오밀조밀하게 가구들이 모인 마을

이 또 다른 운치를 느끼게 한다.

상사암 아래의 삼사 기단은 신라 고승 원효대사, 의상대사, 윤필거사가 기단을 쌓고 기도를 올렸던 곳으로 그분들이 앉았던 자리 흔적이 바위에 뚜렷이 남아있다는데 확인 절차 없이 그냥 지나치고 말았다.

원효대사가 앉아서 수도했다는 바위 좌선대를 지나며 일월봉을 바라본다. 가까이에서 보면 맨 위의 바위가 보이지 않아 일日 자 형이고 높이 올라 전체를 멀리서 보면 월月 자 형으로 보여 일월봉이라 한다.

그리고 다시 제석봉으로 넘어간다. 부처를 좌우에 모시며 불법을 수호하는 신, 제석천이 내려와 놀다 갔다는 곳인데 직접 와서 보니 신이든 사람이든 다시 오고 싶은 곳임이 분명하다.

손색없는 삼남 지방의 경승지

금산의 정상인 망대(해발 681m)는 우리나라 최남단의 봉수대로 고려 명종 때 설치되어 본래의 형태가 비교적 잘 보존되어 있다. 26m 둘레의 사각 형태이고 높이는 4.5m이다. 봉수대는 불을 피워 낮에는 연기로, 밤에는 불빛으로 신호를 보냈었는데 당시 전국의 봉수 경로 다섯 개 중 동래에서 서울에 이르는 경로에 속한 최남단에 자리하고 있어 출발지로서 중요한 역할을 하였다.

난·온대림의 울창한 수림과 태조 이성계가 기도했다는 이씨 기단을 보면서는 조선 건국에 얽힌 수많은 설화 중 하나가 또다시 떠오른다.

"참으로 기이한 일이요. 꿈을 꾸고 나서도 꿈속의 생생한 기운이 내 몸에 남아있는 듯하오."

이성계는 건국 대업을 위한 기도를 드리다가 꾼 꿈이 하 수상하여 해몽에 능한 이에게 물었다.

"하루는 내가 몽둥이 셋을 짊어지고 있었고, 그다음 날 꿈은 내 몸이 목이 날아간 병으로 되어있었소. 그리고 셋째 날 꿈에는 내 몸이 커다란 가마솥에 들어간 꿈이었소. 모두 내 육신이 고통받는 꿈이라 흉몽이 아닌가 하오."

"큰 길몽입니다."

해몽하는 노인은 이성계를 찬찬히 훑어보다가 몸을 굽히더니 말을 이었다.

"몽둥이 세 개를 진 건 그 형상이 임금 왕王 자와 같으니 필시 임금이 될 징조요, 목 없는 병은 사람들이 목 밑을 조심스럽게 다루라는 뜻이니 이제 곧 만인이 받들 징조입니다. 마지막 가마솥에 들어갔다 하는 건 금성철벽의 궁궐에 드실 징조이옵니다."

노인은 크게 절을 올리며 덧붙였다.

"장군님의 속에 품은 뜻이 실현될 때가 가까워졌습니다. 과업을 성취하시어 역사의 큰 인물로 남을 것입니다."

해몽대로 조선을 창업한 이성계는 새 나라의 번영을 위해 기도를 올리리라 마음먹고 다시 한번 금산을 찾았다. 정상에 다다르자 금빛 기운이 눈부시도록 번쩍이더니 이성계의 눈앞에서 하늘로 올라갔다.

불현듯 이성계는 백일기도를 드리며 했던 약속을 기억해냈다. 자신이 왕이 되면 이 산을 비단으로 덮겠다고 했다. 비단으로 산을 감싸는 대신 산 이름을 금산으로 바꾸며 얼렁뚱땅 헐값에 마무리하였다.

"그랬으니 곧바로 왕자의 난이 일어났지."

"약속을 지켰으면 조선왕조 500년이 순탄할 수도 있었을 텐데."

그런 이 씨 기단을 눈에 담으며 잠시 조선 건국 시기를 되돌아본다. 이성계는 왕이 되기 위해 최북단의 백두산에서 남쪽 지리산과 남해 금산까지 기도를 드리러 다녔다. 백두산과 지리산 등 몇 곳의 산에서 산신으로부터 거절당한 것은 고려를 멸망시키고 조선을 건국하려는 역성혁명이 정당치 못했음을 시사한 설화라 할 수 있을 것이다.

남해 금산의 산신이 이를 허락하였다는 건 남해사람들이 긍정적으로 받아들였다고 해석할 수 있을 것이다. 이성계가 고려 말 삼남 지방의 왜구 섬멸에 공이 있음을 인정한 데다 어쩌면 생계의 어려움과 왜구 침략에 진절머리가 난 낙도주민들은 새로운 위정자가 나타나 새로운 삶이 전개되기를 바랐을지도 모른다. 산에 비단을 입히는 건 불가능하므로 금산으로 명명함으로써 남해 주민들의 성원을 잊지 않겠다는 의미로 받아들일 수도 있다.

향로봉과 대장봉 등 기암 묘석과 그 아래 펼쳐진 푸른 바다와의 조화가 한량없이 아름답다. 망대로 오르는 계단과 마주하며 정상 길목을 지키는 문장암에는 한림학사 주세붕 선생이 '유홍문 상금산由虹門 上錦山'이라는 글자를 새겼다. 홍문으로 말미암아 금산에 오른다는 의미로 무지개 형태의 두 홍문인 쌍홍문에 이른다.

서기 683년 원효대사가 이곳 금산 꼭대기에 초당을 짓고 수도하면서 초당 이름을 보광사라고 했다가 훗날 이성계가 이곳에서 백일기도를 하고 조선왕조를 열면서 절 이름도 보리암菩提庵으로 바뀌었다.

강화도 보문사, 낙산사 홍련암과 더불어 우리나라 3대 기도처의 하나인 보리암은 그 명성만큼 규모도 크고 바다를 향해 세워진 해수관음보살상도 그럴듯하지만 여기서 바라보는 기기묘묘한 풍광들이 보리암을 더욱 돋보이게 한다.

금산의 온갖 기이한 암석과 푸른 남해의 경치를 한껏 감상하다가 또 하나의 금산 명물인 금산산장을 들러본다. 4대째 내려오고 있다는 금산산장은 본래 보리암을 찾는 이들을 위한 여관이었다가 식당을 겸한 산장으로 바뀌었다고 한다. 산장을 지나면서 한 사람이 밀어도 흔들린다는 흔들바위를 보게 된다.

"한번 밀어볼까."

"그냥 가자."

"금산 38경이 37경으로 줄어드는 건 바람직하지 않아."

금산이 전국적인 명산으로 알려진 건 마지막 38경으로 꼽히는 금산 일출의 황홀경 때문이라 해도 과언이 아닐 것이다. 화가가 영혼을 부어 넣어 붓질한 듯한 먼바다 수평선은 보는 이로 하여금 시선이 얼어붙는 환상에 젖어들게 할 것만 같다.

"상상이 가지?"

"내일 새벽까지 머물렀다가 일출을 보고 내려갈까?"

"내일 새벽에 비 온다는 예보가 있어. 아쉽지만 오늘은 이만 내려가자."

춘분과 추분이 되면 인간 수명을 관장한다는 별인 노인성老人星이 남해에 잠길 듯 수면 가까이 내려앉는 걸 바라보면 장수한다는 이야기가 전해지는데 실제로 인근에 장수촌으로 소문난 두 마을이 있다고 한다. 거기 더해 보리암의 상징적 의미까지 있어 삼남 지방 경승지로서 손색이 없다.

하산하면서 금산 13경인 음성 굴音聲堀에 들른다. 높이 2m, 길이 5m의 이 동굴은 돌로 바닥을 두드리면 장구 소리가 난다고 하여 명명한 굴이다. 여기도 그 신비로움을 고이 간직하고자 바닥을 두들기지는 않고 지나간다.

돌산에 걸맞게 내리막도 온통 자연 석돌 계단이다. 굴이 두 개인 쌍홍문을 통해 굴속에 들어가면 속이 비어있고 천장을 통해 푸른 하늘이 보이는데 석가세존이 돌배를 만들어 타고 쌍홍문의 오른쪽 굴로 나가면서 멀리 앞바다에 있는 세존도의 한복판을 뚫고 나갔다고 한다. 바위에 구멍을 뚫은 세월의 연륜, 그로 인한 자연의 위력을 새삼 느낄 수 있다.

세존도는 금산 남쪽 앞바다에 있는 33㎡의 무인도이다. 석가세존이 탄 배가 지나간 자리에 해상 동굴이 있고 섬 꼭대기에는 스님 형상의 바위가 있으며 동굴 천정에는 미륵이라는 글씨도 있다고 하여 거듭 불교와 인연을 맺는다.

오랫동안 가뭄이 들어 비가 오지 않을 때는 몸과 마음을 깨끗이 하고 이 섬에서 기우제를 지내면 틀림없이 비가 온다는 이야기도 전해진다. 굴 사이로 보는 남해의 조망이 더욱 멋지고 사람 얼굴의 형상을 한 거대한 장군암은 더욱 늠름해 보인다.

다시 쌍홍문에서 조금 내려가 사선대에 이르렀다. 동서남북 네 곳의 신선이 모여 놀았다는 바위이다.

“네 명이 머물기에는 좁아 보이는데.”

“신선들인데 장소가 좁다고 못 놀겠나.”

산에서 내려와 날머리인 금산 주차장에서 올려다보니 울창한 수림 위로 솟은 정상 일대의 바위지대가 도드라지게 아름다워 카메라를 줌인하게 된다.

남해에 와서 금산을 오르지 않고서는 남해를 다녀갔다고 말할 수 없다고들 말한다. 네 번이나 남해에 왔다가 처음 금산을 올랐으니 처음 와본 거나 다름없었다.

자연의 조각품이라는 표현이 전혀 무색하지 않을 금산의 38경을 모두 둘러보지 못하지만 다섯 번째의 남해 방문을 염두에 두고 아쉬움을 달랜다.

때 / 봄
곳 / 양아리 두모 주차장 - 양아리석각 - 부소암 - 상사암 - 좌선대 - 제석봉 - 금산 망대 - 보리암 - 금산산장 - 쌍홍문 - 금산 탐방지원센터 - 금산 주차장

연홍 하늘 지붕, 화왕산에서 관룡산 거쳐 구룡산까지

불결하고 어지러운 속을 쏟아내고 이 산에 흐르는
순결한 바람을 채워 넣으면 그것이 참선 아니겠는가.
여기 앉아 눈에 들어오는 것처럼 살아갈 수 있다면
그게 부처이고 예수일 거란 생각이 드는 것이다.

1998년 람사르협약에 등록한 습지가 되었고 2011년 천연보호구역으로 지정되었다가 국가지정문화재 천연기념물 제524호로 재지정된 국내 최대의 자연 늪인 우포늪이 창녕에 있고 부곡온천도 거기 있다.

경상남도의 중북부 산악지대 창녕군에 소재한 화왕산火旺山은 낙동강과 밀양강이 휘감아 흐른다. 마른 억새와 제철 진달래가 오묘하게 대비를 이루는 화왕산을 목적지로 하고 왔으나 기왕에 멀리 온 길이라 관룡산과 구룡산을 연계하여 원점으로 회귀하는 코스를 택했다.

갈색과 분홍이 어우러진 남도 고원

가을 송이로 더욱 유명세를 치르고 있다는 옥천마을이 차량 도착지이다. 옥천 주차장에서 200여 m 아스팔트 길을 걸어 옥천 식당으로 이동하여 창녕 학생수련원을 끼고 오르면서 화왕산으로 들어서게 된다.

평범한 소로를 따라 오르다가 다소 산만한 너덜지대를 지나면서 뚜렷하지 않은 등산로의 나뭇가지에 매달려 있는 리본들이 길잡이가 되어준다. 달리 길이 나 있지 않으므로 길을 놓칠 염려는 없어 보인다.

지능선에 올라서자 소나무 틈으로 햇빛을 받은 진달래 무리가 화사한 색감을 뽐내고 있다. 평온하고도 어여쁜 길이다. 진달래 늘어선 능선을 따라 서서히 조망이 트이는가 싶더니 바로 685m 봉에 닿게 된다. 비들재와 갈라지는 지점이다.

진행 방향으로 화왕산 정상과 배바위, 그 오른쪽으로 관룡산과 구룡산이 파란 하늘과 간간이 흐르는 양떼구름을 이고 있다. 고개를 돌리면 영취산과 신선봉도 그리 멀지 않다. 아래로는 막 산행을 시작한 옥천마을이 아늑하게 자리를 잡고 있다.

안부로 내려가 723m 바위 봉우리로 다시 올라서면서 특이한 모양의 바위들을 많이 보게 된다. 바위 봉우리에서 멀리 사방을 둘러보고 753m 봉에 이르자 얼추 화왕산 정상과 눈높이가 비슷해진다.

산불감시초소가 있고 고원지대에 구불구불하게 쌓인 성곽이 눈에 들어오는데 화왕산성(사적 제64호)을 복원한 둘레 약 2.7km의 석축산성으로 임진왜란 때 곽재우 장군과 의병 990명이 분전한 곳이다.

화왕산은 선사시대 때 화산이었다. 삼지라고 부르는 세 개의 못(용지)은 화산의 분화구였는데 그 후 이 둘레에 산성을 지었다.

이 성안의 삼지三池에서 정기를 받아 창녕 조 씨의 시조가 태어났다는 전설은 창녕에 거주하는 많은 조 씨들의 자부심으로 회자되고 있다.

"화왕산에 가셔서 기도를 드려보시지요."

신라 때 한림학사 이광옥의 딸 예향은 선천적인 복통이 있어 백약이 무효이던 차에 주위 사람들의 권유에 따라 화왕산 용지에서 지성으로 기도를 드렸는데 갑자기 운무가 일어 어두워지면서 물속으로 끌려들어 갔다.

얼마 후 운무가 걷히면서 못 한가운데서 솟구쳐 나왔는데 그 후 복통은 씻은 듯 완쾌되었다.

"이젠 배가 아프지 않아요."
"참으로 신기하구나. 아무튼 다행이다."

그런데 얼마 지나지 않아 태기가 있는 거였다. 어쩔 수 없이 출산했는데 아들을 낳게 되었고 아기의 겨드랑이 밑에 曺조 자와 같은 무늬가 새겨져 있었다.

“나는 동해 신룡神龍의 아들 옥결玉抉인데 이 아이의 아버지가 바로 나다.”

어느 날 꿈에 늠름한 체구의 사내가 나타나 자신이 아이의 아버지라는 것이었다.

“이 아이를 잘 기르면 크게는 공후公候가 될 것이고 적어도 경상卿相은 틀림없을 것이다.”

이광옥으로부터 이 사실을 들은 신라 진평왕은 아이를 보자고 하였다.

“크게 될 인물인 건 확실한 듯하구나.”

아이의 특출한 풍모와 겨드랑이 밑의 글 무늬를 보더니 성을 조曺 씨로 사성賜姓 하고 이름을 계룡繼龍이라 지어 주었다.
이 아이가 성장하여 진평왕의 사위가 되고 창성 부원군에 봉하니 곧 창녕 조 씨의 시조인 조계룡이다.

“옥결이란 자가 예향을 건드리고 합의금을 톡톡히 지불했구먼.”

신성한 성씨 유래를 묘하게 비틀어 해석했더니 아니나 다를까 돌부리에 걸리고 말았다.

“진작 몰라뵈어 죄송합니다. 역시 신령하신 동해 신룡의 아드님이십니다.”

쑥스러운 마음에 머리를 긁적이며 산성을 건너간다. 고원지대에 특출하게 튀는 암릉이 있는데 배바위라고 부른다. 그 바위 아래의 자하곡에서 오르는 능선으로 산객들 행렬이 이어졌고 더 아래로 창녕 읍내와 농경지가 드넓게 펼쳐졌다.

남도의 산에 올 때마다 느끼지만 산정에서 내려다보는 호남의 평야는 주변 산세가 부드럽고 지세가 온화해서인지 편안하고 풍성한 느낌이 들게 한다. 널찍한 배바위에서 뜨는 해처럼 전성기를 맞아 곱게 물든 진달래 군락과 은인자중하며 가을을 기다리는 억새밭에 눈길을 머물다가 정상으로 향한다. 키 큰 억새는 메말랐어도 하늘거리며 살아있음을 증명한다.

“조금만 더 기다리면 너희들 세상이 오겠지?”

억새 숲길을 걸으며 만지면 부서질 것 같은 억새를 조심스레 보듬어본다.

2009년 2월 9일 대보름맞이 화왕산 억새 태우기 행사 중 오랜 가뭄으로 바싹 마른 억새군락이 갑자기 불어 닥친 돌풍으로 인해 대형화재로 번지고 말았다.

이 불로 관광객과 현장 공무원 여섯 명이 사망하고 60여 명이 다치는 사고가 일어났으며 이로 인해 1995년부터 이어져 오던 억새 태우기 행사는 6회 만에 폐지되었다.

성곽을 따라 정상으로 향하는 남도의 고원에서 갈색과 분홍의 어우러짐에 잠시 고조되었던 기분이 바로 시들해진 건 그 당시의 불행한 사고가 떠오르면서이다.

“거기도 사람들 많지요? 올해도 참꽃이 여전히 아름답지요?”

화왕산 정상(해발 756.6m)에 이르자 비슬산이 반갑게 손을 내밀기에 호들갑을 떨고 말았다. 두 해 전, 여기처럼 넓은 고원지대의 산정에서 대견사로 향하며 누렸던 참꽃 향연이 엊그제였던 양 눈에 밟힌다.

“오늘은 와보지 못했던 이웃 산들을 찾아 남도 유람 중이랍니다.”
“안전한 산행이 제일 즐거운 산행일세. 무리하는 경향이 없지 않은 듯하니 늘 조심하시게.”
“넵.”

대견봉의 정문일침에 얼굴이 붉어져 얼른 동문 쪽으로 내려서고 만다.

메주를 얹어 놓은 듯 촘촘한 성곽을 끼고 관룡산으로

동문으로 가면서 보니 능선을 중심으로 좌우측이 확연히 다르다. 왼쪽 진달래 군락과 오른쪽의 마른 억새밭이 야구장의 1루와 3루로 나뉜 각각의 관중들처럼 느껴진다. 분홍 유니폼과 갈색 유니폼의 열띤 응원전은 분홍 팀의 만루 홈런 한 방으로 승패가 갈린 것처럼 보인다.

북쪽 사면으로 이동하는 능선을 따라 걷다가 성곽에서 동문을 빠져나와 허준 세트장으로 향한다. 관룡산으로 가는 길이다. 복원된 성곽이 다른 산들의 성곽과 달리 두툼하고

메주를 얹어 놓은 것처럼 촘촘하다.

임도를 따라 허준 드라마 촬영세트장에 이르자 주변에도 진달래가 흐드러지게 피었다. 채 피지 않은 할미꽃 몇 송이가 지은 죄의 사함을 받지 못했는지, 아직 봄의 완연함을 인식하지 못하였는지 엉거주춤 고개를 숙이고 있다.

얼마나 매서웠으면
움츠린 어깨 구부정 펴지지 않을까.
동면에서 깨기까지 얼마나 시렸던가.
어찌나 허했으면 차라리 깨어나지 않을
죽음이길 바랐을까.
애타게 부여안아 그예 잉태의 순간 다가오는가.
만일 그러하다면
그 호된 기억들,
잠깐의 선잠이라 여기고 태동의 환한 미소 짓겠네만.

몇 채의 초가를 지어놓은 울타리 옆을 지나노라니 스스로 드라마 허준에서 행인 A 쯤으로 여겨져 걸음걸이에 신경이 쓰인다. 관룡산 방향으로 가는 길목 울타리에는 많은 리본이 달려있다.

화왕산에서 관룡산 구간은 온통 진달래 터널이다. 반대편에서 오는 산객들이 탄성을 내지르며 사진 찍느라 분주하다. 이번 산행을 마치면 비슬산을 내려와서 그랬던 것처럼 모든 사물이 분홍 덧칠을 한 것처럼 보일 것만 같다.

공터처럼 평평한 청간재를 지나고 숲길을 빠져나와 관룡산(해발 754m)에 도착한다. 나무들이 일대를 덮어 주변을 살필 여지가 없다.

화왕산과 마찬가지로 여기 관룡산도 부곡온천을 겸해 산객들의 발길이 잦은 곳이다. 부근에 사적 65호인 목마산성이 보존·관리되고 있으며 주로 옥천마을을 기점으로 관룡사, 원통골, 화왕산을 연계하여 산행한다.

다시 진행하면서 보게 되는 구룡산 가는 길은 이제까지와는 확연히 다른 바위 구간이다. 첫 바위 봉우리에서 내려서면 용선대를 거쳐 곧바로 관룡사로 내려가는 갈림길이다.

밧줄을 붙들고 매끈한 바위가 겹겹이 얹힌 구간을 오르자 청룡암과 더 아래로 관룡사가 보인다. 초록과 분홍 세상에 살짝 모습을 드러낸 사찰의 지붕들에서 지난겨울, 온통 하얀 설원의 까만 점으로 존재했을 걸 상상하니 시간의 흐름이 주는 역동감과 한편으론 무상함을 의식하게 된다.

아찔한 기암 묘봉과 아홉 용머리의 구룡산

구룡산으로 가는 바윗길 능선은 계룡산 자연성릉을 닮았다. 많은 이들이 암릉의 묘미를 즐긴다. 멀리 아득한 천 길 벼랑 위에 고인 듯 얹힌 듯 아슬아슬한 수평 바위가 참선

바위이다. 가까이에 수직으로 허공을 찌르는 병풍바위도 아찔하게만 보인다.

부곡온천으로 내려가는 삼거리에서 100여 m를 올라 구룡산 정상(해발 741m)에 도착했다. 창녕의 진산인 화왕산의 명성에 가려져 있어도 조망과 산세는 구룡산九龍山이 더 빼어난 듯하다.

아홉 개의 바위가 용머리와 같다고 하여 이름 붙여진 구룡산답게 기기묘묘하게 생긴 봉우리들을 즐기게끔 산행의 미각을 돋워준다.

구룡산에 있는 관룡사, 청룡암, 극락암, 흑룡암, 황룡암, 령은암, 동암의 1 사찰 6 암자 명칭 다수에 용자가 붙어있어 흔하디흔하게 용을 소재로 한 전설도 부지기수 많을 거로 여겨진다.

정상에서 바위 능선을 따라 진행하다가 아까 보았던 참선바위에 다다르자 하늘에 떠 있는 기분이다. 경건한 마음으로 무릎을 꿇고 지그시 눈을 감아본다.

달리 참선이겠는가. 불결하고 어지러운 속을 쏟아내고 이 산에 흐르는 순결한 바람을 채워 넣으면 그것이 참선 아니겠는가. 여기 앉아 눈에 들어오는 것처럼만 세상을 보고 그렇게 살아갈 수 있다면 그게 부처이고 예수일 거란 생각이 드는 것이다.

귀한 깨달음을 얻고 길을 이어가자 절벽 귀퉁이에 아슬아슬하게 달라붙은 파란 지붕 청룡암이 다시 보이고 툭 튀어나온 바위 아래로 노단이 저수지도 눈에 들어온다.

노단이 마을과 관룡사 분기점에서 1km 거리의 관룡사 쪽으로 내려가다가 돌아본 구룡산 암릉은 아니나 다를까 우람한 근육질에 위풍당당한 모습이다.

내려오다가 굴 하나를 보게 되는데 꽤 큰 바위 아래의 틈으로 먹을 수 있는 물이 나온다. 이런 데에 석간수가 있다는 게 신기하기만 하다. 샛길로 빠져 용선대에도 들러본다. 천혜의 장소는 가는 이를 잡아끌고 보는 이는 어김없이 그리 향하게 된다. 자연이 주는 혜택, 산이 제공하는 부가서비스를 마다할 이유가 없다.

매년 정초 창녕군민들의 해맞이 장소답게 빼어난 장소에 자리 잡았다. 해맞이 후 이곳을 찾은 사람들과 준비한 떡국을 함께 먹으며 새해 새 아침을 연다고 한다.

또 동짓달에는 입시생 부모들이 찾아와 치성을 드려 팥죽부처님이라고도 불리는 용선대 석가여래 좌상은 통일신라시대의 석불로 보물 제295호로 지정되어 있다.

동틀 무렵이면 동향으로 정좌한 돌부처는 햇살을 받아 눈부신 황금 부처로 변신할 걸 떠올리니 이 세상 모든 부처중 최상의 부처가 바로 이곳의 석가여래 좌상이 아닐까 싶다. 다시 관룡사로 내려가다 보면 산허리 옆으로 800여 평의 커다란 분지가 있고 그 한가운데 커다란 주춧돌이 있는데 옛 옥천사 절터인 옥천사지이다.

관룡사는 화왕산과 관룡산의 부드러운 산마루와 구룡산 병풍바위 아래의 소나무 숲과 대나무 숲이 잘 어우러진 곳에 자리를 잡았다. 경내에서 바라보는 구룡산은 구도가 잘 잡힌 한 폭의 산수화를 감상하는 느낌이 들게 한다.

신라 8대 사찰 중 한 곳이라는 이 사찰을 창건할 당시 화왕산의 세 연못에서 용 아홉 마리가 하늘을 오르는 것을 보았다 하여 관룡사라 이름 지었다고 한다.

관룡사는 일주문이 아닌 아담한 석문을 통해 넘나든다. 경내를 빠져나가 목장승이 아닌 흔히 볼 수 없는 석장승 둘이 양옆으로 서 있다.

남녀 한 쌍의 화강암 장승은 관룡사 소유 토지의 경계를 표시한 장승이지만 부부처럼 보여 그 사이로 빠져나오기가 살짝 황송하다.

"오늘 여러 번 황송하군."

어렵사리 실행에 옮긴 남도 진달래 산행이 여기 화왕산, 관룡산, 구룡산 아래에서 대미를 장식하게 된다.

나름 진달래 산행이라 통칭했지만, 진달래보다는 미답지인 남도의 산들을 탐방하고자 한 것이었고 산행과 더불어 자투리 시간에 곳곳의 명소를 방문할 수 있어 큰 의미를 지닐 수 있었다.

때 / 봄
곳 / 옥천 주차장 - 685m 봉 - 753m 봉 - 화왕산성 - 배바위 - 화왕산 - 허준 드라마 세트장 - 청간재 - 관룡산 - 구룡산 - 용선대 - 관룡사 - 원점회귀

나는 새도 쉬어 넘는 험산준령, 조령산과 주흘산

관악산의 6봉처럼, 설악산의 공룡능선처럼
넘으면 바로 다음 험봉이 이어진다.
그런데도 겹겹이 중첩된 산마루금과 바위와 소나무의
명품 어우러짐을 눈에 담고 카메라에 담는다.

대관령을 중심으로 그 동쪽을 영동이라 일컫듯 새재를 중심으로 그 남쪽 지방을 영남嶺南이라 일컫는다. 경상북도 도립공원으로 지정된 조령산은 나는 새도 쉬어 넘는다는 험준한 새재鳥嶺를 품에 안은 백두대간 상의 산으로 신라 초기 고구려 장수왕의 남진을 막는 국경선이자 고구려와 물물교환 등 상업 교류가 이루어진 곳이기도 하다.

또 후백제의 견훤이 고려 왕건과 조령산을 사이에 두고 자웅을 겨룬 바 있다. 서울의 진산 자리를 놓고 북한산과 경합하다가 내려왔다는 설이 있을 만큼 빼어난 산이다.

그러한 조령산을 오르고자 경북 문경시와 충북 괴산군 사이에 있는 백두대간 상의 큰 고개이며 한강과 낙동강의 분수령인 해발고도 548m의 이화령梨花嶺을 산행기점으로 잡았다. 거기 친구 남영이와 호근이가 동행해주었다.

새들이 쉬어갈 만큼 높고 험준한 산세

이화령터널 옆의 이화정에서 백화산을 올려다본다. 두 해 전 겨울, 여기서 조령산의 반대편 남쪽으로 황악산을 거쳐 백화산을 올랐던 기억이 새록새록 떠오른다.

참으로 춥고 눈이 많았던 그 겨울의 두 산이 무척 반갑게 느껴진다. 힘들었던 추억, 특히 산에서의 고행은 오래도록 각인된다.

들머리 이화정에서 내려다보는 문경 읍내로 초여름이 짙푸르게 퍼져간다. 키 큰 침엽수와 활엽수가 고루 섞여 하늘을 찌를 듯 쏟아있다. 비교적 평탄한 숲길이지만 날이 더워 작은 오르막에도 숨이 가쁘다. 오랜만의 산행이라 그런가 보다. 초반 걸음이 꽤 무겁고 버겁다. 나무 사이로 간간이 불어주는 바람이 고맙기까지 하다.

“여기서 잠깐 쉬자.”

푸른 산의 싱그러운 정기를 한껏 흡입하며 오르다가 조령샘에서 목을 축인다.

“온통 초록색이군.”

“초록을 충분히 즐기고 보내줘야 울긋불긋 곱게 단풍이 물들 거야.”

“다시 하얀 설원이 펼쳐지면서 우리는 늙어가겠지.”

“늙는 걸 두려워하면 더 빨리 늙어.”
“더 늙기 전에 올라가자.”

다시 녹음을 헤쳐 나가자 계단 양옆으로도 수림이 우거져 그늘을 만들어준다. 헬기장에서 멈춰 충북에서 가장 높은 백화산(해발 1063m)을 바라보고 희양산 뒤로도 속리산 지붕을 뿌옇게나마 확인한다.

헬기장을 벗어나면 바로 조령산 정상(해발 1017m)이다. 이화령에서 3km가 채 안 되는 정상까지 무난하게 올랐지만, 과연 새들이 쉬어갈 만큼 높고 험준한 산세이긴 하다.

“지현옥이 누군지 알아?”
“여자축구선수?”
“그건 지소연.”
“LPGA 골프선수인가?”

여기서 지현옥이라는 인물을 떠올리게 될 줄이야. 오래전에 기억에서 사라지다시피 했던 인물이다.

‘산 말고 아무것도 가진 게 없어서 산 전부를 가질 수 있었던 자유로운 영혼’

한국 여성 최초로 에베레스트를 오른 지현옥의 산악 일기를 정리한 책 '안나푸르나의 꿈' 머리글에 적힌 문구다.

1993년 국내에서 처음으로 여성 에베레스트 원정대를 이끌고 정상에 올랐으며, 1998년 가셔브룸 2봉(8035m)을 무산소로 단독 등정해 한국에 8000m급 여성 단독 등반 시대를 연 산악인이다. 1999년 안나푸르나(해발 8091m)를 등정하고 하산 도중에 실종되었다가 그 후 사망 처리되었다.

'들꽃처럼 산들산들 아무것도 없었던 것처럼 영원한 자연의 품으로 떠난 지현옥 선배를 기리며……'

조령산 정상석 옆 돌무더기에 세운 추모비가 그녀의 히말라야 족적에 비해 다소 초라한 느낌이 들었다.

"몰라봐서 미안합니다."

남영이가 고개를 숙이고 슬쩍 추모비를 쓰다듬는다. 그녀야말로 진정한 의미의 페미니스트feminist가 아닐까 하는 생각을 해보면서 정상을 내려선다.

정상에서 조금 내려가 신선암봉 쪽으로 걷다가 훌륭한 조망 장소가 나와 다시 멈춰 선다. 삼각형 바위 봉우리 깃대봉 뒤로 가야 할 주흘산이 구름 아래로 아득하다. 여기서 보는 주흘산의 산세는 부드럽고 밋밋하게 보이지만 문경 쪽에서 올려다보는 산세는 확연히 다른 모습이다.

야성미 넘치는 주흘산 마루금은 북한산 정상부를 연상하게 했었다. 주흘산 뒤로는 월악산 가로 마루금이 영봉을 중심으로 선명하다. 사방 탁 트인 공간을 산악 전시장처럼 메운 수많은 봉우리가 가슴을 후련하게 하지만 긴 길을 제약된 시간에 도착해야 하므로 마냥 감상에 빠져들 수는 없다.

마당바위 삼거리, 작년에 후배 계원이와 조령산에 왔다가 마당바위로 내려간 적이 있었다. 엄청 가파르고 대책 없는 너덜지대에서 결국 계원이가 발목을 접질렸다. 2 관문으로 내려갔다가 오르기로 했던 주흘산을 다음으로 미뤘고 1년여 시간이 지나서 오늘 다시 오게 된 거였다.

오늘은 마당바위 하산로를 흘깃 쳐다만 보고 900m 떨어진 신선암봉으로 향한다. 길게 늘어진 밧줄을 붙들고 신선암봉神仙巖峰(해발 937m)에 오른다. 호근이가 이마에 맺힌 땀을 훔치며 숨을 몰아쉬자 남영이가 물병을 건넨다.

"무척 빡빡한 산행이야."

"여기 문경새재 도립공원 내의 집단시설지구는 극기 훈련장으로 많이 활용되고 있다더라."

"힘든 게 당연하군."

들머리부터 도상거리는 길지 않아도 험준하여 시간도 많이 소요되고 체력적으로 에너지 소모량이 많은 조령산이다. 신선암봉에서 보는 주변 봉우리들은 무척 가파르고 근육질마저 선명하여 위압감이 든다.

가파른 바위 구간에 설치된 밧줄을 붙들고 신선암봉을 내려서서 햇볕 쨍쨍 내리쬐기는 하지만 훤히 시계가 트인 하늘길을 걷는다.

백두대간인지라 리본들도 꽤 많이 달려있다. 양옆으로는 깎아지른 절벽이다. 험하긴 해도 시원한 조망이 수고로움을 덜어준다.

여기서 928m 봉으로 가는 길도 마찬가지다. 관악산의 6봉처럼, 설악산의 공룡능선처럼 넘으면 바로 다음 험봉이 이어진다. 그럼에도 겹겹이 중첩된 산마루금과 바위와 소나무의 명품 어우러짐을 눈에 담고 카메라에 담는다.

높고도 험준한 산세의 주흘산

주흘산主屹山은 고려 공민왕이 피난하여 임금님이 머문 산이란 뜻으로 칭해졌다. 문경의 진산이자 문경새재의 주산이다.

경상북도 도립공원으로 지정된 문경새재에는 임진왜란을

겪은 후 세 개의 관문(사적 제147호)을 설치하여 국방의 요새로 삼았는데 주흘관主屹關(조령 제1관문), 조곡관鳥谷關(조령 제2관문), 조령관鳥嶺關(조령 제3관문)이 그것이다.

“영남에서 한양으로 넘어가는 통로들이고 주변이 박달나무 숲으로 둘러싸여 있지.”

“이 지역특산물이 도토리묵이랑 산나물이라던데.”

“막걸리는 아니고?”

“하하하! 한잔 생각이 나기도 하겠지만 그건 산행을 마친 다음에.”

문경읍에서 서북쪽으로 깊은 협곡에 있는 주흘관에서 3km 거리에 조곡관이 있고 이곳에서 3.5km 떨어져 조령관이 있다. 3 관문인 조령관은 새재 정상에 자리 잡아 북쪽에서 침입하는 적을 막기 위해 중창하였는데 고려 초부터 조령이라 불리며 중요한 교통로의 역할을 하였다.

부봉 너머로 주흘산 능선이 많이 가까워졌다. 꾸구리바위 삼거리 이정표에 제3 관문까지 3.4km이며 그중 1.2km가 암릉 구간이라고 표시되어 있다. 928m 봉을 지나 2 관문과 3 관문 갈림길에 다다라서야 접었던 스틱을 다시 편다.

삼거리에서 10여 분 거리의 깃대봉을 그냥 지나치기가 아쉽다. 깃대봉 너머 조령산의 스카이라인이 저만치 밀려났으니 꽤 부지런히 걸어온 셈이다. 긴 깃대봉 석비(해발 835m) 앞에서 다녀갔음을 인증받고 되돌아와 문경새재 3관문으로 내려선다. 조령 약수에서 식수를 보충하고 잠시 그늘에 앉아 숨을 고른다.

“이렇게 강행군할 줄은 몰랐어.”
“오늘 행군 마치면 올여름은 감기 안 걸리고 넘길 거야.”

다시 마패봉 오르는 급경사와 암릉 지대를 거쳐 마패봉(해발 920m)에 올랐다가 틈 없이 부봉 쪽으로 향한다. 동암문 삼거리까지는 이제까지와 달리 편안한 흙산이었다가 부봉 오르는 구간은 바윗길로 밧줄이 설치되어 있다.

산행 예정에 없던 부봉은 6봉까지 있는데 오늘은 1봉(해발 916m)에서 월악산 방향을 둘러보는 거로 만족하고 예정된 코스로 향한다.

부봉 1봉에서 험로를 내려와 주흘산 쪽으로 걸음을 옮긴다. 오후 햇볕이 무척 따갑다. 호근이 말처럼 강행군이다. 하늘재로 가는 백두대간 길을 좌측으로 두고 곧바로 진행하여 주를 영봉(해발 1106m)에 이른다.

“여기가 오늘 오르는 봉우리 중에서 제일 높은 데야.”

문경새재(조령)는 추풍령, 죽령과 함께 영남의 낙동강 유역과 한강 유역을 잇는 가장 중요한 경로였다.

과거를 보러 가는 영남의 선비들이 죽령으로 가면 죽죽 낙방하고 추풍령을 넘어가면 추풍낙엽처럼 떨어지는데 문경새재를 넘으면 말 그대로 경사를 전해 듣고聞慶 새처럼 비상한다는 속설 때문에 많이 이용했다고 전해진다.

"이 험한 곳을 힘들게 지나갔는데 시험 잘 봐서 급제해야 마땅하지."

"우리도 다녀갔으니 합격할 거야."

"우린 무슨 시험을 봐야 하냐."

"주여! 시험에 들게 하지 마옵소서."

썰렁한 농담을 주고받다가 숲길을 타고 내려와 주흘산(해발 1030m)에 이른다. 주흘산의 최고봉은 영봉이지만 문경읍 사람들은 여기를 진산으로 여긴다.

1030m 고지인 이곳에서는 문경읍이 잘 보이지만, 영봉에서는 산이 가로막아 문경읍이 잘 보이지 않는다. 진산은 자기 마을을 내려다보고 지켜줄 수 있어야 한다고 여겼기에 이 봉우리를 문경읍의 진산으로 삼아 주흘산이라 부르고 있다.

다시 여기서 주봉으로 향한다. 계단을 거슬러 올랐다가 다시 되돌아 내려와야 한다. 주흘산 주봉(해발 1075m)도 마패봉이나 영봉처럼 자연 석바위에 정상 표기를 해놓았다.

멀리 소백산을 바라보고 아래로 문경시를 내려다본다. 주봉을 중심으로 여섯 방향으로 등산로가 나 있는데 막 지나온 주를 영봉과 부봉을 지나 동화원으로 이어지는 능선이 멋스럽다.

임진왜란 당시 조선에 파견 나온 명나라 장군 이여송은 문경새재의 지형을 보고 이곳을 지키지 못한 신립 장군을 비웃었는데 신립이 충주 탄금대가 아닌 여기서 집결하여 매복했다면 왜군 선봉장 고니시 유키나가의 부대를 제대로 방어했을 거로 평한 바 있었다.

내리막은 대궐 샘까지 계속되는 계단이다. 내려가면서 뒤를 올려다보니 이곳이라면 육군사관학교를 갓 졸업해 임관한 소대장이라도 사수할 수 있었으리란 생각이 든다. 그만큼 높은 고도의 험준한 산악지형이기 때문이다. 대궐 샘에서 갈증도 식히고 흘러내리는 땀도 씻어낸다.

포장도로가 나오고 이어 혜국사가 보인다. 대한불교 조계종 제8교구 본사인 직지사의 말사로 신라 때인 창건 당시 법흥사였는데 고려 말 홍건적의 난이 일어났을 때 공민왕이 이곳으로 피난하였다고 한다.

1592년 임진왜란 때 이 절의 승려들이 크게 활약하여 나라에서 은혜를 입었다 하여 절 이름을 혜국사로 바꾸었다.

사찰 아래로 흐르는 협곡과 여궁폭포를 지나 문경새재 제1 관문에 도착한다.

여기서도 1km를 더 내려가 주차장에 이르러서야 숨을 몰아쉬며 길고도 험한 산행을 마친다. 처음 먹어보는 음식이 씁쓰레하더니 목으로 넘기고 나서야 입안에 감칠맛이 돈다. 바로 완주의 달콤함이다.

"후유, 설악산 공룡능선 때만큼 힘들었어."

"수고들 많았어. 도토리묵이랑 산채나물 해서 막걸리 한잔 하자."

"오케이!"

때 / 초여름
곳 / 이화령 - 조령산 - 마당바위 삼거리 - 신선암봉 - 깃대봉 - 제3 관문 - 마패봉 - 부봉 1봉 - 주흘산 영봉 - 주흘산 주봉 - 대궐터 - 혜국사 - 여궁폭포 - 제1 관문 - 주차장

정유재란의 한, 이념의 깊은 괴리, 황석산과 거망산

"나는 고문과 강요에 의한 남한 측의
전향 공작에 따라 전향서에 강제로
도장을 찍었을 뿐이다. 따라서 전향을
무효로 하고 북조선으로의 송환을 요구한다."

네 명의 친구와 여름휴가를 맞춰 그중 한 친구인 영만이의 고향을 찾았다. 남덕유산과 황석산 아래의 함양 서하면이 그곳인데 직접 가보니 나무랄 데 없는 휴양지이자 여름 피서지로 적격인 곳이다.

농월정, 동호정, 거연정, 군자정 등 영남권의 정자 문화를 대표하는 지역으로 영만이의 집이 거연정 인근에 있다. 남덕유산이 멀지 않고 집 앞으로 맑은 계류가 철철 흐르는 곳이다. 모처럼 동심으로 돌아가 하루를 인근 계곡과 거연정이 있는 청정 계류에서 물놀이도 하고 천렵도 하며 천진난만하게 보냈다. 다음 날 아침엔 그 지역의 손꼽는 명소 용추계곡을 가기로 예정되어 있었다.

"난 오후에 용추계곡에서 합류할게."

"왜?"

"어디 가려고?"

영만이 고향 집에서 뒷산처럼 가까워 보이는 황석산이 자꾸만 아른거려 산행 지도를 검색해보았다.

“황석산이 눈앞에 있어서 말이야.”
“저길 혼자 가겠다고?”
“안 가본 곳이라……”

떡 본 김에 제사 지내겠다는 심보다. 다음날 새벽, 친구 남영이가 간단한 먹거리를 챙겨 황석산 우전마을 들머리까지 태워다 준다. 유별스럽게 튀는 행동이라는 건 알지만 산행 욕구를 잠재울 수가 없다. 용추계곡을 날머리로 하는 산행코스가 얼른 눈에 들어왔기에 행동에 옮기고 말았다.

“이따 용추계곡으로 내려가서 전화할게. 걱정하지 말고 잘들 놀고 있어.”

부녀자들의 피맺힌 한이 지금까지도 혈흔으로 남아

우전마을에 들어서자 맑은 하늘이 아주 낮게 황석산 자락을 덮고 몇 점 구름이 산마루 위를 유영하고 있다. 참으로 좋은 날씨다. 그런 날 새벽, 인적 없는 미답지를 예정 없이 탐방한다는 게 그저 어부지리라는 생각만 든다.

"일부러 찾아오려면 그만큼 번거롭거든. 멀어서."

마을을 지나 홀로 구시렁거리며 산을 향해 걷다가 안내판 앞에서 멈춰 선다.

"황석산 정상까지 5.7km? 짧지 않은 거리군."

경남 거창에서 전북 전주로 통하는 교통 요지에 자리 잡은 황석산黃石山은 행정구역상 경상남도 함양군에 자리 잡고 있다. 백두대간 줄기에서 뻗어 내린 기백산, 금원산, 거망산에서 이어져 흡사 칼을 세운 듯 언저리에 솟구친 봉우리가 황석산이다. 덕유산에 올라 황석산을 가늠하며 속에 넣어두고도 쉽게 다가서지 못했었다.

"오늘 거망산까지 갔다가 용추계곡으로 하산하면……"

그러면 친구들과 합류하게 된다. 그럴 요량으로 걸음을 빨리한다. 사과가 주렁주렁 먹음직스럽게 달려있다. 거창과 함양의 사과 맛이 일품인 걸 잘 알기에 더욱 탐스러워 보인다. 노송나무가 늘어선 길을 포함해 3km가량 콘크리트 도로를 걸어 사방댐과 효자정이 있는 곳에 다다랐다.

"여름엔 이 길로 산행하는 사람들이 없어."

영만이가 홀로 산행을 만류하며 했던 말뜻을 알 것 같다. 그늘이 없고 포장도로라 열기가 보통이 아니다. 효자정을 우측으로 두고 너덜 바윗길이 시작되지만, 여기부터는 나무들이 많아 햇빛을 피할 수 있다. 그리고 보게 되는 불그스름한 큰 바위. 비스듬하게 기울어진 그 바위를 보고 또 보면서 숙연해지고 만다.

1597년 정유년(선조 30년)에 조선을 다시 침략한 왜군 14만 명 중 2만 7천 명이 가또와 구로다 등의 지휘로 이곳 황석산성을 공격해 왔다.

이때 안의 현감 곽준과 전 함양 군수 조종도는 소수의 병력과 인근 일곱 개 고을의 주민들을 모아 성을 지킬 것을 결의하고, 관민 남녀 혼연일체가 되어 조총으로 공격하는 왜군에 맞섰다. 활과 창칼 혹은 투석전으로 처절한 격전을 벌였으나 중과부적으로 황석산성을 지켜내지 못한다.

정유재란 당시의 패전 상황이 '피바위'라는 제목의 안내판에 적혀있다. 서술은 좀 더 이어진다.

왜구와의 격전이 벌어지면서 부녀자들도 돌을 나르고 부서진 병기를 손질하며 적과 싸움에 온갖 힘을 다하였으나 황석산성이 함락되자 여인들은 왜적의 칼날에 죽느니 차라리 깨끗한 죽음을 택하겠다며 치마폭으로 얼굴을 가리고 수십 척의 높은 바위에서 몸을 던져 순절하고 말았다.

그때 많은 부녀자가 흘린 피로 벼랑 아래의 바위가 붉게 물들었다. 피맺힌 한이 스며들어 오랜 세월이 지난 오늘에도 그 혈흔이 남아있어 이 바위를 피바위라고 부른다.

이런 내용을 미리 알았었다면 술이랑 사과랑 포라도 준비해서 간단하게나마 제사라도 드렸을 텐데, 막 올라오면서 혹여 우전마을 주민들이라도 만났더라면 깊이 고개 숙여 공경의 마음을 표했을 텐데.

정유재란 당시 왜군에게 마지막까지 항거하던 조상들의 자손들이 함양 땅에 살고 있으니 조국애와 지조를 상징하는 황석산에 오길 잘했다는 생각이 드는 것이다. 자손들이 대대 번성하길 묵도하고 피바위에서 조금 더 올라서자 성터가 나타난다.

황석산 정상에서 뻗은 산마루를 따라 골짜기를 감싸며 육십령으로 통하는 요새지에 쌓은 삼국시대의 산성이 여기 황석산성(경상남도 사적 제322호)이다.

이 산성 또한 저 아래 피바위와 함께 왜구의 침략을 막지 못한 한이 서리기는 마찬가지다. 국학자료원 '한국 기동학부 주해'에 '황석가黃石歌'가 우리말로 해석되어 있다.

황석산성은 산천이 험준하여 천연의 요새로
험하면서 견고하니 대방과는 다르나
대소헌과 곽존재는 충성으로 절개 지켜 참되게 죽었구나.
저 녀석 백사렴에게 무슨 일로 서문 막는 일 시켰는가.
이 문 열자 적병 난입하여 나라 망하도다.
이때 창 위에 어머니 보이니
사렴이 왔으나 어찌할 수 없구나.

여기에서 대소헌은 함양군수 조종도, 곽존재는 안의 현감 곽준, 백사렴은 김해 부사 백사림을 가리킨다.

1597년 8월 17일, 왜장 가토의 군사들은 황석산성 남문 쪽으로 돌입했다. 조종도와 곽준 등이 힘껏 싸웠으나 왜군을 막아내지 못하고 전사했으며 성내의 군사와 백성들은 살해되어 코를 잘렸다.

한편 백사림은 전세가 크게 불리해지자 처자를 데리고 성을 빠져나가 도주했다. 황석가가 당시의 상황을 잘 묘사하고 있다.

그런 황석산성이 길게 이어진다. 돌과 흙을 섞었거나 혹은 돌로 쌓은 성벽의 전체 길이가 2.75km에 달하는 이 산성은 영호남의 관문에 있는 것으로 보아 가야를 멸망시킨 신라가 백제를 견제하여 축조한 성으로 추정하고 있다.

단호하고도 날카로운 황석산의 급경사

성터를 벗어나니 물봉선과 이름을 알 수 없는 야생초들이 인적 드문 고지를 환하게 밝혀준다. 그리고 남봉 방향의 암릉 지대에 올라서자 바로 전면에 우뚝하고도 뾰족한 암봉이 정상다운 위용을 갖추고 솟아있다.

정상 너머로 역시 바위 봉우리인 북봉이 보이고 그 뒤로 거망산이 구름을 이고 있다. 거기서 오른쪽으로 기백산과 금원산이 선명한 마루금을 잇고 있다.

황석산 정상(해발 1192m)은 커다란 바윗덩이들을 쌓아 올린 것처럼 좁고 아찔하여 멀리 조망을 즐기기엔 다소 위험스럽다. 그래도 덕유산을 가까이 바라본다는 것이 여간 기쁜 게 아니다. 덕유산의 후덕한 품새가 향적봉으로부터 바람 타고 실려 와 코로 스미는 것만 같다.

피라미드 꼭짓점에 선 기분이랄까. 아무도 없는 홀로만의 산정이지만 바람맞으며 내려다보니 세상 가장 높은 곳에 올라선 산신 같은 착각에 빠진다.

"산신이 되고픈 생각은 없어. 어서 내려가서 친구들과 세속의 여흥에 푹 빠져들고 싶어. 더구나 지금 시장기까지 몰려들어 어지러울 지경이거든."

북사면으로는 밧줄이 드리워져 수직에 가까운 암릉 구간이다. 내려와서 올려다보면 황석산의 암릉 급경사면은 일고의 용서라는 게 없을 듯 단호하고도 날카롭다.

오른쪽으로 지붕만 보이는 남봉도 우람한 모습이다. 거북이 형상의 바위에 올라 남영이가 챙겨준 초밥으로 허기를 채우고 녹아서 식어버린 얼음물로 갈증도 씻어낸다.

북봉 진입지점에 위험한 암릉 구간을 피해 우회하라는 표지판대로 순순히 우회하기로 했는데 그 길도 만만치 않다. 밧줄 구간을 조심스럽게 내려서는데 이마에서 흐르는 땀이 눈을 따갑게 한다. 수고했노라고 노란 미역취가 살그머니 종아리를 쓰다듬는다.

"너도 네 계절을 충분히 즐기기 바란다."

조심스럽게 걸음을 내디뎌 산내골 갈림길인 뫼재를 통과하고 황석산 정상에서 2.45km를 내려온 장자벌 삼거리 나무 밑에 털썩 주저앉아 이미 바닥난 물병을 입에 털어 넣는다. 미지근하고 찝찌름하다.

마지막 빨치산 정순덕의 활동무대였던 거망산으로

다시 거망산 아래 안부에 닿았을 때는 푹푹 찌는 더위에 양팔은 벌겋게 달아올랐다. 오면서 드넓은 억새군락을 지나

쳤는데 나중에 알고 보니 가을이면 여기에서 황석산으로 이어지는 능선의 광활한 억새밭이 장관이라고 한다. 하늘 가까운 곳에서 햇빛 받은 은빛 억새의 일렁임을 떠올리며 힘을 뽑아낸다.

거망산擧網山도 함양군에 소재한 산으로 용추사가 있는 기백산(해발 1331m)을 북으로 마주하고 있다. 백두대간이 덕유산과 남덕유산을 치솟게 했다가 다시 뻗어내려 월봉산, 기백산과 금원산을 거쳐 거망산을 추켜세우며 황석산으로 이어진다. 이들 산에서 흘러내린 계류가 저 아래 용추계곡을 충분히 적시면서 용추폭포를 비롯한 많은 폭포가 시원스레 물줄기를 쏟아내고 있다.

거망산은 6·25 한국 전쟁 때 빨치산 여장군 정순덕의 활동무대로도 잘 알려져 있다. 정순덕에게 잡힌 국군 1개 소대가 무기를 탈취당하고 목숨만 건져 하산했다는 사실이 최근 밝혀진 바 있다.

황석산 정상부터 거리상 4km가 조금 넘는 거망산 정상(해발 1184m)에도 바람 소리만 들릴 뿐이다.

정순덕, 대체 어떤 여자일까.

아무도 없는 거망산 바람결에 그 여자의 실루엣이 아른거린다. 1개 소대 병력을 포로로 붙잡아 무장 해제시켰다는 여자는 과연 어떤 인물인지 피아彼我 혹은 이념을 떠나 마구 궁금해진다.

"나는 1933년 음력 6월 20일 아버지 정주삼 씨와 어머니 진도원 씨의 1남 4녀 중 둘째 딸로 태어났다. 우리 마을은 하늘과 구름 그리고 산이 마주 닿는 곳, 해발 800m에서 아홉 가구가 살던 곳, 경남 산청군 삼장면 내원리이다."

1950년 10대 후반의 정순덕은 한국전쟁 중 이 지역을 점령한 조선인민군에 부역했던 남편 성석근이 국군을 피해 조선인민유격대에 입대하면서 결혼 몇 달 만에 헤어지게 된다.

1951년 2월 남편을 찾아 지리산으로 들어갔다가 20여 일 동안 같이 지낸 남편이 사망하자 유격대에 합류하여 빨치산으로 활동하게 된다.

전쟁이 끝난 지 10년도 더 지난 1963년 11월 12일 새벽, '마지막 빨치산' 정순덕은 생가 근방인 지리산 내원골에서 체포되었다. 체포 당시 총상 입은 다리를 절단하고 무기징역형을 선고받아 수용되었다가 전향하여 1985년에 석방되었다.

"나는 고문과 강요에 의한 남한 측의 전향 공작에 따라 전향서에 강제로 도장을 찍었을 뿐이다. 따라서 전향을 무효로 하고 북조선으로의 송환을 요구한다."

정순덕은 2000년 6·15 남북 공동선언에 따라 비전향 장기수들이 북한으로 송환될 때 양심선언을 하였다. 그러나 고향이 경남이고 전향서를 쓴 적이 있다는 이유로 북으로의 송환은 성사되지 않았다. 그렇게 남한에 남아 살다가 2004년 인천에서 사망하였다.

"그렇게 아픈 사람이 이 땅에 어디 당신뿐이었겠는가."

덕유산과 지리산의 연봉들에 망연한 시선을 두고 서글펐던 과거의 흔적을 거둬낸다.

막 지나온 황석산 정상 아래까지 이어진 능선에서 온통 참억새로 뒤덮인 억새 대평원의 장관을 상상해보자 머잖은 가을이 기다려진다.

"어! 이게 누구지?"

붉은 한자체로 새긴 거망산 정상석 앞에서 인증 셀카를 찍으려는데 스마트폰에 비친 모습이 낯설기만 하다.

"하긴, 서두르느라 면도도 못 하고 출발했으니……."

그 모습이 생소할 정도로 초췌하여 불현듯 나 자신이 빨치산 잔당처럼 느껴진다. 가을을 택해 다시 오겠다고 다짐하고 하산을 서두른다.

"그땐 기백산과 금원산을 연결하리라."

용추사 방면으로 걸음을 내디딘다. 정상에서 140m 아래의 지장골 삼거리로 다시 내려서니 보라색 투구꽃과 물봉선이 고개 숙여 배웅해주는데 인사도 제대로 받지 못하고 걸음을 빨리하게 된다.

더 내려와 지장골 암반으로 흐르는 물에 머리를 담그면서 지친 기운을 뽑아내 본다. 3km가량 내려온 지장골 입구에서 조금 더 내려서면 용추계곡이다.

"전화도 안 되고 걱정했잖아."

"미안, 미안하게 됐어."

"살아 돌아왔으니 다행이다."

정순덕에게 잡혔다가 생환한 기분이 든다. 오후 한 시가 지나 친구들과 만나 축축한 땀을 씻어내고 갈증도 해소하고 허기도 채우니 황석산에서 거망산으로의 갑작스러운 산행이 아스라하기만 하다.

때 / 여름
곳 / 거연정 입구 - 우전마을 - 피바위 - 황석산성 - 황석산 - 거북바위 - 북봉 - 지장골 갈림길 - 거망산 - 지장골 갈림길 - 지장골 - 용추계곡 - 용추사 주차장

정족산 거쳐 원효대사의 위업 생생한 천성산으로

의상은 자기 수행에만 매진하여 여인으로 현화한 관음보살을
알아보지 못했는데 원효는 순수한 자비심으로 여인을
맞아들여 출산과 목욕까지 도왔고,
끝내 관음보살의 도움으로 성불할 수 있었다.

경상남도 양산시에 소재하며 가지산 도립공원 내에 있는 천성산千聖山은 예로부터 깊은 계곡과 폭포가 많고 또한 경치가 빼어나 금강산의 축소판이라고 불리었다.

일출을 가장 먼저 볼 수 있는 곳으로 이름난만큼 조망 또한 뛰어나다.

세종실록지리지에는 원효산과 천성산으로 나눠 표기되어있었는데 최근 양산시에서 원효산을 천성산의 주봉으로 하고, 이전의 천성산을 천성산 제2봉으로 그 명칭을 변경하였다. 마찬가지로 가지산 도립공원에 속하며 낙동정맥 상의 영축산에서 동쪽으로 흘러내렸다가 천성산과 어깨를 맞대고 웅장하게 솟은 산이 정족산이다. 솥발산이라 부르기도 하는데 정족산鼎足山이 그 한자어이다.

사방 조망이 시원하게 트인 정족산

내원사 계곡 주변으로 바이올렛 금창초가 보이고 또 다른 야생초들이 무수히 피어났다. 계곡 안에는 햇살 듬뿍 받은 물살이 반짝거리며 유속을 늦추고 있다.

용연리 경부고속도로 위를 지나는 육교를 건너면서부터 시작되어 내원사 입구까지의 6㎞ 계곡을 낀 천성산 내원사 일원이 경상남도 기념물 제81호로 지정되어 있다.

심성교 옆에 세워진 이정표에 성불암, 금봉암, 금강암, 안적암, 조계암, 대성암, 원효암, 미타암 등이 표시된 걸 보니 89 암자를 세웠다는 원효대사의 업적을 실감하고도 남음이 있다. 심성교를 건너 수령 700년에 이른다는 우람한 소나무가 오는 이를 품에 안을 것처럼 반긴다.

"자기 생각이 곧 자신의 운명이다. 밝은 삶과 어두운 삶은 자신의 마음이 밝은가 어두운가에 달려있다. 그것이 우주의 법칙이다."

산령각에 써 붙인 게시 글을 보며 고개를 끄덕이게 된다. 백번 공감하는 내용이다. 산령각에서 내원사까지도 아스팔트 차도를 걷지만, 양옆의 우거진 숲이 길을 호사스럽게 꾸며준다.

원효대사가 부산 동래 기장의 장안사 척판암에 있을 때, 중국 오대산 밑의 큰절이 무너지려는 것을 보았다.

“저 안에 많은 중생이 있을 것인즉… 나무아미타불!”

원효가 그들을 살리고자 판자에 ‘해동사미원효천승구제’라고 쓰고 하늘로 날렸더니 판자가 오대산의 절 상공에서 맴돌았다.

“저게 뭐지?”

법회를 하던 승려들이 그걸 구경하러 나왔을 때, 절이 무너져 승려들이 목숨을 건질 수 있었다.

대한불교 조계종 제15교구 본사인 통도사의 말사 내원사는 신라 문무왕 때 원효대사가 창건하였다.

“부디 저희를 거두어주십시오.”

“이렇게 한꺼번에 많이 들이닥치면 나더러 어떻게 먹여살리란 말인가.”

1000명의 당나라 승려가 신라로 와서 원효의 제자가 되겠다고 하자 원효는 그들이 거주할 곳을 마련해야 했다. 원효는 내원사 부근에 이르러 상·중·하 내원암 등 89개의 암자를 세워 그들 1000명을 거주시킨다.

원효대사는 건축가로서의 기질도 다분히 갖추었던 게 분명하다. 가는 곳마다 사찰이나 암자도 뚝딱 잘 짓는다.

찾아온 이들의 주거 문제를 해결한 원효는 천성산 상봉에서 화엄경을 강론하여 1000명의 승려에게 불도의 진리를 깨닫게悟道 하였는데 이때 화엄경을 설법한 자리를 화엄벌이라 부르게 된다.

또 중내원암에는 큰북을 달아 산의 모든 암자에서 다 듣고 모이게 했으므로 집붕봉이라는 이름이 생겼다. 그 후 1000명이 모두 성인이 되었다고 하여 산 이름을 천성산이라 명명했다고 한다.

"아! 원효대사는 이제까지 알아 왔던 것보다 훨씬 우러러 봐야 할 분이었구나. 건축뿐 아니라 교수법에도 일가견이 뛰어난 분이셨어."

원효대사가 동래 기장의 장안사 척판암에 있을 때, 중국 오대산 밑의 큰절이 무너지려는 것을 보았다. 원효가 판자에 '해동사미원효천승구제'라고 쓰고 하늘로 날렸더니 판자가 오대산의 절 상공에서 맴돌았다. 법회를 하던 승려들이 그걸 구경하러 나왔을 때, 절이 무너져 승려들이 목숨을 건질 수 있었다. 대한불교 조계종 제15교구 본사인 통도사의 말사 내원사는 신라 문무왕 때 원효대사가' 창건하였다.

“부디 저희를 거두어주십시오.”

1000명의 당나라 승려가 신라로 와서 원효의 제자가 되겠다고 하자 원효는 그들이 거주할 곳을 마련해야 했다. 원효는 내원사 부근에 이르러 상·중·하 내원암 등 89개의 암자를 세워 그들 1000명을 거주시킨다.

그리고 천성산 상봉에서 화엄경을 강론하여 1000명의 승려에게 불도의 진리를 깨닫게悟道 하였는데 이때 화엄경을 설법한 자리를 화엄벌이라 부르게 된다.

또 중내원암에는 큰북을 달아 산의 모든 암자에서 다 듣고 모이게 했으므로 집붕봉이라는 이름이 생겼다. 그 후 1000명이 모두 성인이 되었다 하여 산 이름을 천성산이라 명명했다고 한다.

“아! 원효대사는 이제까지 알아 왔던 것보다 훨씬 우러러 봐야 할 분이었구나.”

지금은 비구니 수도 선원으로 널리 알려진 내원사 경내를 둘러보고 명함만으로 평가해왔던 원효의 참 가치를 새로이 인식하게 된다.

옥류교를 건너서도 계곡을 옆에 두고 걷게 된다. 얼마 지나지 않아 가족묘가 보이는데 꾸며놓은 시설이나 관리 상태로 보아 대대로 품격 있는 집안일 거라는 생각이 든다. 여전히 호젓하게 걷기 좋은 길이 이어진다. 서서히 주변이 밝아지며 영축산과 신불산이 눈에 들어온다.

올라서야 할 천성산 능선이 아득하다. 다시 나타난 철탑을 지나 헬기장에서 꽤 올랐다 싶었는데 자동차들이 세워져 있다. 솥발산 공원 묘원에 몇몇 사람들이 성묘하고 있다.

공원묘원을 질러올라. 정족산(해발 700.1m)에 닿자 사방으로 조망이 트였다. 이곳 정상에서 동쪽 주 능선에 생태계 보전지역으로 지정된 무제치늪이 있는데 6천 년 전에 생성되어 학술적 연구 가치가 크고 200여 종의 곤충류와 260여 종의 습지식물이 서식하고 있다고 한다.

옛날 천지가 개벽할 때 온통 물바다가 되었으나 정족산은 솥전 위만큼만 남고 물에 잠겼다는 설화가 전한다. 정족산에서 가게 될 천성산 쪽의 산세는 보는 이들을 끌어안을 것처럼 푸근한 느낌을 준다.

영남알프스의 변방, 탈속의 성지 천성산

다음 가는 곳 주남 고개까지 2.5km의 거리이다. 왼쪽으로 천성산을 보고 정족산을 내려서서 임도를 따라 쭉 직진하면 남방 지맥 분기점에서 우측으로 선회한다. 임도를 따라 주남 고개에 이르러 주남정이라는 정자에서 목을 축인다.

이곳까지도 차량을 이용해 오를 수 있다.

바로 옆으로 남양 홍 씨 수목원이 있고 곧이어 영산대학교와 산업단지를 내려다보게 된다. 영산대학교로 내려가는 길과 노천암으로 향하는 길이 갈라지는 사거리에서 임도를 지나 제대로 된 산길을 따라 걷는다.

천성산 2봉이 지척에 보이고 영산대와 짚북재가 나뉘는 갈림길을 지나 천성산 공룡능선 입구도 지난다. 나무계단을 올라 천성산 2봉(해발 855m)에 닿았다. 바위 봉우리인 2봉 정상석에 비로봉이라고 덧붙여 적혀있다.

공룡능선 방향을 보며 다음에 다시 올 기회가 생긴다면 저 길과 만나리라고 마음을 먹으며 광활한 영남알프스 마루금을 길게 내다본다. 만감이 교차하는 걸 느끼게 된다.

"영남알프스, 영남알프스……"

되뇌고 또 읊조리면서도 쉽사리 접근하지 못하고 두려움처럼 혹은 그리움처럼 거리를 두고서 품고만 있는 그곳, 거길 바로 옆에서 바라보며 해를 넘기기 전에 품으리라고 다짐한다. 천성산 주봉과 걸어온 길을 돌아보고 바로 은수 고개로 내려선다.

천성산과 미타암으로 갈라지는 고개이다. 오른쪽으로 달음산, 멀리 장산을 눈에 담고 걷다가 홍룡사와 원효암이 분기되는 원효암 갈림길에서 800m 거리의 1봉에 올랐다가 다시 이리 내려와야 한다.

이 지역은 지뢰 매설지역으로 군에서 지뢰 제거작업을 실시하였으나 다수의 미제거 지뢰가 산재하여 있으므로 완전 수거 시까지 지뢰지대 출입을 통제한다고 적혀있다.

"지뢰밭이라고 표기하면서 쳐놓은 울타리를 누가 굳이 넘어갈까."

몇 해 후에 다시 와서도 저 안내판과 통제 울타리를 보게 된다면 그건 군부대의 나태함으로 간주할 수밖에 없다. 그런 생각을 하면서 화엄늪에 다다랐다. 푸른 하늘, 맑은 기운이 생생한 늪 길을 걷게 되자 강원도 양구 대암산의 용늪이 떠오른다.

늪에 자생한 식물들로 만들어진 퇴적물을 이탄泥炭이라 하는데 자연환경 변천의 귀중한 기록이 된다. 억새 군락지 화엄벌에 있는 산지습지인 화엄늪은 이러한 이탄층이 형성되어 있고 앵초, 물매화, 끈끈이주걱 등 다양한 습지식물이 서식하고 있다. 소중한 자연자산이라 초소를 세워 보존, 관리에 신경을 쓰고 있다.

화엄늪 탐방로는 세상을 둘러보는 하늘 위의 조망공간이다. 장쾌하고 호방하게 이어지는 영남알프스의 마루금에서 눈길을 돌리자 우측으로 금정산이 존재감을 드러낸다.

마산의 무학산과 김해의 신어산을 포함해 남동부 일대의 고산 준봉들을 모두 가늠하며 하늘길을 걸으니 기분이 우쭐해진다. 강원도 선자령과 하늘 목장의 분위기를 풍기기도 하여 더욱 친근감이 생긴다.

늪을 지나 돌탑이 쌓여있는 786m 봉에 도착했다가 다시 용주사 갈림길로 내려서 계속 직진한다. 수더분하고 참한 산길이 계속된다. 526m 봉이라는 걸 인식하고 거기서 내려서면 임도가 나온다. 여러 곳에 길을 닦아놓아 유난히 임도가 많다.

넓은 고원 분지에 원효봉이라고 덧붙인 천성산 주봉(해발 922m)이 있다. 78m가 모자라 1000m가 넘는 영남알프스 종주 코스에서 낙방한 천성산이다.

정상석 옆으로 둥글게 돌을 쌓아 평화의 탑이라는 나무 팻말을 세워놓았다. 2봉인 비로봉과 공룡능선, 화엄 능선이 방해물 없이 뚜렷하게 이어져 보는 이의 가슴을 후련하게 해 준다.

가장 먼저 동해의 일출을 볼 수 있다는 원효봉이라 동쪽 바다의 해돋이를 떠올리다 보니 세상은 바다에서 열려 산에서 밝아졌다가 도시에서 어두워진다는 생각이 든다.

“역시 해의 움직임에 따라 사는 게 사람 사는 순리야.”

해가 지면 그때 저녁이 되니 집으로 돌아와 저녁밥을 먹는 게 대다수의 일상이다. 삶의 순리나 일상을 거스르고 싶은 마음은 추호도 없지만 가능한 대자연에서 많은 시간을 밝게 보내고 싶은 마음이 그득한 건 어쩔 수 없다.

갈림길로 다시 돌아와 원효암으로 내려서며 부산 기장군 일대의 마을이 고만고만한 언덕 아래로 늘어서 있는 정경을 보게 된다. 원효암은 고도 900m에 위치하여 부산과 양산, 울산지역을 조망하고 맑은 날엔 대마도가 보이는 최적의 전망장소에 자리 잡은 암자이다.

신라 선덕왕 때 원효대사와 의상대사가 형제의 결의를 맺고, 이곳 원효암과 의상대에서 각각 수도에 들어갔다. 7년이 지난 가을밤, 어느 부인이 찾아와 하룻밤 쉬어갈 것을 간절히 청했다.

"부인, 여기서 이러시면 안 됩니다."

의상은 거절했으나 원효는 여인을 받아들였다. 게다가 여인이 산기가 있자 아이를 받은 후 여인의 원대로 목욕까지 시켜주었다.

"대사께서도 이 물에 목욕하시지요."

여인은 원효에게 자신이 씻은 물에 목욕할 것을 권하고는 아이와 함께 사라져 버렸다. 원효는 그때야 관세음보살이 자신을 시험했던 것임을 알게 되고, 물에 목욕하는 순간 도를 깨우치게 된다.

"아니, 물이 충분한데 왜 이렇게 더러운 물에…"
"군말 말고 들어와서 같이 목욕하세나."

늦게 찾아온 의상도 남은 물에 목욕하여 도를 깨우쳤다.

의상은 자기 수행에만 매진하여 여인으로 현화한 관음보살을 알아보지 못했는데 원효는 순수한 자비심으로 여인을 맞아들여 출산과 목욕까지 도왔고, 끝내 관음보살의 도움으로 성불할 수 있었다.

그런 일이 있고 난 뒤 소승적인 자리自利의 수행과 대승적인 자리이타自利利他의 수행을 대비시켜 세상 사람들은 원효의 불교를 대승불교라 하고, 의상의 불교를 소승불교라고 하였다. 전자가 견성성불見性成佛의 참다운 길임을 보여주고 있음이다.

원효대사의 일화에서처럼 원효암은 많은 수행자의 탈속 성지이자 불자들의 귀의처이기도 한 곳이다. 차량 통행이 가능하니 요즘으로서는 더더욱 시간을 당겨 수도에 몰입할 수 있을 거란 생각이 든다.

원효암 내의 생수로 남은 갈증을 씻어내고 계단을 내려서지만 개념만 익힌 대승의 오묘함은 한낱 보통 사람에게는 그저 머리를 지끈거리게 하는 불가사의함이 아닐 수 없다.

양산시와 그 위로 솟은 금정산을 눈에 담고 완급이 거의 없는 평지 산길을 걷다가 편백 숲길로 내려선다. 홍룡사 일주문에서 바로 주차장으로 내려서며 천성산 처녀 산행이 마무리된다.

하산로에서 위로 벗어나 들르지는 못했지만, 홍룡사도 원효대사가 당나라의 승려 1000명에게 화엄경을 설법할 때 창건한 사찰로 승려들이 절 옆에 있는 폭포수 아래에서 몸을 씻고 원효의 설법을 들었다고 한다.

이 홍룡폭포는 높이 14m인 제1폭과 10m인 제2폭으로 이루어져 있는데, 어느 폭포에서 설법을 듣건 그 낙수의 울림이 컸을 텐데 설법을 하는 원효의 목소리는 얼마나 컸어야 했을까.

이래저래 원효대사의 불가사의한 면모를 거듭 되새김하는 천성산 산행이라 하겠다.

때 / 초가을
곳 / 용연마을 내원사 계곡 - 내원사 - 정족산 - 주남 고개 - 천성산 2봉 - 은수 고개 - 화엄벌 - 천성산 1봉 - 원효암 - 홍룡사 - 홍룡사 주차장

희양산, 두루두루 내어주고 보태주는 양택의 명당

산이 사방에 병풍처럼 둘러쳐 있으니 마치
봉황의 날개가 구름을 치며 올라가는 듯하고,
계곡물은 백 겹 띠처럼 되었으니
용의 허리가 돌에 엎드려 있는 듯하다

경북 문경시와 충북 괴산군에 걸쳐있는 희양산은 문경새재에서 속리산 쪽으로 흐르는 백두대간의 줄기에 우뚝 솟아 옛사람들은 갑옷 입은 무사가 말을 타고 앞으로 나오는 형상에 비견했다.

문경새재에서 속리산 쪽으로 흐르는 백두대간에 우뚝 솟은 희양산은 산 전체가 하나의 바위처럼 불뚝 솟아난 것처럼 보이는 데다 암벽 표면이 하얗게 드러나 있어 희양산이 보이는 곳에서는 쉽게 알아볼 수 있다.

희양산에 그 산들이 줄을 잇고 있었다

희양산은 대개 은티마을에서 산행을 시작한다. 백두대간 희양산 자락에 있는 은티마을은 풍수지리상 자궁혈子宮穴 형상으로 천지간의 기를 모아 생명이 잉태되는 양택의 땅이라고 한다.

"양택, 양택의 땅이라……"

혹여 늦은 나이에 잘못 온 건 아닐까 하는 두려움이 생긴다. 아직 가보지 않은 산이 너무 많다.

"늦둥이를 돌볼 여유가 없을 것 같거든."

주차장에서 은티마을 버스정류장을 지나 희양산 쪽으로 얼마간 걸음을 옮기면 천하대장군과 지하여장군 옆으로 은티마을 유래비가 세워져 있다. 조선 초 연풍면에서 가장 남쪽에 마을이 형성되었고 조선 말기와 일본 강점기에 의인들의 은신처였으며 6.25 한국 전쟁 때도 화를 면했다는 명당 중의 명당이라 한다.

자궁혈의 땅은 포근하고 물이 많아 사람 살기 좋은 땅이지만 기가 너무 세다는 설에 따라 마을 입구에 음택에 해당하는 소나무 숲을 가꾸고 남근석을 세워 남녀 간 기의 조화를 이루게끔 해놓았다. 그래서 은티마을에는 발길만 들여놓아도 무병장수의 복을 누린단다.

더 읽지 않아도 은티마을에 들어서면서 왠지 배부르고 기가 살아서인지 지닌 것 없는 초라함과 열등의식에서 조금은 벗어나는 기분이 든다.

유래비와 잘 자란 아름드리 노송을 지나면서 역발산기개세의 희양산을 향해 힘찬 걸음을 내디딘다. 농로를 따라 오르다가 농경지가 끝나는 지점에서 등산로로 접어들게 된다. 마분봉으로의 갈림길을 지나고 다시 시루봉으로의 갈림길도 지난다.

아침나절 첫눈이라도 올 것처럼 뿌옇던 하늘은 맑게 개고 햇살까지 따사롭다. 아담한 은티 펜션을 지나면서 은티마을을 저만치 등 뒤에 두고 다시 갈림길에 이른다. 희양산으로 바로 오르는 코스와 호리골재 방면으로 구왕봉을 거치는 갈림길에서 희양산 코스로 향한다.

경사 낮은 육산 솔밭과 산죽 군락을 산책하듯 오르다가 지름티재로 방향을 잡는다. 지름티재로 올라 성터로 하산하는 길이 수월하다기에 오늘은 일행들의 체력을 고려하여 다소 편안한 코스를 이용하기로 한 것이다.

갈색 낙엽이 수북하게 깔린 평탄한 숲길을 지나 능선에 올라섰다. 은티마을부터 3km를 올라와 희양산 정상과 구왕봉이 갈라지는 지름티재에 이르자 울타리가 세워져 있고 봉암사 경내 출입을 금한다는 안내표지를 보게 된다.

문경에서 가볼 만한 곳인데 함부로 들어갈 수 없는 곳이 봉암사이다. 조계종 선방으로 지정되어 15년 이상 선禪을 공부한 스님들만이 봉암사에서 더 공부할 수 있는 가람이라고 한다. 일반인들은 연중 단 한 차례, 4월 초파일에나 들어갈 수 있다니 그저 울타리만 기웃거려본다.

희양산으로 방향을 잡아 전망 좋은 바위에서 가까이 구왕봉과 마주하고 조금 떨어져 악휘봉, 덕가산, 마분봉도 짚어본다.

활엽수 그늘을 지나 덩치 큰 미로 바위를 만나고 밧줄 구간을 오르면서 다시 경사 심한 바위 지대와 부딪치게 된다. 여기부터 거칠고 가파른 오르막 바윗길이 길게 이어진다. 시루봉으로 가는 좌측 길을 버리고 예정했던 대로 희양산 방향으로 들어선다. 마지막 직벽에 가까운 밧줄 암벽을 올라 정상 바로 아래의 주 능선에 닿는다. 정상까지의 바위 능선에서는 시원하고도 멋진 절경을 골고루 눈에 담을 수 있다.

"힘쓴 보람이 있네요."

"날씨까지 쾌청해서 조망이 그만입니다."

일행 중 한 사람이 맺힌 땀을 훔치며 미소를 짓고 또 다른 사람이 연신 카메라 셔터를 누르며 주변 경관을 담는다. 둔덕산, 청화산, 속리산 천왕봉과 문장대, 조항산, 대야산, 장성봉이 첩첩이 혹은 나란히 늘어서서 여기 백두대간 희양산으로 줄을 잇고 있다.

방향을 살짝 틀면 군자산, 칠보산과 시루봉, 악휘봉, 덕가산, 마분봉이 밀집해있는 걸 보게 된다.

바로 치고 오른 희양산 정상(해발 999m)에서도 사방팔방 이어진 명산들을 눈에 담게 된다. 봄에, 여름에, 그리고 가을과 겨울에 저 산들을 접하고 저들 산속에서 그 계절의 진수를 각기 맛보았었다.

저들 산에 들어가면 유달리 눈에 띄는 곳이 여기 희양산 산정 부근이다. 노출된 암벽, 벗겨진 화강암이 온통 푸름 속에서 강인함으로 비치곤 한다.

"여기서 마주하게 되어 반갑습니다."

이화령도 반갑다. 거기서 갈라지는 주흘산과 황학산, 백화산에 손 흔들어 반가움을 표하자 다들 정겨운 웃음으로 화답해준다. 정상을 내려서서 봉암사 방향으로 길을 잡는다. 숲과 계곡 다시 임도를 이어가며 고도를 낮춰간다. 희양산이 든든하게 받쳐주는 봉암사 전경도 눈길을 머물게 한다.

"산이 사방에 병풍처럼 둘러쳐 있으니 마치 봉황의 날개가 구름을 치며 올라가는 듯하고, 계곡물은 백 겹 띠처럼 되었으니 용의 허리가 돌에 엎드려 있는 듯하다."

신라 헌강왕 때(879년) 고승 지증대사가 희양산에 들어가 산세를 살피고 그렇게 감탄하여 이곳에 봉암사를 창건하였다. 희양산 봉암사는 9산 선문九山禪門의 하나였다. 중국에서 유입된 불교 종파인 선종禪宗이 신라 말엽에 번성하여 형성된 아홉 개의 문파를 이르는데 고려 건국의 중요한 사상적 바탕이 되기도 하였다.

신도들의 출입도 금하며 수행에 정진하는 스님들을 떠올리노라면 참된 인생의 의미, 삶과 죽음의 경계에 대한 개념이 잠깐 뇌리를 스치는가 싶더니 속세의 미물답게 혼란만 가중되고 만다.

봉암사 뒤쪽 계곡의 넓은 암반 백운대는 문경 8경에 속한다. 백운대白雲臺의 한자가 흘림체로 암각 되어있다. 이곳 주변에는 최치원의 친필로 잘 알려진 '야유암', '취적대', '명월청풍 고산유수' 등의 석각이 남아있으며, 희양산, 봉암사, 선유동 등 최치원과 관련한 유적이 상당히 많다.

높고 큰 바위에 음각된 마애보살좌상을 보고 계곡을 빠져나와 최치원 유적 역사공원을 둘러본다. 국보 제315호 '지증대사 탑비'의 비문을 쓴 신라 시대 최고의 문장가 고운 최치원을 기리는 유적지이다.

최치원은 9세기 통일신라 말기의 학자로 당나라에서 유학한 뒤 귀국해 개혁을 추진하다가 난관에 부딪치자 전국을 돌며 유랑생활을 한 문장가 겸 사상가이다.

2017년 12월, 문경시와 가은 읍민의 오랜 숙원사업이자 봉암사 입구 정비사업의 일환으로 최치원 유적(야유암) 역사공원이 만들어졌다. 밤에 노닌다는 의미의 야유암夜遊巖은 고운 최치원이 은거 생활을 하며 많은 시문을 남긴 곳이다.

국보 제315호인 지증대사 탑비의 재현, 고운의 친필 석각과 문학작품, 최치원의 유허지를 쫓아 이곳을 방문했던 수많은 시인 묵객들의 시문학을 선별해 돌에 새겨 놓았다.

1992년 우리나라를 방문한 중국 장쩌민江澤民 전 주석은 국회 연설에서 최치원이 최초 민간 외교관 역할을 했음을 역설했고, 시진핑習近平 주석도 2013년 한중 정상회담에서 최치원의 '범해泛海'라는 시를 인용해 한중 우호를 강조했다. 신라에서 벼슬을 내려놓고 잠수했던 최치원에게 현 정부는 명예 외교부 장관 자리라도 주어야 하는 게 맞을 듯 싶다.

사드 사태가 아니었다면 최치원을 매개로 한 한중 교류는 더욱 가속화되었을 거였다. 중국에서 '토황소격문'의 문장가로 이름을 얻을 만큼 이미 중국인들에게도 잘 알려진 최치원이었다.

당시 신라의 신분제도였던 골품제가 그의 앞날을 막지 않았다면 신라뿐 아니라 그 이후의 국내 역사는 상당히 바뀌었을 것이다.

"왜인인지는 모르겠지만 산행을 하고도 배부른 느낌이야."

자궁혈 양택의 지역에서 시작해 신라 최고의 학자를 기리는 역사공원에서 마무리하는 산행인지라 눈에 보이지는 않지만, 더더욱 손에 잡히지도 않지만 무언가 커다란 수확을 얻어낸 기분이다.

때 / 초겨울
곳 / 은티마을 - 희양산 갈림길 - 지름티재 - 미로 바위 - 희양산 - 봉암사 - 백운대 - 최치원 유적 역사공원

사람이니까 질투심이나 노여움이 생길 수 있다.
그러나 그런 걸 오래 지니지 않고 자기 성찰의
계기로 전환될 수만 있다면 훌륭한 결과물로
이어질 수 있음을 말해준다.

부산은 해운대와 광안리, 태종대 등 바다를 먼저 떠올릴 수 있지만, 산으로 관심을 돌리면 금정산을 화두로 삼게 된다. 부산광역시와 양산시의 경계이자 낙동강과 수영강의 수계에 있는 금정산金井山은 역사적으로 나라를 수호하는 호국의 산으로, 대표적인 호국사찰 범어사와 국내 최대의 금정산성이 축성되어 있다.

금빛 물고기 한 마리가 하늘에서 오색구름을 타고 내려와 산꼭대기의 황금빛 우물 속에서 놀았다는 전설이 있어 산 이름을 금정이라 지었는데, 격렬한 풍화작용으로 인해 화강암으로 형성된 기암절벽이 절묘하게 노출되어 부산이 자랑하는 명산으로 굳건히 자리매김하였다.

삼국유사에 '금정 범어金井梵魚'로 기록되어 있어 신라 시대부터 금정산과 범어사를 연관시켜왔음을 짐작할 수 있다. 범어사는 서기 678년에 의상대사가 창건한 화엄십찰의 하나로 경남 양산의 통도사, 합천 해인사와 더불어 3대 사찰에 꼽히며 많은 암자를 거느리고 있다. 범어사 초입의 등나무 군락(천연기념물 제176호)도 금정산의 자랑거리 중 하나이다.

도심을 가로지르는 육중한 산세

예전 부산에서 직장생활을 할 때 동래온천과 범어사에서 완만한 능선을 오르내리며 산성을 따라 산책하듯 다닌 적이 있었다.

마음 한편 금정산에서 백양산까지의 종주를 염두에 두고 있었는데 부산에서 일하는 외사촌 동생도 만날 겸 새로 개통된 고속열차 SRT에 몸을 실었다. 출발지인 서울 수서에서 잠깐의 눈 붙임 사이에 부산까지 도착했는데 아직도 아침나절이다.

양산행 버스를 타고 양산 다방리 삼거리에서 내린다. 지도를 살피며 검토했던 대로 대정 그린아파트와 극동아파트 샛길로 들어서자 텃밭이 나온다. 금정산 종주의 양산 쪽 들머리이다.

포장도로를 따라 걸으며 스트레칭을 겸한다. 도로가 끝나면서 제법 가파른 경사로가 이어지더니 봉분 하나가 나지막한 봉우리를 지키고 있다. 또 하나의 봉우리를 올랐다가 내려서자 석산리로 내려가는 갈림길과 임도가 나온다.

양력 2월 중순이라 철은 겨울이겠지만 남녘 부산인지라 이미 봄이 뿌려지는 기분이다. 임도가 끝나는 지점인 질매쉼터를 지나도록 춥거나 덥거나 하는 기온 체감은 느끼지 못한다.

계단을 올라 바위에 서자 양산의 한산한 아파트 지역과 낙동강 하구가 저만치 아래에 있고 천성산 쪽으로는 아직 연무가 걷히지 않아 뿌옇게 흐려있다.

오르내림을 거듭하며 점차 고도를 높이고 정상과의 거리를 좁혀간다. 철제 계단을 올라 바위가 촘촘히 박혀있는 일명 철계단봉(해발 726.6m)에 이르니 아래로는 여전히 낙동강이 길게 뻗어있고 넓은 산자락 끄트머리에 주봉인 고당봉이 모습을 드러냈다.

날카롭고도 거친 암릉을 지나서야 옅은 안개마저 지워져 시야가 밝게 트인다. 부산 도심이 눈에 잡히는가 싶더니 남해가 드러난다.

금륜사와 은동굴로 갈라지는 길에서 제대로 된 정상석이 세워진 장군봉(해발 734.5m)에 다다르자 커튼이 젖혀진 양 조망이 완벽하다. 고당봉으로 향하는 장쾌한 능선에 봄기운까지 완연하고 산객들도 눈에 띄기 시작한다.

금정산의 육중함이 너끈히 드러나는 중이다. 전형적인 화강암 산지임을 알 수 있다. 너른 억새군락의 장군평전을 지나 볼록 솟은 봉우리에 다다르면 갑오봉(해발 720m)이라는 자그마한 정상석이 있다.

다시 숲길을 벗어나고 너른 바위에서 숨을 고르며 하늘릿지를 감상하다가 두 차례 험한 바윗길을 조심조심 오르내리게 된다. 고당봉을 전면에 두고 걸으며 마애불 갈림길에 이르자 더 많은 산객을 보게 된다.

금정산 주봉 고당봉(해발 801.5m)에도 꽤 많은 사람이 모여 있다. 부산광역시와 양산시의 경계면에 있는 고당봉에 오르자 부산 일대, 특히 김해 국제공항과 광안대교가 눈에 들어온다. 고당봉 아래 황금색 물고기가 노닐던 금샘은 가뭄이 들면 기우제를 지내던 곳이었고 생명의 원천이자 창조의 모태인 다산을 기원하는 성소였다고도 전해진다.

"그들은 아직 이곳 부산에 있을까."

함께 근무하며 희로애락까지 함께 했던 젊은 날의 그들을 떠올리자 그 세월이 그다지 오래된 것처럼 느껴지지 않는다. 내려다보는 부산은 군 시절 이후 처음으로 집을 떠나 생활했던 곳이었다.

"일부는 저기 어딘가에 참하게 살고 있을 거야."

고당봉에 서서 잠시 부산에서의 옛 추억을 더듬다가 꾸불

꾸불 이어지는 계단을 내려선다. 북문에 이르렀다가 돌계단을 밟고 오르막길을 올라 넓은 터의 원효봉(해발 687m)에 이르러 동해로 눈을 돌린다.

원효봉은 금정산 동쪽의 가장 높은 봉우리로 동해에 떠오르는 햇빛을 먼저 받아 갓 피어난 매화처럼 화려한 빛깔로 수놓아 으뜸의 새벽이라 불렸다. 금정산성 4 망루 위쪽에 자리 잡아 동해를 한눈에 바라볼 수 있어 전망대 역할을 하는 봉우리이다.

원효봉의 김유신에 관한 설화를 적은 팻말이 재미있다. 김유신 장군이 원효봉에서 낭도들을 훈련할 때 바위에서 부동자세로 오랜 시간 서 있다가 그 상태에서 소변을 보았는데 어느 낭도가 그 자리에 소나무 한그루를 심었다.

이 땅딸보 소나무는 오랜 세월 비바람을 이겨내고 그 푸름을 뽐내고 있어 김유신 솔바위라고 불렀다는데 어느 바위인지 정확한 위치는 알 수가 없다.

도심을 가로지르는 육중한 산세, 봉우리의 불교적 명칭뿐 아니라 길게 이어지는 산성길이 수도권의 북한산과 비교하게 된다.

금정산성(사적 제215호)은 임진왜란과 정유재란을 겪은 후 당시 경상감사의 진언으로 숙종 때인 1703년에 축성되었는데 일제강점기에 훼손되었다가 1972년부터 2년간에 걸쳐 동·서·남 3문과 성곽 및 4개의 망루를 복원하면서 둘레 1만

7336m, 높이 1.5~6m로 우리나라 최대의 산성이다.

이민족의 침략을 저지하여 나라를 지키고자 했던 역사의 숨결을 느끼게 하는 금정산성은 동래산성으로 불리다가 고쳐 부르게 되었다.

천 마리 거북과 만 마리의 자라를 보다

원효봉에서 이어지는 봉우리가 의상봉(해발 640.7m)이다. 4망루 위쪽 봉우리로 늠름한 자태의 호랑이가 웅크린 채 동해를 바라보며 부산을 지키는 지혜로운 모습에 비유한다. 전설에 따르면 용이 여의주를 물고 승천을 하려는데 갑자기 호랑이가 나타나 승천을 막기 위해 한참 동안 격렬한 몸싸움을 벌이게 되었다.

끝내 승부를 내지 못하고 두 봉우리로 변해 위쪽에는 용을 저지하는 형상의 호봉虎峰이 되고 아래쪽에는 용을 닮은 용봉龍峰이 되었다. 이 두 봉우리를 합쳐 용호봉이라 부르다가 지금의 명칭으로 바뀌었다.

도심을 건너 장산이 보이는데 금정산, 백양산과 함께 부산의 3대 명산으로 꼽는다. 4망루를 지나 산성 길을 따라 걸으며 풀숲 사이로 노출된 바위 군락을 보고 절묘하게 축조된 3망루 앞에서 잠시 걸음을 멈춘다.

절벽 위에 얹혀 있듯 자리한 3망루는 돌출되게 이어진 암반 사이의 경사면에 축대를 쌓아 만든 망루이다. 나비 바위와 부채바위 주변의 천구 만별千龜萬鼈, 즉 천 마리의 거북과 만 마리 자라 형상을 한 바위가 어우러진 자연경관의 조화로움이 찬탄을 자아내게 한다. 그 바위들 너머로 의상봉과 고당봉, 원효봉, 갑오봉, 계명봉 등 금정산 봉우리들에 봄기운이 피어오른다.

3망루에서 1km가량 떨어진 동문에서도 도심 경관에 시선을 담게 된다. 부산시민들의 접근성이 좋아 금정산성의 으뜸 관문으로 자리하고 있는 동문은 전망도 탁월하다.

동문과 서문의 재건에 대해 전해지는 이야기가 있다. 동래부사 정현덕은 두 성문을 완벽하게 지으려 이름난 석공을 수소문한 끝에 사제지간의 두 석공을 찾아 스승에게는 동문을, 제자에게는 서문을 짓게 하였다.

동문을 맡은 스승은 웅대하게만 짓고자 하였으나 서문을 맡은 제자는 기술이 앞서 정교한 아름다움까지 살려 스승보다 먼저 지었다.

스승은 제자의 뛰어난 기술을 시기하고 질투하여 당시 사람들은 스승을 미워하고 제자의 기술을 칭송하였다. 그러나 이들 사제는 동문과 서문의 공사가 끝난 뒤에는 힘을 합쳐 밀양 영남루를 세웠다고 한다.

사람이니까 질투심이나 노여움이 생길 수 있다. 그러나 그런 걸 오래 지니지 않고 자기 성찰의 계기로 전환될 수만 있다면 훌륭한 결과물로 이어질 수 있음을 말해준다. 동문을 지나면서도 여전히 산성을 따라 대륙봉에 이르렀다가 길을 재촉하여 2 망루를 지난다.

2 망루에서 산성 길은 끝나고 능선으로 이어진다. 동문과 케이블카 탑승장으로 갈라지는 사거리에서 금강공원으로 향한다. 일단의 바위 지대를 지나 전망 공간에서 부산시가지를 내려다보고는 만덕 고개로 내려선다.

그리고 다시 쇠미산 전망대로 올라섰을 때는 많이 지쳤다는 걸 의식하게 된다. 간단한 행동식과 수분을 섭취하고 안간힘을 다한다. 공원 산책로나 다름없는 길인데도 좀처럼 힘이 솟지 않는다. 부족한 수면 탓에 더 그럴 거였다.

사람들이 북적이는 만남의 숲에서 평평한 능선을 따라 도착한 불웅령(해발 616m)에는 돌무더기가 수북이 쌓여있다. 비교적 가파른 산세인데 산정은 평탄한 편이다.

산정 가까이에는 풍화작용 때문에 부서진 자잘한 자갈들이 계곡을 이루어 애추崖錐를 형성하고 있다. 정상으로 향하며 보이는 산불 진화를 위한 방화선이 길게 깎여 흉측하게 보인다.

백양산白楊山 정상(해발 642m)에도 돌무더기가 탑처럼 쌓여있다. 다대포에서 끝나는 태백산맥 말단부에 솟은 백양산은 부산진구와 사상구, 북구의 경계를 이루며 우리나라 상수도의 시초가 된 동쪽 기슭의 성지곡聖池谷을 끼고 금정산과 마주하고 있다.

정상에서 애진봉 전망대로 내려가 부산 도심을 또 내려다본다. 산 아래의 낮은 지대는 많은 곳이 개발되어 시가지화되었다. 산과 산을 끼고 들어선 아파트 단지들은 서울이나 부산처럼 대도시의 산에서나 볼 수 있는 광경이다.

김해시도 내다보고 헬기장으로 내려섰다가 능선을 따라 오른 봉우리가 낙동정맥 유두봉(해발 589.1m)이다. 여기서 낙동강을 비스듬히 내려다보면서 완만하게 안부로 내려섰다가 오른 곳이 삼각봉이고, 다시 또 전망대를 지나 갓봉(해발 406m)에 이르렀다.

고만고만한 봉우리들을 거듭해 오르내리는 중에 날이 저물고 있다. 부산 시내에서의 일몰을 산봉우리에서 바라본다는 게 살갑게 느껴진다.

갓봉에서 철탑을 지나 도심으로 나오자 이미 날이 어둑해졌다. 마중 나온 외사촌 동생과 모처럼 광안리의 불빛을 맞으니 긴 산행의 피로가 가신다.

때 / 늦겨울
곳 / 양산 다방리 - 석산리 - 질매 쉼터 - 장군봉 - 장군평전 - 갑오봉 - 마애불 갈림길 - 금정산 고당봉 - 북문 - 원효봉 - 의상봉 - 4 망루 - 대통령 바위 - 3 망루 - 동문 - 산성고개 - 대륙봉 - 2 망루 - 만덕 고개 - 쇠미산 전망대 - 불태령 - 불웅령 - 백양산 - 애진봉 - 유두봉 - 삼각봉 - 갓봉 - 개화초등학교 - 개금역

새봄 맞으러 문경새재, 둔덕산에서 대야산으로

보이는 것마다 이어짐이다.
단절이 없는 이어짐의 연속은 얼마나 넉넉하고 보기 좋은가.
수틀리면 억누르고 끊어내는 갑질 만연한 세상과
얼마나 대조적인가.

1995년 경북 문경군과 점촌시가 통합되어 문경시가 되었는데 새도 날아 넘기 힘들다는 문경새재가 있는 곳인지라 산지는 발달하고 평야는 미약한 지역이다.

그런 문경시에서도 서부 쪽의 가은읍은 소백산맥 일부를 형성하는 장성봉, 대야산, 둔덕산, 희양산과 뇌정산 등이 읍을 에워싸며 솟구쳐있다.

둔덕이란 땅 가운데가 솟아 불룩하게 언덕진 곳이라는 뜻의 순우리말인데 그걸 한자로 적어 둔덕산屯德山으로 표기했다고 한다.

문경시 가은읍에 소재한 산으로 대야산과 조항산을 잇는 백두대간 상에서 약간 벗어났는데 이름 있는 문경 여러 산에 뒤지지 않는 산세를 지니고 있다.

1858년 12월, 둔덕산이 웅웅 소리를 내며 사흘이나 울다가 둔덕산 아래 가은읍 완장리에서 아기가 태어나자 울음을 그쳤다고 한다.

일제 치하에서 숱한 전투를 치르면서 여러 차례 대승을 거둔 문경의 대표적인 독립운동가로, 1908년 제천 작성 전투에서 일본군의 기습을 받아 결사 항전하다 포로가 되어 교수형으로 순국한 운강 이강년 선생이 그 아기이다.

20여 년에 걸쳐 전투력이 뛰어난 부대를 거느리고 의병 전쟁을 선도한 의병장의 한 사람인 운강 이강년 기념관이 이곳에 있다. 1962년 대한민국 정부는 이강년 선생에게 건국훈장 대한민국장을 추서하였다.

둔덕산 가는 길, 급경사의 길고도 거친 바윗길

대야산 휴양림 입구의 벌바위 농원 앞에 내리면 둔덕산 산행 안내도와 선유동천 나들길 안내판이 세워져 있다.

누구나 그럴 것이다. 산행지를 택할 때는 교통편이 다소 불편하더라도 원점으로 회귀할 수 있는 곳이라면 불편을 무릅쓰는 경우가 많다.

대야산을 오르려다가 산행코스를 검색하면서 둔덕산을 끼워 넣은 식이 되었지만, 거리만 늘렸을 뿐 산행기점과 종점에 달라지는 것이 없으므로 흔쾌히 둔덕산을 오르기로 하였다.

대야산 휴양림과 용추계곡으로의 갈림길에서 휴양림 쪽으

로 길을 잡아 대야교를 건넌다. 여기서 계곡을 따라가면 안내판에서 보았던 선유동천 나들길이다. 그리 높지 않은 언덕처럼 전면에 둔덕산이 보이는데 1000m에 육박하는 고지인지라 보이는 그대로의 모습은 아니리라.

겨울이 녹아내린 지 꽤 지났지만, 암반 위의 계류는 여전히 시린 물소리를 내며 힘차게 흘러내린다. 조심스레 징검다리를 건너 넓은 대야산 주차장을 지나 데크와 계단으로 잘 정비된 선유동천 나들길을 지나간다.

물소리가 멀어지면서 대야산 휴양림으로 접어들어 임도를 따라 걷다 보면 왼쪽으로 둔덕산 오르는 길이 있다. 주차장에서 1.62km를 왔고 둔덕산까지 1.8km라고 하니 아마도 고도가 급한 경사로일 것으로 판단된다.

아니나 다를까, 잠시 완만하다가 고약스럽게 솟구친 경사를 숨 가쁠 정도로 치고 오르게 만든다. 숨소리를 차분하게 가라앉히고 나서야 다시 걸음을 뗀다.

더운 바깥 공기가 바위틈 땅속으로 스며들어 지하수처럼 흐르다가 차가워진 상태에서 대기 중에 나오는 현상을 풍혈 작용이라 하는데 한여름에도 한기를 느낀다는 구간에서 다시 멈춰 선다. 보기엔 그저 바위 많은 급경사의 너덜지대인데 잠시 쉬다 보니 시원한 느낌이 드는 것도 같다.

뾰족하고 거칠어도 계곡 주변으로 이른 봄 냄새가 물씬하다. 꽃샘추위도 지나 보냈으니 더는 걱정할 게 없다는 양

움츠렸던 진달래가 이파리를 펼쳐내는 걸 보면서 격한 생동감을 느낀다.

얼었다 녹았지만 여전히
날카로운 산중 협곡
들쭉날쭉 할퀴는 꽃샘바람에
몰골 더 고약해졌으나
연분홍 참꽃 흐드러지게 피워냈구려.

어둠보다 무서운 고독 이겨내려,
추위보다 힘든 갈증 씻어내려
꽃 이파리 하나 살금 따서
마른침 바른 입술에
슬그머니 문지르오.
어둠보다, 추위보다
독한 시련 견뎌내며
가야 할 길 저만치 멀기에

댓골 산장과 둔덕산으로 갈라지는 능선 갈림길에 올라서도 찬찬히 벅찬 숨을 고른다. 다시 걸음 내디뎌 조망이 트이면서 통시바위 암릉 지대와 그 오른편으로 대야산이 형체를 드러낸다. 대야산 우측으로 군자산이 조망되고 좌측 조항산 너머로는 멀리 속리산 주릉이 눈에 들어온다.

대야산 휴양림으로 갈라지는 안부에서 정상까지 500m 남짓한 거리가 많은 힘을 빼게 한다. 가쁘게 숨을 몰아쉬며 둔덕산 정상(해발 969m)에 도착하였다.

대야산 주차장에서 3.6km의 거리이다. 협소한 정상의 나무 사이로 지척에 있는 희양산이 보이고 방향을 돌리면 백화산에서 주흘산으로 길게 능선이 뻗어있다. 다시 속리산에서 구병산으로 이어지는 충북알프스도 느릿하게 능선을 잇고 있다.

보이는 것마다 이어짐이다. 단절이 없는 이어짐의 연속은 얼마나 넉넉하고 보기 좋은가. 수틀리면 억누르고 끊어내는 갑질 만연한 세상과 얼마나 대조적인가. 수십 년을 공생하다가 자그마한 이해타산이나 사소한 시비로 연을 끊어버리는 세상의 허접스러움과 비교조차 허용되지 않는 묵직한 이음이 아닌가 말이다.

살아오면서 맺은 인연의 소중함을 의식하게 하는 자연 풍광에 젖다가 아래 갈림길로 내려선다. 다시 가파르게 마귀할미 통시바위 방향으로 올라 물푸레나무군락을 지나면 지금은 활용도가 없는 헬기장(해발 978m)에 이른다.

정상보다 지대가 높다. 꽃이 피려면 아직 요원한 철쭉나무 숲을 지나면서 고만고만한 오르내림을 반복한다. 손녀마귀통시바위 이정목이 있는 곳에 커다란 선바위가 있다. 통시바위 암릉이 시작되는 지점이다.

거침없이 조망이 열리면서 곧바로 통시바위 암릉이 제대로 모습을 드러내더니 은근히 위압감을 준다.

암릉과 산그리메의 묘미에 빠져들게 하는 대야산

둔덕산 정상에서 지금까지 지나온 능선과 달리 이제부터는 녹록지 않은 암릉 구간이다. 젖꼭지를 쏙 빼닮은 바위 등 절묘하고 기이하게 생긴 바위마다 걸음을 멈추게 한다.

좁고 거친 바위에 매단 밧줄을 붙들고 내려섰다가 다시 올라선 암릉 지대에서 돌아보니 전망봉부터 통시바위능선으로 이어지는 암릉 구간의 경관이 일품이다. 마치 가야산 만물상의 축소판처럼 느껴진다.

너른 바위라는 곳에서 진행 방향으로 마귀할미 통시바위 암릉 군과 대야산이 조망되고 그 우측으로 촛대봉, 장성봉, 군자산이 보인다. 대면한 바 있는 칠보산이 고갯짓 하며 아는 체해준다.

"네, 반갑습니다. 그간 잘 지내셨지요?"

암릉 지대는 아래에서 보았던 것처럼 험상궂지는 않다. 발디딤이 좋고 걸으면서 조망도 시원하게 열려 속을 개운하게 해 준다. 탐방을 해보니 여기 통시바위 구간이 둔덕산 최상의 구간인 듯하다. 까칠한 통시바위 능선을 통과하면서도 둔덕산 정상에서 중대봉과 상대봉으로 이어지는 대야산이 그다지 멀지 않아 보이는 건 힘들게 걸어왔어도 아직 체력소모가 크지 않다는 방증이다. 쾌적한 날씨와 탁월한 조망 덕분이다.

화양계곡을 낀 가령산, 낙영산, 도명산 능선과 괴산의 명산들이 파노라마처럼 펼쳐진다. 멀지만 월악산의 영봉까지 모습을 드러내 주어 여간 반가운 게 아니다.

둔덕산의 명물 기암 마귀할미 통시바위에 다다랐다. 통시는 뒷간을 뜻하는 방언에 이곳 바위 능선이 험하고 마귀처럼 얄궂게 생겨서 이처럼 어려운 명칭이 생긴 건 아닐까 유추해보지만 자신 없는 추론이다.

아무튼, 멀지 않은 곳에서 마주하고 있는 할미와 손녀가 이 능선을 찾는 이들한테 착한 마귀라는 걸 각인시켜주었으면 좋겠다.

마귀 할미 통시바위 갈림길의 이정표를 지나 진행 방향의 밀재 갈림길(해발 889m)에서 조항산과 대야산을 잇는 백두대간을 살핀다. 그곳의 한 구간인 밀재에서 대야산으로 가야 한다.

밀재로 방향을 잡았으니 이제부터는 백두대간 길이다. 굴곡이 거듭되긴 하지만 여전히 속리산과 구병산, 희양산과 백화산을 보며 도착한 밀재에서 송송 맺힌 땀을 훔쳐낸다.

대야산까지 1km라고 표시되어 있다.

대야산은 속리산 국립공원에 속하면서 백두대간에 자리 잡고 있다. 백두대간 마루금을 경계로 경북 문경과 충북 괴산에 접하며, 문경 8경의 중심부에 위치하여 용추계곡, 선유동계곡의 청정 계류가 흐르는 대야산 자연휴양림을 끼고 있다.

나무계단을 올라 거북바위, 코끼리바위를 닮은 바위를 지나 계단 중간의 전망대에서 고개를 돌리면 속살 드러낸 희양산이 유독 눈에 띈다.

금세라도 산 아래로 굴러떨어질 것만 같은 커다란 바위가 비스듬히 놓여있는데 한 사람이 간신히 지나갈 정도로 틈새가 벌어져 있다.

이 대문바위 외에 또 다른 바위는 구멍이 뻥 뚫어져 있어 볼수록 자연의 신비를 느끼게 한다. 이들 바위와 어우러진 노송과 고목도 맛깔스러운 풍광을 자아낸다.

올려다보면 절벽 너머 정상으로 연결된 구름다리가 아찔하다. 저걸 건너가야 한다. 뒤돌아본 둔덕산 정상도 아득하다. 건너편의 중대봉 암릉은 관악산 6봉 중 1봉에서 3봉 구간을 보는 듯하여 친근감까지 든다.

아래에서 보았던 구름다리도 와서 보니 그리 위험스럽지 않다. 구름다리를 건너 암릉 구간을 통과하고 계단을 걸어 대야산 정상인 상대봉(해발 930.7m)에 도착하자 정상 언저리에 둘러친 쇠 울타리 너머로 사방이 두루두루 조망된다. 조선 후기 대동여지도를 제작한 지리학자 김정호가 전국의 현지답사를 토대로 편찬한 지리서인 대동지지大東地志에는 대야산 정상을 비로봉으로 기록하고 있다.

경상도와 충청도 일대에 즐비하게 늘어선 고봉들이 산그리메를 그리며 새봄 여는 소리를 들려준다. 한눈에 들어찬 속리산 주 능선이 다시 보자며 메시지를 보낸다. 바위 끄트머리에 걸터앉아 맑은 하늘을 머리에 이고 티 하나 없이 순수한 자연의 품에 빠져들었다가 일어섰다.

정상 아래 피아골 삼거리에서 월영대 방향으로 하산로를 택해 내려섰는데 계단과 너덜 바위 구간이 나타나긴 하지만 대체로 경사 완급이 평이한 내리막이다. 이 길을 내려서면서도 암릉의 묘미를 만끽한다.

넓고 납작하게 누운 암반 위로 계류가 흘러내려 잔잔하게 고인 못은 밤이면 달이 차 황홀한 물빛을 보여줄 것이다. 맑은 물에 비친 달을 볼 수 있다는 월영대이다.

상단에서 본 용추폭포는 전면에서의 기이한 하트 모양 못지않게 힘찬 물살을 뿜어 내리면서도 독특한 물길을 보여준다. 아무리 가물어도 이곳의 물은 마르는 일이 없어 예로부터 극심한 가뭄이 들면 여기서 기우제를 지냈다고 한다.

암수 두 마리의 용이 승천했다니 흔치 않은 용 부부의 동반 승천을 탄생시킨 폭포를 거듭 살피게 된다. 용추에 새겨진 용 비늘에 걸터앉아 하트 모양 아래의 짙푸른 못은 아릿한 현기증을 일게 한다.

새댁이 물을 긷다가 빠져 죽자 굿을 하던 무당마저 빠져 죽었다는 무당소를 지나면서 용추계곡의 청정함과 수려함을 모두 즐긴 셈이다.

대야산 정상에서 용추계곡을 지나 들머리인 주차장까지 4.8km이다. 대야산만 산행한다면 주차장에서 용추계곡을 통해 밀재로 올라가는 길이 보편적이다. 후회 없고 아쉬움도 남기지 않는 산행은 언제나 뿌듯한 보람을 안겨준다.

"할미 마귀 시여! 꼭 다시 방문하리니 그때까지 손녀랑 잘 지내시구려."

때 / 초봄
곳 / 벌바위 농원 - 대야산 주차장 - 둔덕산 들머리 - 대야산 휴양림 갈림길 - 둔덕산 - 대야산 휴양림 갈림길 - 978m 봉(폐헬기장) - 손녀마귀 통시바위 - 마귀할미 통시바위 - 밀재 - 대야산 - 용추계곡 - 원점회귀

황매산, 선홍 물결 넘실대는 황매평전의 풍광

철쭉 꽃잎이 모두 떨어진 황매평전을 떠올리자 갑자기
스산해진다. 그러나 피었다가 지고 다시 피는
자연 섭리에의 순응이자 반복이라 여기니
텅 빈 평전이 평화롭고 아름답게 보이기도 한다

경상남도 합천군과 산청군 경계에 있는 황매산黃梅山은 가야산과 함께 합천을 대표하는 명산으로, 정상 일대에 넓고 평평한 벌판이 있는데 이 너른 뫼를 경상도 사람들이 누른 매로 발음하여 한자로 풀이하는 과정에서 황매산으로 변하였다고 한다.

정상에 올라서면 주변의 풍광이 활짝 핀 매화 꽃잎을 닮아 마치 매화꽃밭에 떠 있는 듯 신비한 느낌을 주어 황매산이라 부른다고 의미를 업그레이드하여 해석하기도 한다.

어쨌든 한자어의 노란 매화와는 하등 관련이 없는 명칭이다. 황매산 중 합천군 일대의 일부 지역은 1983년에 군립공원으로 지정되었으며, 2012년에는 CNN이 '한국에서 가봐야 할 곳 50선'에 선정하였고, 2015년 산림청에서 발표한 한국 야생화 군락지 100대 명소에도 선정되었다.

풍요의 상징, 황매산

작년 가을, 능선을 따라 일렁이는 그윽한 억새의 풍광을 보았었고 올봄엔 황매산의 봄을 수놓는 만개한 철쭉을 보러 왔다. 개인 취향이겠지만 황매산은 억새도 멋들어지고 곧 보게 될 철쭉군락도 아름답지만, 만물상처럼 펼쳐진 기암 준봉들에 더욱 마음이 끌린다.

황매봉을 중심으로 모산재, 국사봉, 효렴봉과 장군바위, 망건바위 등 수석 전시장을 방불케 하는 암봉, 암석들에 이끌려 다시 오게 된 것이다.

산청군 차황면 장박리 마을에 내린 인원은 버스에 함께 탄 30여 명 중 여덟 명이다. 다른 이들은 철쭉 축제장을 중심으로 자유 산행을 하고 최종적으로 모산재 주차장에 집결하여 귀경하기로 하였다.

산청군은 군내 일부 지역이 지리산 국립공원으로 지정되었을 만큼 임야가 군 면적의 77%를 넘게 차지한다. 군의 서쪽에 솟은 천왕봉을 기점으로 지리산 줄기가 남북으로 뻗어있으며, 북쪽에는 황매산과 송의산이 있고 군의 중앙부에 웅석봉과 둔철산이 솟아있다.

도상거리 약 11km의 산행이므로 주어진 시간은 충분하다. 장박에서 700m 정도 올라오면 황매산 진입로가 나온다. 초입부터 연분홍 철쭉이 활짝 피었다. 2km를 올라와 너백이 쉼터에 이르렀다. 여기까지는 산청군에서 세운 이정표다. 그리고 600m를 더 걸어 2.6km 지점에 세운 이정표는 황매산 군립공원이라 표기하여 합천군에서 세웠다. 정상까지 1.5km가 남았음을 표시한다. 여전히 철쭉은 만개했고 두 군의 꽃잎이 그 모양이나 색깔이 조금도 다르지 않다.

척촉躑躅이라 한다지. 그 색이 너무 고와지느냐는 선비의 걸음을 자꾸 멈추게 한다고 하여 철쭉을 표현하는 말이다. 멈출 것도 없이 철쭉은 걸음 따라, 걸음에 맞춰 한껏 색감을 뽐내고 있어 황매산을 유람하는 선비는 그저 웃음만 흘리면 될 것이었다. 더더욱 평탄하여 걷기 좋은 능선이 이어지며 정상을 좁혀간다.

이번엔 산청군과 합천군에서 같은 자리에 이정표를 세웠는데 거리 표시가 서로 다르다.

"경남도청이 직접 나서서 조정하거나 중재해야 할 사안은 아닌 듯도 하고……"

동반한 일행들도 고개를 갸웃거리다가 등을 돌린다. 황매산 정상 황매봉(해발 1108m)에는 먼저 온 산객들이 인증사진을 찍기 위해 바위 위의 좁은 정상석 앞에 길게 줄을 서 있다.

아래로 잔잔하게 물결 일렁이는 합천호반이 내려다보인다. 저 푸른 물에 이 산의 그림자가 잠기면 매화꽃이 잠긴 것 같다고 하여 수중 매라고도 불리는 합천호이다.

호수에서 눈을 건져 올리면 지리산, 덕유산과 가야산 등 육중한 명산들을 일일이 접할 수 있다.

정상에서 하산하다 다시 올라선 바위 봉우리에서 넘실대는 황매평전의 붉은 물결을 대하게 된다. 황매평전은 1000m 높이의 산정에 자리하여 남북으로 고위평탄면高位平坦面을 이루며 뻗어있다.

수십만 평의 고원에 펼쳐진 신비스러울 정도로 아름다운 선홍 빛깔이 한낮의 봄 햇살까지 받아 보는 이들로 하여금 감탄사를 연발하게 한다.

소백산, 지리산 바래봉과 함께 3대 철쭉 명산으로 꼽히는 황매산의 만개한 철쭉을 직접 보자 개인적 견해로는 이곳을 첫손에 꼽고 싶을 정도로 광활하고 그 색감도 아름답다.

초가을에는 들국화가 흐드러지게 피었다가 겨울이면 티끌 한 점 없는 대설원으로 변신할 고원의 중심에 서보니 황매산의 황黃은 부富를, 매梅는 귀貴를 의미하여 전체적으로 풍요로움을 상징한다는 해석에 고개를 끄덕이게 된다.

철쭉 군락지인 황매평전 아래에 많은 차가 세워진 주차장이 보인다. 산정 바로 아래까지 차량이 올라올 수 있다. 모산재로 향하는 하산로가 평전을 두 쪽으로 갈라놓으며 이어졌다.

내려와 돌아보면 봉우리의 왼쪽은 온통 붉은색이고 오른쪽은 초록이다. 철쭉나무는 산 등을 중심으로 한쪽으로 치우쳐 심었나 보다. 보기 드문 풍광에 많은 이들이 카메라 셔터를 눌러댄다.

모산재, 삼라만상의 기암 절경을 가감 없이 보여준다

황매성문과 성곽을 지나 해발 1000m 고지에서 모산재로 방향을 꺾는다. 황매산 철쭉 제단이 놓여있고 제단 뒤로 많은 깃발이 세워져 바람에 펄럭인다. 모산재에 이르는 철쭉 군락지는 꽃길로 만들어져 여기서도 많은 이들이 사진 찍느라 분주하다.

"저 꽃들이 모두 지면?"

뜬금없이 그런 생각이 드는 것이다. 철쭉 꽃잎이 모두 떨어진 황매평전을 떠올리자 갑자기 스산해진다. 그러나 피었다가 지고 다시 피는 자연 섭리에의 순응이자 반복이라 여기니 텅빈 평전이 평화롭고 아름답게 보이기도 한다.

가야 할 때가 언제인가를
분명히 알고 가는 이의
뒷모습은 얼마나 아름다운가.
봄 한 철

격정을 인내한
나의 사랑이 지고 있다.
분분한 낙화
결별이 이룩하는 축복에 싸여
지금은 가야 할 때.
무성한 녹음과 그리고
머지않아 열매 맺는
가을을 향하여
나의 청춘은 꽃답게 죽는다.
헤어지자
섬세한 손길을 흔들며
하롱하롱 꽃잎이 지는 어느 날.
나의 사랑, 나의 결별
샘터에 물 고인 듯 성숙하는
내 영혼의 슬픈 눈.

- 낙화 / 이형기 -

곧 다가올 녹음을 예비하며 떨어지는 꽃잎에서 이별을 성숙하기 위한 결별의 의식으로 승화시킨 이형기 시인의 작품이 연결되는 것이다.

"가을을 향하여 나의 청춘은 꽃답게 죽는다. 나의 청춘은 꽃답게……"

한 구절 시구를 웅얼거리면서 자연석을 세워 고도를 표기한 모산재(해발 767m)에 닿았다.

신령스러운 바위산을 뜻하는 영암산으로도 불리는 모산재는 합천 8경의 하나답게 삼라만상의 기암 절경을 가감 없이 보여준다. 주변은 풍화작용으로 인해 두텁게 흙이 깔린 평지와 우거진 숲이 감싸고 있다.

보기에도 신비할 정도로 바위 끝부분이 갈라진 순결바위는 평소 사생활이 문란한 사람이 이 바위틈으로 들어가면 빠져나오지 못한다고 한다.

"그저 바라만 볼 수밖에."

높은 쇠사다리 위의 널찍한 바위에 돛대처럼 우뚝 솟은 돛대바위가 있다. 사랑하는 이를 만나러 은하수로 가던 중 배가 바위에 걸렸다는 곳이다.

또 고운 최치원이 수도했다는 득도바위, 국내 제일의 명당이라는 정상 부분의 무지개 터까지 모산재는 그야말로 갖출 걸 모두 갖춘 독립된 산으로 느껴지는 것이다.

황매산의 무학 굴은 합천에서 출생한 무학대사가 수도한 동굴로 전해진다. 황매산은 '삼무의 산'이라고도 전해지는데 수도승 시절 무학의 어머니가 산을 왕래하며 수발하다 뱀에 놀라 넘어지면서 칡넝쿨에 걸리고 가시에 긁혀 상처 난

발을 보고 100일 기도를 드려 뱀, 칡, 가시가 없어지게 했다는 것이다.

황매산은 여러 코스의 등산로가 있어 멀리 떨어져 있지만 않다면 북한산이나 관악산처럼 사시사철 자주 찾고 싶은 곳이다. 이 산 멋진 암릉을 두루두루 섭렵하며 사계의 매력에 흠뻑 빠져들고 싶은 마음이 생긴다.

때 / 봄
곳 / 산청 장박리 - 너백이쉼터 - 헬기장 - 황매산 - 황매평전 - 베틀봉 - 모산재 - 황포돛대바위 - 합천 중촌리 주차장

성숙 청정 고매한 연蓮과의 인연, 연화산

사람도 연꽃처럼 활짝 핀 듯한 성숙함을 느낄 수 있는
인품의 소유자가 있다. 이런 사람과 대화하면
은연중에 눈이 열리고 마음이 맑아진다.
이런 사람을 연꽃처럼 사는 사람이라고 한다.

경상남도의 중앙 남부에 위치한 고성군은 동으로 창원시, 서로 사천시와 접하고 남으로 통영시, 남해의 한려수도와 접해있다.

연화산으로 향하기 전에 아침 일찍 상리 연꽃공원과 상족암을 먼저 들러보기로 하고 부지런히 움직인다.

수련밭을 가르는 징검 돌다리를 건너면서 남쪽 나라의 정취에 빠져보고, 정자에서 연꽃 무리를 내려다보며 성숙 청정成熟淸淨의 고매함을 익혀본다.

'활짝 핀 연꽃을 보면 마음과 몸이 맑아지고 포근해짐을 느낀다. 사람도 연꽃처럼 활짝 핀 듯한 성숙함을 느낄 수 있는 인품의 소유자가 있다. 이런 사람과 대화하면 은연중에 눈이 열리고 마음이 맑아진다. 이런 사람을 연꽃처럼 사는 사람이라고 한다. 이런 사람을 연꽃의 성숙 청정 특성을 닮은 사람이라고 한다.'

"이런 사람이 되기는 쉽지 않을 테니 이런 사람을 만나는 수밖에……."

적힌 팻말 글을 읽으며 부끄러움과 함께 한 수 깨우침을 받고 인근 상족암으로 장소를 옮긴다. 남해안 한려수도를 한눈에 담을 수 있는 데다 해면의 넓은 암반과 기암절벽이 계곡을 형성하여 청정하고도 수려하다.

1983년 고성군은 천혜의 석보 상족암과 중생대 백악기에 살았던 공룡 발자국이 선명하게 나타나 보존 가치가 있는 이 지역을 군립공원으로 지정하였다. 멀리 희미하게 수미도가 떠 있는 게 시야에 들어오고 그보다 앞으로 지리산이 있는 사량도가 보인다.

무수히 널려있는 공룡 발자국을 보니 그 덩치가 가늠되고도 남는다. 데크를 걷고 물길 따라 걸으며 보게 되는 코발트 빛 바다에 다리를 담근 기암절벽은 변산의 채석강과 흡사하고 제주도 용머리 해안을 떠올리게도 한다.

상족암 내의 동굴에 들어가 보는 것을 끝으로 오늘의 메인 탐방지인 연화산으로 향한다.

당항포 쪽빛 바다가 거기 있다

경상남도 고성군에 소재한 연화산蓮花山은 태백산맥의 최남단 여맥에 위치한 산이다. 이 산을 중심으로 크게 동서방향의 능선과 남북방향의 능선이 교차하는데, 주변에 고찰과 문화재가 산재하여 1983년에 경상남도 도립공원으로 지정하였다.

관광지와 국도를 벗어나 옥천사 주차장으로 와서 배낭을 짊어 멘다. 등산 안내도를 살피고 예정했던 대로 연화 1봉을 가는 길로 잡는다. 주차장 들머리에서 2.26km라고 적혀 있다.

등산로 입구 협곡으로도 움푹 들어간 공룡 발자국이 있다. 역시 명실상부한 공룡의 도시임을 부각한다. 고성 하이면 덕명리의 고생물 화석 산출지는 중생대 백악기 공룡 발자국 산지로는 다양성에 있어서 세계적으로 손꼽히는 곳이며 중생대 새 발자국 화석지로도 세계 최대라고 한다.

"여기가 바로 쥐라기 공원이군."

약 2억 년 전, 트라이아스기와 쥐라기 사이의 약 1만 년에 걸쳐 대멸종이 일어났는데 이때 수많은 해양생물이 거의 완전히 사라졌고 조룡, 피토 사우루스, 아예토사 우루스, 라우이수키아를 비롯한 공룡 등 일부 파충류까지도 완전히 멸종했다고 한다.

소행성의 충돌로 인해 이토록 많은 생물이 멸종했다는 주장이 대세이긴 하지만 충돌 당시 생긴 것으로 보이는 큰 분화구가 사실은 그보다 천만년이나 더 오래된 것으로 밝혀져 생물의 멸종 원인에 대한 열띤 논쟁은 아직도 계속되고 있다.

혹여 부화하지 못한 공룡 알이 있지는 않을까 두리번거리며 걷는다. 데크를 지나 잡목이 우거진 숲길과 지능선을 지나서 널찍한 바위가 있는 암벽 쉼터에 닿을 때까지도 공룡알이나 새끼는 발견하지 못했다.

내처 완만한 등산로로 올랐다가 또 가파른 오르막을 치고 올라 돌무더기와 나무벤치가 설치된 연화 1봉(해발 489m)에 도착하였다.

연화 2봉은 눈길만 던지고 느재고개 방향으로 내려선다. 연화 2봉은 연화산과 동떨어져 가고자 하는 방향을 많이 벗어났기 때문이다.

차량 도로가 지나는 느재고개에서 돌아보니 연화 1봉에서 꽤 가파르게 내려왔다는 걸 알게 된다. 아직 1km가 남았다. 연화산으로 걸음을 내디디면 바로 측백나무 울창한 수림으로 파고들게 된다.

그리고 숲을 빠져나와 바람난 여인을 자세히 관찰하려 몸을 낮춘다. 얼레지 군락에서 꽃잎을 뒤로 말아 감는 보라색 꽃잎을 접사 하기 위함이다. 백합과에 속하는 얼레지는 아침에 꽃봉오리가 닫혔다가 햇볕을 받아 벌어진다. 그리고 다시 오후가 가까워지면 꽃잎이 뒤로 말리는 여러해살이풀이다.

봄산에서
얼레지꽃을 만나면
잠시 걷던 발길 멈추시고
'바람난 여인' 이란
얼레지꽃의 꽃말이 궁금하시면
가만히 지켜보실 일입니다

밤새
꽁꽁 닫아걸었던 꽃봉오리
아침햇살 닿으면
제 안의 뜨거움 어쩌지 못해
활짝 가슴을 풀어헤치는 얼레지꽃의
황홀한 반란

나도 그대에게
한 송이 얼레지꽃이고 싶습니다.

- 얼레지꽃 / 백승훈 -

몸을 일으켜 깊이 숨을 들이마시고 고도를 높여 싸리재라고도 하는 월곡재에 닿는다. 월곡재에서 연화산 반대쪽 아래 250m 지점에 적멸보궁이 있다. 적멸보궁을 뒤로하고 연화산으로 오르며 시원하게 트인 조망터에서 연화 1봉과 그 뒤로 연화 2봉을 나란히 바라본다.

옥천사 계곡도 내려다보고 1분 정도 더 올라 연화산 정상(해발 528m)에 이른다. 키 큰 나무들로 인해 조망은 없고 대신 돌무더기 위에 장승이 서 있다.

산정을 중심으로 사방이 비교적 수수하게 완만한 경사가 이어지는 연화산이다. 조금 비켜서서 공간을 확보하면 남쪽으로 당항포의 쪽빛 바다가 보인다.

고성 당항포는 임진왜란 때인 1592년과 1594년 두 차례에 걸쳐 이순신 장군이 왜선 57척을 전멸시킨 당항포해전이 있던 곳이다. 이충무공의 멸사봉공 혼이 깃든 당항포대첩을 기리고자 1981년 군민들이 성금으로 대첩지를 조성하고 1984년 관광지로 지정하였다고 한다.

연봉 속에 파묻힌 옥천사의 전경도 눈에 담고 행보를 이어간다. 꽤 가파른 내리막길을 따라 운암고개에 이르렀다가 여기서 220m를 올라 역시 돌무더기가 쌓여있는 남산 정상(해발 427m)에 올라선다.

여기서 내려서면 갓바위와 용바위가 있다. 너럭바위라고도 부르는 갓바위는 연화산 정상을 바라보고 있다. 갓바위 안내판에는 갈마음 수형이니 비룡상천형이니 하는 난해한 용어가 적혀있는데 한마디로 기도를 하면 복 받을 수 있는 명당자리임을 나타낸 내용이다.

갓바위를 거쳐 시루떡 모양의 바위를 보고 다시 용이 머리를 내밀고 있는 형상의 용바위를 보게 된다.

그리고 옥천사 쪽으로 하산로를 잡아 황새고개에 이르게 되고 예정에 없던 신유봉, 옥녀봉, 장군봉으로 향하는 길을 버리면서 청련암으로 내려선다. 연蓮과의 인연이 아닐 수 없다.

여기도 연꽃 연 자를 쓴 청련암靑蓮庵이니 말이다. 고성에 와서, 연화산에 와서 성숙 청정을 몸소 느꼈으면 이곳을 떠나서도 연꽃 닮은 사람으로 존재해야 할 것이거늘.

"역시 쉬운 일은 아니야."

절레절레 고개를 흔들며 돌계단을 내려서서 측백나무 숲을 지나 신라 의상대사가 창건했다는 옥천사 경내를 차분히 둘러본다.

대웅전 뒤의 옥천 샘은 사시사철 마르지 않고 수량과 수온이 늘 일정하며 위장병, 피부병에 효험이 있다고 하여 한 바가지를 단숨에 마신다. 샘 위에 옥천각을 세워 보존하고 있다.

복두꺼비 바위를 슬쩍 쓰다듬고 경내를 빠져나와 도로를 따라 일주문을 지나면 길 오른편으로 질푸른 옥천 늪지대가 물결을 일렁인다.

때 / 봄
곳 / 옥천사 주차장 - 암벽 쉼터 - 연화 1봉 - 느재고개 - 월곡재 - 연화산 - 남산 - 황새고개 - 청련암 - 옥천사 - 원점회귀

솟은 성스러운 봉우리, 울릉도 성인봉

그 후로 울릉도에 가뭄이 들거나 기이한 일이
벌어지면 섬 주민들은 이곳에 올라
주변 땅을 팠는데 그때마다 대개
관이나 시체가 나왔다고 한다.

"너희들이 항복하지 않으면 이 맹수를 풀어 모두 밟혀 죽도록 할 것이다."

신라 내물왕의 4대손으로 진흥왕을 도와 영토 확장에 큰 공을 세운 이사부가 지금의 강릉인 하슬라주의 군주로 있을 때 우산국于山國 정벌을 도모한다. 우산국 사람들은 어리석고 사나워 위세로 복종시키기는 어렵고 계책을 써서 복속시킬 수밖에 없다고 생각했다.

그리하여 나무로 사자를 많이 만들어 배에 나누어 싣고 우산국 해안에 가서 허풍을 치자 그들이 두려워하며 곧 항복하고 말았다. 우산국은 신라에 복속된 뒤 정기적으로 공납을 바치면서 지금의 울릉도가 된다.

동쪽 먼 심해선深海線 밖의
한 점 섬 울릉도로 갈거나
금수錦繡로 굽이쳐 내리던

장백長白의 멧부리 방울 튀어
애달픈 국토의 막내
너의 호젓한 모습이 되었으리니
창망한 물굽이에
금시에 지워질 듯 근심스레 떠있기에
동해 쪽빛 바람에
항시 사념의 머리 곱게 씻기고
지나 새나 뭍으로 뭍으로만
향하는 그리운 마음에
쉴 새 없이 출렁이는 풍랑 따라
밀리어 오는 듯도 하건만
멀리 조국의 사직社稷의
어지러운 소식이 들려 올 적마다
어린 마음 미칠 수 없음이
아아, 이렇게도 간절함이여
동쪽 먼 심해선 밖의
한 점 섬 울릉도로 갈거나

청마 유치환의 서정시 '울릉도'는 국토 사랑을 표현한 시인의 마음이 애틋하게 담겨있어 읽으면서 의인화한 동해의 고도가 얼마나 고독하고 본토에 대해 그리움을 담고 있는지를 상상하게 한다.

경상북도 울릉군을 행정구역으로 하는 울릉도는 우리나라의 섬 중 여덟 번째 큰 섬으로 섬 전체가 하나의 화산체이며 도둑, 공해, 뱀이 없는 3무와 향나무, 바람, 미인, 물, 돌이 많은 5다의 섬이라 한다.

이 다섯 가지 외에도 울릉도는 예로부터 산삼이 유명하였으므로 개척령이 내리기 수백 년 전부터 섬에 몰래 들어와 산삼을 캐가는 사람들이 많았다. 그래서 울릉도는 산삼과 연관한 일화가 많다. 그중 한 가지가 특히 재미있다.

자유당 말기, 경상북도 울릉군 서면 남양리에 사는 임 씨 성을 가진 사내는 꿈에 나타난 백발노인의 계시를 받아 수백 년 묵은 산삼을 캤다. 정성껏 채취하여 집으로 돌아온 임 씨는 한자리 꿰차고 싶은 욕심이 생겨 산삼을 고이 포장해 서울로 향했다.

"울릉도에서 수백 년 묵은 산삼을 캤는데 의장 각하께 바치러 왔습니다."

서울에 간 임 씨는 당시 국회의장이면서 권력 이인자인 이기붕의 집을 방문한 것이다. 임 씨가 산삼을 내보이자 별도로 통지할 때까지 호텔에서 쉬라고 하였다. 한 달여 임 씨가 호텔에서 대기하는 중에 전문가들이 모여 산삼의 사실 여부를 감정하였다.

"진품 중에서도 최고의 품질입니다."

진짜 산삼이라는 판정이 나자 이기붕의 측근은 임 씨를 불러 소원을 물었다.

“울릉군수를 맡았으면 합니다.”
“가서 기다리시오. 그렇게 되도록 조치하겠소.”

그런데 울릉도로 돌아온 지 한 달도 채 지나지 않아 4·19 혁명이 일어났다. 자유당 정권은 붕괴하고 이기붕 가족은 권총 자살로 생을 마감하고 말았다. 임 씨의 소원 역시 허사가 된 건 뻔한 일이다.

이기붕의 가족들이 큰아들 이강석이 쏜 권총에 의해 몰락했을 때 그의 집 냉장고에는 봄철인데도 수박이 있었다고 한다. 1960년 당시로선 상상하기 어려운 일이었다.

“죽기 전에 이기붕은 그 산삼을 먹었을까.”

가서도 올 때를 염려해야 하는 곳, 울릉도를 향해

이른 새벽, 친구 둘과 함께 서울에서 출발하여 아침 8시 50분에 묵호항 여객선터미널을 출발하는 씨스타호 여객선에 승선한다. 어지럽게 동해 바닷길을 달려 정오 무렵 도동항에 내렸다.

두 번째 오게 되지만 다른 방문지와 달리 마음먹고도 쉽게 움직여지지 않는 곳이 울릉도이다. 우리나라에서 가장 폭풍 일수가 많다는 곳, 가서도 올 때를 염려해야 하는 곳이기 때문이다.

이번엔 독도보다 성인봉을 가기 위해 시간을 맞추었다. 최근 오징어 흉작에 불리한 교육여건, 자연재해 등으로 매년 인구가 줄고 있다고 들어왔다.

이사부의 거짓말에 속아 나라를 내줄 정도로 순박한 조상들의 후손인 섬 주민들이 전호, 명이, 고사리 등의 특산물도 풍작을 이루고 관광 수입도 올려 풍요를 누렸으면 하는 마음을 지니게 된다.

도동항에서 가까운 곳에 숙소를 예약해놓았다. 먼저 숙소로 가서 간단히 짐 정리를 하고 곧바로 성인봉 산행에 나선다. 울릉도 첫나들이 계획을 도착 당일 성인봉부터 다녀오기로 잡은 것이다.

"성인봉은 내일 가면 안 될까. 아직 뱃멀미 상태가 가시지 않았거든."

안될 걸 알면서 한 번 찔러보는 성수의 말을 바람 소리라 여기고 대원사 쪽으로 힘차게 걷는다. 병소가 씩 웃으며 한

마디 툭 내던지고 뒤를 쫓아온다.

"핑계로 성공한 사람은 김건모밖에 없다더라."

울릉도 최고봉인 성인봉聖人峰은 산정에 화구가 따로 없는 외륜산으로 북쪽에 거대한 칼데라인 나리분지가 있고, 그 사이에 중앙 화구구中央火口丘인 알봉이 솟아있으며 세 군데의 방향으로 산맥을 뻗어내려 울릉군 남면, 북면과 서면을 가르는 경계가 되고 있다.

산세가 성스러운 모양을 하고 있어서, 혹은 이 산에 영험한 기운이 있다고 믿는 주민들에 의해 성인봉聖人峰이라 부르게 되었다고 한다.

영험한 성산, 성인봉을 오르다

성인봉을 오르는 코스는 출발지를 중심으로 크게 안평전 코스, KBS 중계소 코스, 대원사 코스로 나뉘는데 그중 거리가 먼 편인 대원사를 시점으로 하는 코스를 택했다.

도동에서 성인봉까지 4.1km라고 표시되어 있다. 도동리에서 성인봉 들머리인 대원사 진입로에 들어서면 먼저 신당을 지나서 굽이돌아 포장길을 따라 오르게 된다.

금세 도동항이 발아래 놓여있다.

“배에서 내려 바로 비행기를 탄 기분일세.”

성수의 환한 모습에서 뱃멀미는 역시 핑계였음을 확인하고 걸음을 뗀다. 숲길로 접어들자 나무마다 수많은 리본이 달려있다. 건너편으로 KBS 중계소도 보인다. 소나무와 잡목이 수두룩 어우러진 숲길을 지나 평탄 지대에 허름한 매점이 있는데 판매하는 음료수 종류도 다양하다.

중턱에 KBS 중계소에서 올라오는 산행로와 합류하는 지점에 이르자 습한 안개가 산을 휘덮기 시작한다. 통나무를 박아 길을 만든 등산로가 자주 나타나지만, 주변은 여전히 우거진 원시림이다. 수림 사이로 안개를 거두며 뿌리는 햇빛이 무척이나 감미롭다. 허름하게 세운 이정표는 오로지 성인봉을 가리킨다.

팔각정에 이르러 희미하게 드러난 동해 어업 전진기지 저동항을 내려다보고 더욱 짙게 깔린 안개를 헤쳐 나간다. 성인봉을 800m 남겨두고 안평전에서 올라와 합류되는 바람등대에 다다른다. 이어 계단을 올라 능선을 걷고 다시 또 언덕을 넘어서서 성인봉(해발 986m)에 이르렀다.

1000m 고지에서 14m가 부족한 울릉도 최고봉으로 섬 내 모든 하천의 수원을 이룬다. 묵호항에서 함께 승선했던 몇

몇 낯익은 사람들이 정상석 앞에서 100대 명산 인증 사진을 찍고 있다. 습하게 깔리던 안개가 약한 빗물이 되어 흩뿌리기 시작한다.

영험한 기운이 있어 그렇게 이름 지었다는 성인봉의 유래가 떠오르면서 정상 일대의 주변을 둘러보고야 만다. 나무 밑의 흙을 판 흔적이 있는지, 묫자리처럼 보이는 곳은 없는지 쓱 살펴보게 되는 것이다.

또 정상의 제단처럼 생긴 바위에 커다란 홈이 있는데 장군의 왼쪽 발자국이라고 전해진다.

"오른쪽 발자국도 이 섬 어딘가에 있을 텐데."

"장군이 생각보다 거구라면 동해안 내륙 어딘가에 있을지도 모르지."

"가뭄에 관한 이야기도 흥미로워."

원래 비가 많은 울릉도에 가뭄이 들자 용하다는 점쟁이가 섬에서 제일 높은 곳을 파보라고 하였다. 마을 주민들이 산꼭대기에 올라 파 내려가자 시체가 나왔고 그 시체를 건져내자 소나기가 쏟아지기 시작했다.

그 후로 울릉도에 가뭄이 들거나 기이한 일이 벌어지면 섬 주민들은 이곳에 올라 주변 땅을 팠는데 그때마다 대개 관이나 시체가 나왔다고 한다.

성인봉이 영험한 명산이라 꼭대기에 조상의 묘를 쓰면 후손이 번성한다는 풍수설을 믿었기 때문이다.

“비가 내리는 걸 보니 최근에 죽은 사람은 없었나 봐.”

성인봉의 위대한 능력도 대단하지만 남의눈을 피해 여기까지 시신을 매고 와서 묻었다는 게 더욱 놀랍다.

“그것도 깜깜한 밤에 어떻게……”
“헤드랜턴을 켜고 올라왔겠지.”
“…….”

우문현답에 고개를 끄덕이고 정상에서 내려선다. 나리분지羅里盆地로 내려서는 축축한 계단이 길게 이어져 있다. 옅은 안개가 깔린 수림이 섬 산에서의 낭만을 즐기라는 것처럼 느껴진다.

길게 이어진 계단과 데크를 벗어나 싱그러움이 가득한 평지 숲길을 걷는 중에 안개도 걷히고 비도 그쳐 피톤치드 그윽한 산림욕을 즐기며 걷게 된다.

나리분지로 내려가는 이 길, 성인봉 북쪽 사면의 원시림 지대에는 특산식물 36종을 포함해 300여 종의 식물이 분포해있어 1967년 천연기념물 제189호로 지정되었다. 그 길을 따라 나리분지까지 내려섰다. 드넓은 나리분지 내에 봉긋하게 알봉이 솟아있어 다감한 느낌을 준다. 나리분지와 알봉에 대한 안내 팻말을 그대로 옮겨본다.

'나리분지는 미륵산, 형제봉, 송곳산, 나리봉, 밭잔등 및 성인봉이 병풍처럼 둘러싸고 있는 면적 1.5~2 km²의 전형적인 화산성 분지 지형이다. 제주도와 함께 화산의 일차 지형이 잘 보존된 곳으로 나리분지는 울릉도 화산의 소규모 칼데라 지형이며, 알봉은 칼데라 내에 형성된 중앙 화구이다.'

칼데라caldera라 함은 화산 폭발 및 분출로 형성된 화구가 하중을 이기지 못하고 함몰하여 형성된 지형으로 산정분화구가 웅덩이 모양이 된다.

칼데라 지형은 주로 분지 형태를 이루는데 나리분지가 이에 해당한다. 칼데라에 호수처럼 물이 고인 곳을 칼데라 호라 일컫는데 백두산 정상의 천지가 거기 해당한다.

울릉 나리억새 투막집(경상북도 민속자료 제57호)은 1882년 울릉도 개척 당시의 형태를 간직하고 있다는데 석기시대쯤의 고급 가옥으로 추측된다. 보통 초가집보다는 원시적인 모습이다.

개척 당시 정착했던 사람들이 투막집을 짓고 섬말나리 뿌리로 연명하며 생활하였다고 하여 나리라는 명칭을 쓰게 되었다.

고고하면서도 수림으로서의 품격을 갖춘 나리분지 숲길을 걸어 나리분지 초입이자 성인봉 산행의 날머리에 닿는다. 벼르고 별렀던 곳, 그러나 쉽지 않게 접한 곳. 그리 크지 않은 나라의 한 곳임에도 어렵사리 접근해 산행을 마치니 어릴 적 밀렸던 방학 숙제를 개학을 앞두고서야 끝낸 기분이다.

"직접 와보니 울릉도에 대해 많은 학습을 하게 되는군."

"이젠 울릉도 최고의 맛집으로 가자."

"오케이."

때 / 여름
곳 / 도동항 - 울릉군청 - 대원사 - 팔각정 - 바람 등대 - 성인봉 - 신령수 - 나리분지

물기둥과 물보라 속 수중산행, 지리산 한신계곡

나무는 쓰러져도 숲을 이루고 물은 흘러가도
계곡으로 남고, 물줄기는 떨어져 폭포를 이루니
산은 이들을 모아 사람을 끌어들여
자연으로의 회귀를 소망하게 하나 보다.

'어리석은 사람이 머물면 지혜로운 사람으로 달라진다.'

이래서 지리산智異山이라 불리게 되었다는데 스무 번을 넘게 왔어도 어리석음에서 벗어나지 못하니 지리산을 찾을 때마다 면목이 서질 않는다.

아버지는 변화가 없더라도 아들만큼은 지혜로웠으면 하는 마음으로 이번에는 아들과 함께 백무동으로 왔다. 여름 한신계곡을 오르며 대학에 입학한 아들이 산행 중에 산이 주는 의미와 가족의 애를 함께 느끼고, 향후 진로에 깨달음을 가졌으면 하는 마음을 염두에 두었으니 아비 관점에서 얼마나 큰 욕심을 지니고 온 것인가.

한신계곡은 지리산 12 동천 중 하나로 한여름에도 몸에 한기를 느낀다는 의미에서 불리게 된 이름이다. 한신계곡 일원은 경남 함양군 마천면 백무동에서 세석평전까지 약 10㎞에 이르는 계곡으로 명승 제72호로 지정되었다.

가내소폭포, 한신폭포 등 계곡을 따라 오르며 폭포수가 이루는 청정 옥류와 계곡을 감싸는 울창한 천연림을 아들에게 보여주고 싶었다. 입시에 지쳤을 아들에게 다 잊고 대자연의 오묘한 기운을 느끼게 하고 싶었다. 산을 통해 아빠와 동질감을 느꼈으면 하는 사족적 욕구까지 곁들여졌다.

최적의 시기에 최적의 장소를 탐방하다

한신계곡은 맑고 풍부한 계류와 우거진 천연원시림이 강한 자력으로 이끄는 곳이다. 단풍이 뚝뚝 떨어져 맑은 물을 붉게 물들이던 데칼코마니의 계곡을 작년 늦가을에 다녀갔었다. 만추의 서정을 빚어내던 한신계곡에서 이번에는 싱그러운 녹음과 시리도록 맑은 물살에 땀을 쏟아내려 한다.

“아빠와 단둘만의 첫 여행지가 산이 될 줄이야.”
“하하, 아빠는 아들과 함께 지리산 종주하는 걸 소망해왔었거든.”

산보다는 바다, 특히 섬을 갔으면 했지만, 녀석은 군말 없이 아빠의 뜻을 따라주었다. 어젯밤 시외버스에서 내려 민박했던 마천면에서 백무동 탐방지원센터까지 약 4km의 아스팔트 길을 걸으며 지리산 자락의 새벽 공기를 마신다.

“우와 대박! 공기가 죽여주네요. 하늘 좀 보세요.”

도심에선 볼 수 없는 별빛 찬란한 새벽하늘이다. 이번 지리산 탐방 중 녀석이 여러 번 감탄했으면 좋겠다는 생각이 든다. 대자연에서 보고 느끼는 것이 이제까지의 생활과는 색다른 감미로움으로 남았으면 한다.

훗날, 후회되지 않는 인생을 꾸려가기를 바라는 맘이 강해서였을까. 막 다이빙대를 떠나 입수 직전 허공에 머문 찰나의 모습을 떠올린다.

이제 물에 떨어지면 팔을 흔들고 다리를 저어 앞으로 나아가야 한다. 뭍에 닿았을 때 한 톨의 힘도 남아있지 않다면 자신의 선택에 최선을 다했음이다. 그렇다면 결과는 크게 중요하지 않다. 자신의 전공을 놓고 고민하던 녀석이 떠올랐기 때문에 그런 생각이 들었나 보다.

“네가 한 선택에 후회가 남지 않기를…….”

동이 트기 전에 함양군 백무동 탐방센터를 통과한다. 지리산의 지혜로운 기운을 받기 위해 백 명 넘는 무당이 머물던 곳이라 백무동이란다. 안개가 늘 자욱하게 끼어있어 백무동이라고도 했다가 지금은 무사(화랑)를 많이 배출한 곳이라 하여 백무동이라고 한다니 다신 명칭의 해석이 바뀌지 않을 듯하다.

왼쪽으로 장터목대피소까지 5.8km, 오른쪽으로 세석대피소까지 6.5km. 최고봉인 천왕봉을 가야 하니 세석에서 장터목까지 3.8km를 돌아가야 한다. 대략 두 시간을 단축할 수 있지만, 한신계곡을 통과하여 세석으로 오르는 길을 택한다.

"요즘 우측보행이 대세 아니겠니. 돌아서 가는 길이 지름길이란 말도 있잖아."

자칫 하산 시간에 쫓길까 우려도 없지 않았지만, 예정대로 진행하기로 한다. 예정했던 거건, 즉흥이건 녀석은 모른다. 그저 직급 위인 꼰대 맘이다. 더더욱 여기가 지리산인 걸, 뭐!

돌길과 흙길이 번갈아 이어지면서 숲으로 깊이 들어섰다. 한여름이라 그늘숲에서도 이마에 땀이 맺힌다. 우렁찬 굉음을 내지르는 폭포수에 이르면서 시원한 기운이 몸을 휘감는다. 백무동에서 1.9km를 오른 지점에 첫나들이 폭포가 부자를 반긴다.

세석평전까지 한신계곡이 이어진다. 명승 제72호의 한신계곡은 칠선계곡, 뱀사골 계곡과 함께 지리산에서 세 손가락 안에 꼽는 계곡으로 세석평전 꼭대기에서 물을 흘러내리고 있다.

물이 넘치는 계곡에 이르자 아들의 표정이 환하게 바뀐다. 다시 내려올 건데 뭐 하러 산에 가냐는 양 시큰둥하던 녀석이 계류에 발을 담그고 사과를 한 움큼 베어 먹으면서 어린애처럼 밝아지는 것이다.

"잘 온 것 같아요."

"아무렴, 안 좋은 곳에 아들을 데리고 오겠니."

"자연에 마냥 섞여버리니까 아무 생각도 들지 않고 그냥 좋네요."

"자연에 안기면 그 자연스러움에 동화되는 게 사람의 본능이지."

말이야, 막걸리야. 아마도 아빠만 아니었다면 녀석은 그렇게 대꾸했을지도 모르겠다. 산이 나무와 물, 계곡과 바위 등 제 품에 안은 풍경과 두루 어우러지니 더욱 자연스러워지겠지. 사람 또한 자연의 일부이기에 산에 오면 속을 답답하게 하는 마음이 편안해지고 가볍게 내려놓는 것일 테지.

꼰대처럼 이렇게 말했으면 우리 부자는 다시 산에 같이 올 일이 없을 것 같아서 간지러운 입만 오물거렸다.

비가 온 지 얼마 지나지 않아 넘칠 듯 수량이 풍부하여 더 다행스럽다. 아들 녀석이 지리산을 좋아했으면 하는 바람이 강하다.

살아가면서 지치면 지리산을 찾아 원기를 되찾고, 힘들 거들랑 설악산에서 심신을 회복했으면 좋겠다. 인간 만사가 새옹지마라는 걸 깨달아 일희일비하지 않고 다시 일어섬에 익숙해지는 걸 가까운 북한산에서 익혔으면 싶다.

역시 아빠가 아들에게 소망하는 건, 아들 관점에서 봤을 때 "우리 아빠도 딴 아빠들과 다른 게 없구나." 하는 조바심에서 벗어나지 못한다.

그래도 아빠라는 직급, 꼰대라는 직책은 여전히 바늘방석처럼 조바심 일색이고 아직 창창한 네가 받아들이기에 어려운(아빠도 할 수 없었고, 하지 못했던) 주문을 소망하게 된다.

"짐이라고 여겨지거든 끌어안지 말고 툭툭 털어버리면 좋겠구나. 그렇게 하길 바라마."

앞서가는 아들을 뒤따르며 욕구에 휘둘리지 않고 필요에 따라 충족할 줄 아는 삶을 지녔으면 하고 바라게 된다. 아들아, 그건 아빠가 못 했던 거라서 너는 꼭 그렇게 했으면 하는 간절한 마음이 들어서란다.

"그래서 아빠라는 존재는 꼰대의 틀을 못 벗어나나 보다."

우리나라 교육제도의 허다한 허술함으로 수동적이고 경쟁적 삶을 사는 또래 청춘들이 산과 가까워졌으면 좋겠다는 생각이 자꾸만 드는 것이다. 상대에게 이기지 못해도 절대 불행하지 않음을 산에서 깨닫기를 소망하게 된다.

몇 개의 철사교를 건너 가내소폭포에 이르렀다. 15m 높이에서 물줄기를 쏟아내며 50여 평 남짓한 검푸른 소를 이루고 있어 보기만 해도 서늘한 느낌을 준다.

낙차 심하게 떨어지는 물기둥과 굉음, 암반에 부딪히는 눈부실 정도로 흰 물보라. 여기서 귀가 먹먹해지는 건 대뇌의 모든 사고를 중지하라는 시그널이다. 그저 감상하고 감동하라는 의미이다.

나무는 쓰러져도 숲을 이루고 물은 흘러가도 계곡으로 남고, 물줄기는 떨어져 폭포를 이루니 산은 이들을 모아 사람을 끌어들여 자연으로의 회귀를 소망하게 하나 보다.

수림도 울창해 삼림욕으로도 안성맞춤인 데다 수직으로 물이 떨어지며 많은 양의 산소가 물속으로 녹아든다. 폭포 주변은 물 분자가 쪼개지면서 많은 음이온이 발생해 찾는 이들에게 건강을 덤으로 얹어준다.

"그래서 산은 만병을 치유하는 종합병원이고 만병통치약이라 할 수 있지."

그러나 아들은 과학보다 개그에 더 흥미를 느낀다.

"에이, 나의 도道는 결국 실패했네. 나는 이만 가네."

가내소에 관한 전설이 적힌 팻말을 읽은 아들이 도인의 말을 흉내 내며 재미있어 죽겠단다.

12년간 도를 닦던 도인이 마지막 수행으로 줄을 타고 이 소를 건너던 중 선녀의 유혹에 그만 정신이 흐트러져 물에 빠지고는 그렇게 말하고 이곳을 떠났다고 한다.

"자존심이 상했나. 선녀를 데리고 떠나지."

"하하하! 너다운 생각이다. 이 폭포에서는 기우제를 많이 지내기도 했지."

"어떤 식으로 기우제를 지냈을까요."

"아낙네들이 홑치마 바람으로 앉아 방망이를 두드렸다더라."

"??"

"방망이 소리가 통곡처럼 울려 지리산 마고할미의 눈물을 유도하자 그 눈물이 비로 뿌려졌거든."

"……."

"재미없어? 또 다른 방법은 돼지를 잡아 피를 바위에 뿌리고 머리를 여기 가내소에 던졌지."

산이 더럽혀지면 이를 씻어내기 위해 산신이 비를 뿌릴 것으로 믿었던 옛사람들의 주술적 믿음까지도 녀석에게는 도통 와닿지 않는 모양이다. 세대 차이가 얼마나 큰 폭인지를 느끼는 한 시점이기도 하다. 부자간에 그걸 좁히고자 온 지리산이기도 하다.

"재미없으면 또 가자."

한신계곡은 백무동 계곡의 상백무마을 위쪽 골짜기로서 세석평전으로 이어지는 주곡은 영롱한 구슬처럼 맑고 고운 물줄기가 사철 변함없이 흐르다가 덕평봉 북쪽에서 발원하는 바른재골, 칠선봉 부근에서 내려오는 곧은재골, 장터목 방향에서 흘러내리는 한신 지곡으로 갈라진다. 오층 폭포를 지나고 백무동에서 3.7km 거리의 한신폭포에 이르러 땀을 씻어낸다.

"어디선가 꽹과리 소리가 들리는 거 같지 않니?"

뜬금없는 아빠의 말에 쫑긋 귀를 세운다. 물소리만 더 크게 들리겠지.

"옛날에 한신이란 사람이 우리가 걸어온 이 길로 농악대를 이끌고 오르다가 급류에 휩쓸려 죽었거든."

"그런데요?"

"그 후로 여길 한신계곡이라 불렀고, 지금도 비가 오면 백무동 주민들은 꽹과리 소리가 들린다더라."

"에이, 지금 전설의 고향 얘기하세요?"

한신계곡의 명칭 유래도 녀석에겐 시시껄렁했다. 세대 격차를 더 벌리기만 했다. 하긴 아무리 생각해도 한여름에 한기를 느낄 정도로 깊은 계곡이라는 의미의 유래가 더 적절해 보인다.

수국水國 십리길 오르고 또 올라
보이는 곳마다 천국
물소리 우르렁 우르렁 울어 내리는
백무동엔 삼복조차 녹아든다

세석평전에서 천왕봉으로

해발 905m의 계곡 꼭대기를 지나 세석까지 2.8km를 오르지만 여간해서 거리가 줄어들지 않는다. 상당히 가파르고 험준한 길임을 이미 알고 있다. 한신계곡의 마지막 폭포를 지나면서 더욱 급준한 경사 구간이 이어진다.

“잘 따라오실 수 있죠?”

청정 옥수의 물소리마저 들리지 않아 건조하고 뻣뻣한 산길이다. 그런데도 앞서 걸으며 아빠한테 힘내라는 아들이 대견하다. 세석평전으로 올라서기 직전 1.3km부터 특히 가파름이 심하다가 갑자기 경사가 완만해지면서 광대한 세석고원의 풍경이 펼쳐진다.

해발 1560m 세석, 봄이면 온통 붉은빛의 세석평전 철쭉 군락지는 지리산 10경의 한 곳이다. 세석산장의 나무 벤치에 앉아 출발 직전 백무동 식당에서 싸 온 도시락을 꺼내 놓는다.

“너무 맛있어요.”

산나물 몇 가지에 식은 밥이지만 아마 태어나서 손에 꼽을 정도로 맛난 식사였을 것이다.

"먹었으니 또 가야지."

고단하고 나른하기는 해도 마냥 쉴 수만은 없다. 당일 산행을 계획했기에 대피소 예약도 하지 않고 왔다.

'……그래도 지리산에 오시려거든 세석평전의 철쭉꽃 길을 따라 온몸 불사르는 혁명의 이름으로 오고……'

이원규 시인은 지리산 10경을 담은 시, '행여 지리산에 오시려거든'에서 그렇게 표현했다. 온몸 불사르는 혁명의 이름으로 부자가 걷는다는 생각이 들자 걸음이 무거워진다. 촛대봉(해발 1703m)을 지나고 연하 선경으로 이름난 연하봉(해발 1730m)에 이른다. 오가는 산객들에게 먼저 인사를 하며 지나가는 아들은 걸음이 더 가벼워진 듯하다.

"장터목에 가면 아이스크림 있나요?"

순간, 온몸 불사르던 혁명이 아이스크림이 녹은 것처럼 실패한 쿠데타로 막을 내린 기분이다. 이원규 시인에게 죄스러운 마음이다.

아이스크림이 생각날 만도 하다. 장터목까지 얼른 가고 싶은가 보다. 지리산답지 않게 너무나 쾌청하여 산 아래로 마을이 선명하게 보인다. 장터목대피소에는 수많은 산객들이 먹거리를 풀어놓고 식사를 하거나 휴식을 취하고 있다.

"이렇게나 많은 사람이 와있을 줄은 몰랐어요."

당연하다. 이처럼 높은 산에 수도 없이 많은 사람이 찾는다는 게 신기하게 느껴지는 것이다.

"앞으론 삶은 달걀을 좋아하게 될 거 같아요."

거기다 산에선 뭐든 먹어둬야 산다는 진리를 터득했는지 제 배낭의 행동식을 죄다 꺼내먹는다. 산은 그래서 터득의 장이라고도 하던데 아빠도 그게 정리되지 않는단다.

천왕봉 가는 길에 올려다본 하늘은 여름 바다를 엎어놓은 것처럼 맑고 푸르다.

"하늘도, 구름도, 산도, 공기도 모두가 예술이네요."

점차 지리산과 친해지고 있음이다. 제석봉에서는 무언가를 느꼈는지 묵연하게 관찰하기도 한다. 햇볕에 더욱 말라 보이는 고사목이 그저 가련하다고만 느꼈을까. 느끼면 느끼는 대로, 보이면 보이는 대로.

아들아, 더 이상의 상념도, 네 나름의 해석도 필요 없단다. 지리산은 네 20년 후의 교훈을 주고 있을 텐데 너뿐 아니라 우리네 사람들은 그걸 30년이 지나서도 모르고 지나칠 수 있다더라.

보기에 따라 죽음도 아늑한 평화처럼 느껴지는 곳이 지리산이다. 통천문을 지나 천왕봉(해발 1915m)에 이르자 감격에 겨운 표정이다. 많은 등산객이 사진을 찍고 자리를 비켜주자 정상석을 어루만지기도 하고 환하게 미소를 지으며 철철 넘치는 산그리메에 빠져든다.

"정상에 선 기분이 어때?"

"축구 시합에서 우승했을 때보다 더 감격스럽네요."

첫 산행에 지리산 천왕봉을 올랐으니 그럴만하다. 맑은 하늘 아래 가장 가까이서 느끼는 포만감은 아주 오래도록 기억에 남을 것이다.

"이 많은 사람이 다 어디서 올라온 거죠?"

"800리면 몇 킬로미터지?"

"팔사삼십이, 320km네요."

"전라남북도와 경상남도의 삼 도에 걸친 지리산 둘레가 자그마치 320km야. 올라올 만한 곳이 꽤 많겠지?"

"우와!"

"저기 노고단에서 여기 천왕봉까지가 25km 남짓인데 거길 걸어온 사람들도 꽤 있을 거야."

지리산 광대한 품 안에는 천왕봉, 반야봉, 노고단의 3대 주봉을 중심으로 1500m 넘는 20여 봉우리가 펼쳐있고, 20여 개의 긴 능선 아래로 오늘 걸어온 한신계곡 말고도 칠선계곡, 대원사 계곡, 피아골, 뱀사골, 중산리 등 큰 계곡이 많으며 아직 이름을 얻지 못한 봉우리나 계곡 또한 수두룩하다.

"저 아래에서 지금 네가 서 있는 정상만 보이고 구름 안개가 이 지리산을 모두 가렸다고 상상해봐."

"하늘에 바위 한 조각이 떠 있는 모습일까요?"

조선 전기의 성리학자이자 영남학파의 거두인 남명 조식 선생은 천문, 역학, 지리, 그림, 의약, 군사 등에 두루 재주가 뛰어나 명종과 선조로부터 중앙과 여러 관직을 제안받았으나 한 번도 벼슬에 나가지 않고 후학 양성에 힘썼다. 선생은 지리산을 너무 사랑하여 61세 때 모든 재산과 장자

長子 권리까지 동생에게 물려주고 지리산 자락으로 이사와 지리산을 숱하게 오르면서 많은 시와 지리산에 대한 기록을 남긴다. 그중 천왕봉의 거대한 우직함을 이렇게 표현하였다.

천 석이나 되는 무거운 종은 請看千石鍾
큰 채로 두드리지 않으면 소리가 나지 않는다 非大叩無聲
만고의 세월 속 우뚝 서 있는 저 천왕봉은 萬古天王峰
하늘이 울어도 미동도 하지 않는구나 天鳴猶不鳴

꼭대기 천왕봉 부분만 살짝 드러내고 운해가 뒤덮은 지리산을 마치 종이 솟은 것처럼 보았으리라. 그 종은 무엇으로도 울릴 수 없을 만큼 우람하다.

천왕봉에 서면 도사 반야般若와 마고 할미의 인연도 떠오른다.

"이런 산골에 저렇게 멋진 사내가?"

마고 할미가 지리산을 둘러보던 중 불도를 닦고 있던 반야의 모습에 반하고 말았다. 그 후 마고 할미는 반야와 결혼하여 지리산 천왕봉에서 행복한 나날을 보내며 딸만 여덟 명을 두었다.

"아직 깨치지 못한 도를 마저 닦아야겠소."

자신의 도가 부족하다고 느낀 반야는 도를 깨치는 대로 돌아오겠다며 반야봉으로 떠났다. 그러나 많은 세월이 흘러 마고 할미의 머리가 백발이 되었어도 반야는 소식조차 없었다.

마고 할미는 남편이 도를 빨리 깨치기를 바라면서 나무껍질을 벗겨 남편이 돌아오면 입힐 옷을 만들었다. 그러는 사이 마고는 점점 쇠약해져 딸들을 부양할 수 없을 지경에 이르렀다.

"너희들은 나랑 같이 여기서 늙지 말고 세상으로 내려가거라."

마고 할미는 딸들을 전국 8도에 한 명씩 내려보내 무당이 되게 하였고 혼자 남아 반야를 기다렸다. 그러나 반야는 끝내 돌아오지 않았다.

"이 사람이 바람난 게 틀림없어."

기다림에 지친 마고 할미는 반야를 위해 만들었던 옷을

갈기갈기 찢어 버린 뒤 숨을 거두고 말았다. 마고 할미가 찢은 옷들은 바람을 타고 반야봉으로 날아가 반야봉의 풍란이 되었다.

그 이후 반야봉 주변에 안개와 구름이 자주 끼게 되었는데 천신이 하늘에서나마 마고 할미와 반야가 만날 수 있도록 다리를 놓아 준 걸로 여기고 있다.

전국 8도로 내려간 마고 할미의 딸들은 무당의 시조가 되었는데 그 딸들의 후손인 무당의 후예들은 해마다 지리산 천왕봉에 찾아와 마고 할미에게 제를 지냈다. 실제로 천왕봉에는 해마다 전국에서 많은 무속인이 천왕 할매라고도 부르는 마고 할미의 제를 지내기 위해 몰려들고 있다.

아들은 경외감을 지니며 사방을 둘러보고 있다. 기상이 넘치고 또 넘치지? 그런 이곳에서 네 기상도 거듭 발원되었으면 좋겠구나. 삼대가 덕을 쌓아야 볼 수 있다는 일출을 부자가 함께 보고 싶었는데 시간을 맞추지 못했다. 그래도 충분히 흡족할 만한 천왕봉에서의 느낌이 들게 된다.

"아빠는 덕을 쌓지 못했지만 네가 덕을 쌓고, 네 아들이 또 덕을 쌓으면 훗날 네 손자는 여기서 일출을 볼 수 있을 거야."

"훗날 일보다 지금은 삼겹살 생각이 간절하네요."

해가 창창한 오후에 뜬금없이 일출이 웬 말인가. 어서 내려가 샤워하고 삼겹살 먹고 싶은 마음이 간절할 것이다. 중산리로 내려가 진주로 가서 서울로 돌아오기로 했다.

커다란 바위 사이의 돌계단 개선문을 내려서고 서부 경남 식수원의 발원지인 천왕샘을 지난다. 천왕봉에서 2km 아래에 있는 법계사에 이르러 땀을 훔친다.

우리나라에서 가장 높은 곳(해발 1450m)에 자리한 지리산 법계사는 신라 진흥왕 때 창건하였으니 1500년이 넘는 장구한 역사를 지닌 사찰이다.

신라 말에는 최치원이 이 절에 머무르며 법당 남쪽에 있는 바위에 자주 들러 최치원의 시호 문창후를 따 문창대라고 이름 지었다. 문창대 넓은 반석 앞에는 고운 최치원 선생이 노닐며 지팡이와 짚신을 벗어 놓은 곳이란 뜻의 '고운 최 선생 장구 지소孤雲崔先生杖履之所'라는 글귀가 새겨져 있다.

법계사가 흥하면 일본의 기운이 쇠퇴한다는 설이 있어 고려 말 왜적 아지발도에 의해 소실되었었다. 대한불교 조계종 제13교구 본사 쌍계사의 말사로 서기 1405년 조선 태종 때 중창했으나 임진왜란과 1910년 경술국치 때 또다시 왜인에 의해 불타고 6.25 한국 전쟁 때 다시 화재를 당하여 그간 초라한 초옥을 지켜오다가 대웅전과 산신각을 복원하여 오늘에 이르고 있다.

법계사 바로 아래 로터리 산장(해발 1335m)에서 잠시 휴식을 취했다가 중산리까지 3.3km의 거리를 좁히고 고도를 낮춰간다.

'산에서 태어난 산사람 우천 허만수'

법계교 인근 중산리 야영 캠핑장을 지나 날머리 가까이 이르러 자연석 위에 세워진 비석 앞에서 잠시 숨을 고른다.

"허만수? 누구예요?"
"말 그대로 자연인이지."

1916년 진주시 옥봉동에서 태어난 허만수는 일제에 강제 징집을 당하였다가 29세 때쯤 해방되자 귀국하여 진주에서 서점을 운영하면서 평범하게 살았다. 33세 때쯤인 1949년 경부터 지리산 세석평전에 올라 토담 움막을 짓고 살며 30년 가까이 지리산을 떠나지 않았다.
스스로 우천宇天이라 칭호 하며 지리산을 찾는 사람들의 안전을 위해 등산로를 만들었고 험난한 곳에는 나무 사다리를 만들어 오르내리기 편하게 하였다.
또 길 잃은 조난객들도 수없이 구조하였다. 그는 입산 후

아내의 귀가 종용에도 불구하고 끝내 지리산에 머무르다 1976년 홀연히 지리산에서 사라졌다. 1980년 6월, 그를 추모한 산악인들이 이 자리에 그의 추모비를 세운 것이다.

“제가 이해하기엔 쉽지 않은 분이네요.”

아들이 고개를 갸우뚱거린다.

“산의 향수 때문에 신혼의 달콤한 맛도 모르고 넘어갔다.”

당시 그의 회고담이라는데 지리산 신령으로 불리기도 했던 그의 행적을 누군들 쉽게 이해할 수 있을쏜가.

“그냥 그분의 행적과 삶을 존중할 뿐이지.”

어둠이 가라앉을 즈음에 중산리 탐방안내소를 통과하여 아들을 포옹한다.

“아들! 수고 많았어.”
“아빠! 수고하셨어요. 대단한 산행이었어요. 또 오고 싶어질 것 같아요”

때 / 여름
곳 / 백무동 탐방안내소 -가내소 폭포 - 한신폭포 - 세석평전 - 촛대봉 - 삼신봉 - 연하봉 - 장터목 - 제석봉 - 천왕봉 - 법계사 - 로터리산장 - 문장대 - 칼바위 - 중산리 야영장 - 중산리 탐방안내소

경주남산, 천년 신라의 고도를 탐사하다

"목숨을 끊는 게 구차하게 연명하는 것보다 나을 거요."
포석정에서 연회를 열다가 사로잡힌 경애왕은 견훤의 강요로 인해
이곳에서 자결하였다. 여기서 신라의 시작과 종말을 동시에
내려다보며 찬찬히 역사의 순환을 새겨보게 된다.

경상북도 경주시 남산동, 즉 경주시의 남쪽을 둘러싸고 남북으로 솟은 경주 남산慶州南山은 북쪽의 금오산과 남쪽 고위산의 두 봉우리 사이를 잇는 산자락과 계곡 전체를 통칭한다.

경주 국립공원은 우리나라에서 유일한 사적형 공원으로 불국사와 석굴암을 비롯한 불교문화의 보고寶庫인 토함산과 남산을 포함하여 8개 지구 136.55㎢에 이르는 광대한 면적이다. 1968년 지리산에 이어 두 번째로 국립공원으로 지정된 바 있다.

'절들은 총총하여 밤하늘의 별들 같고, 탑들은 기러기처럼 줄지어 늘어섰다.'

삼국유사에서 옛 경주, 서라벌을 언급한 것처럼 불교 유적이 즐비한데 지금까지도 국보 12점, 보물 27점, 사적 9개

소, 지방문화재 22건 등 총 68건의 문화재를 보유하고 있어 이를 바탕으로 옛 선조들의 숨결을 느낄 수 있는 역사 학습장이라 하겠다.

경주 국립공원에 속해 동서 약 9km, 남북으로 14km가량 뻗어 곳곳에 유적과 유물이 분포된 남산 일원은 지붕 없는 노천박물관으로 불리며 유네스코 세계문화유산에도 등재되어 있다. 관광특구로 지정되기도 한 경주시는 잘 다듬은 관광 기반 시설로 해마다 2000여만 명의 관광객들이 찾는 명품 도시이다.

유적뿐 아니라 자연경관도 뛰어나 변화무쌍한 계곡이 널려 있고 기암괴석들이 만물상을 이루어 남산에 오르지 않고는 경주를 보았다고 할 수 없다는 말이 있다. 이 말은 곧 자연미와 더불어 신라의 유구한 역사, 신라인의 미의식과 종교의식을 예술로 승화한 곳이 바로 남산임을 강조한 것이다.

서라벌에 드리우는 침울한 그림자

"최치원부터 만나보자."

친구 병소와 함께 타임머신을 타고 신라로 되돌아와 제일 먼저 상서장에 내리게 된다. 경북 경주시 교동에 있는 경주 국립박물관을 관람하고 인근 왕정골의 화랑 대로변 안쪽으로 자리한 기와 가옥 상서장上書莊을 남산의 들머리로 잡아 탐방을 시작하는 것이다.

"바야흐로 신라의 계림은 낙엽이 지고, 고려 송악에는 솔이 푸르다."

최치원은 고려 태조 왕건의 인격을 흠모하여 이런 글을 올렸다. 고려 8대 왕 현종은 최치원이 고려 건국의 정신적 지주가 되었음을 높이 평가하여 문창후라는 시호를 내리고 공자묘孔子廟에 그의 위패를 모시게 하였다.

이때부터 최치원이 살던 집을 상서장이라고 하였는데, 이는 태조에게 글을 올린上書 집이라는 뜻이다. 그 후 무너졌던 건물을 후손들이 다시 세워 지금에 이르고 있다.

"신라에 깊이 뿌리내린 신분제도 때문에 최치원은 누구보다 개혁을 열망했을 거야."

"그랬겠지. 당대의 천재가 골품제도 때문에 뜻을 펼칠 수 없었으니 얼마나 스트레스받았겠어. 왕건이든 견훤이든 나라를 뒤집어주길 바랐을 수 있지."

당나라에서 과거에 급제한 그가 당에 있을 때나 신라에 돌아와서나 마음껏 포부를 펼쳐보지 못하다가 스스로 관직에서 물러나 산과 강, 바다를 유람하며 말년을 보냈다.

"신라 3 최 중에서도 으뜸이지."

최승우, 최언위와 함께 신라 말 3대 문장가에 속하는 최치원은 계원필경과 토황소격문 외에도 수많은 글을 집필하여 후세의 역사가들이 관심을 두고 연구한 인물 중 한 사람이라 할 수 있다.

두 채의 기와 가옥 사이로 올라 통행 계측기를 통과해 비탈지지 않은 숲길을 걸으면서 언뜻 옛 신라의 천년고도를 걷는 착각에 사로잡힌다. 삼화령 갈림길을 지나고 절골 입구 갈림길을 다시 지나 경주 남산성이란 팻말이 있는 곳에서 두리번거려보지만, 성터의 흔적은 찾을 수 없다.

남산은 남쪽의 고위산(해발 494m)과 북쪽에 있는 금오산(해발 468m)을 중심으로 남북의 길이 약 8km, 동서의 폭 4km 정도의 아담한 신세를 지고 있지만 여러 갈래로 길이 나 있어 곳곳마다 사람들이 올라오는 걸 볼 수 있다.

탑골 갈림길을 지나 경주 최고의 전망대라는 해목령蟹目嶺(해발 280m)을 들러본다. 곱게 자란 소나무와 바위들이 많은 평평한 암릉 지대이다.

"꽃게 눈을 닮은 바위가 있어 해목령이라 부른다는군."

"그게 그 해자구나."

삼국사기는 신라의 56대 왕이자 마지막 임금인 경순왕을 이곳 해목령에서 장사 지냈다고 적고 있다. 선왕인 경애왕에 이어 삼국시대를 피눈물로 마감했던 경순왕과 그의 장남 마의태자의 불행을 떠올리자 시야에 가득 들어온 서라벌에 잠시 침울한 그림자가 드리운다.

"화무십일홍이요, 일장춘몽이던가."

동서고금을 막론하고 화려했던 왕국일수록 그 끝은 침통하고 서글픈 종말을 맞이했던 것 같다.

"그래도 역사에 남기고 문화를 이어가지 않는가."
"그렇군."

해목령을 내려오는데 다시 산 아래로 조망이 트이면서 포석골이 나타나고 그 계곡에 있는 포석정이 시야에 들어온다. 성남 이궁城南離宮터라고도 일컫는 포석정지鮑石亭址는 개울가에 솟은 바위에 판 홈으로 물을 흐르게 하여 그 흐르는 물에 잔을 띄워 주고받게 했던 왕과 귀족들의 별궁

놀이터로 사적 1호로 지정되어 있다.

“다 끝났어. 신라도, 그대도.”

신라 말 혼란기에 즉위한 55대 경애왕은 고려와 결탁하여 후백제를 견제하고자 했으나 이를 눈치챈 견훤의 침공으로 신라는 몰락하게 된다.

“목숨을 끊는 게 구차하게 연명하는 것보다 나을 거요.”

포석정에서 연회를 열다가 사로잡힌 경애왕은 견훤의 강요로 인해 이곳에서 자결하였다. 여기서 신라의 시작과 종말을 동시에 내려다보며 찬찬히 역사의 순환을 새겨보게 된다. 저 아래 탑동에 신라 시조 거서간 박혁거세가 탄생한 나정蘿井이 있고, 또 신라의 종말을 고한 포석정이 가까이 있어서이다.

이명처럼 들리는 마의태자의 통곡을 떨쳐내고 소나무와 바위가 어우러져 뒷산 산책로처럼 아늑한 길을 오르자 금오산이 눈에 들어온다. 포석정으로 내려가는 길을 우측에 두고 곧바로 진행하여 납작한 박석으로 치장한 통일전 갈림길을 지난다.

남산동 칠불암 길에 설립한 통일전에는 태종 무열왕, 문무

대왕, 김유신 장군의 영정이 모셔져 있고, 삼국통일의 격전을 보여주는 기록화가 전시되어있으며 호국영령의 뜻을 기리자는 뜻으로 건립되어 초등학생과 중학생들의 이념교육장 형태로 이용되고 있다.

국사바위와 상사바위

금오정 갈림길에서 진행 방향을 잠시 멈춰두고 금오정을 들러보기로 한다. 150m 외떨어진 금오정은 수더분한 암릉을 지나 세워져 있다.

금오산이 더욱 가깝게 보이고 산 밑으로 정비가 잘된 태평들과 통일전이 보인다. 다시 갈림길로 내려서서 소나무와 활엽수가 마구 어우러진 넓은 숲길을 걸어 상사바위의 설화를 듣게 된다.

남산 국사골에 혼자 사는 할아버지는 귀도 어둡고 눈도 침침했는데 마을 아이들을 친손자처럼 귀여워했고 그중 피리라는 소녀는 할아버지를 친할아버지처럼 따랐다. 꽃다운 처녀가 된 피리가 다른 마을로 이사하자 할아버지는 온통 피리 생각뿐이었다.

"아아~ 이건 아니구먼."

손녀가 아닌 여인으로 사랑하고 있음을 알게 된 할아버지는 고통을 견디지 못하고 국사골 큰 바위에서 뛰어내리고 만다. 그 뒤로 피리는 할아버지가 뱀이 되어 자신의 몸속을 파고드는 꿈에 시달리게 되었다.

"아무리 너를 잊으려 해도 그러지 못해 목숨을 끊었는데 죽어서까지 괴롭히는 나를 용서해다오."

자신으로 인해 목숨을 끊은 할아버지가 측은해 꿈속의 할아버지를 따라가니 할아버지가 죽은 국사골 큰 바위에 이르는 것이었다.

"생전에 이루지 못한 사랑은 천년 세월이 지나도 변함없는 바위가 되어 할아버지의 한을 풀어드릴게요"

바위에서 뛰어내린 피리의 영혼은 또 하나의 바위가 되어 큰 바위 옆에 나란히 치솟았다. 사람들은 그 두 바위를 상사바위라 불렀고 큰 바위 아래의 붉은 반점을 피리의 핏자국이라 여겨 상사바위의 설화를 더욱 애틋하고 극적으로 구성한다.

"피리가 목숨을 너무 가볍게 여긴 거 아냐?"

“세상살이가 목숨을 가벼이 할 만큼 의미가 없었을 수도 있었겠지.”

이 상사바위의 뒤편을 보면 두 개의 남근석이 경주를 향해 세워있음을 확인하게 된다. 사랑 이야기로 각색된 설화는 결국 혼인과 출산을 중요시했던 농경사회에서 신분, 나이, 부역 등으로 혼인적령을 놓친 이들이 소원을 빌었던 장소로 추정된다.

높이 13m, 길이 25m가량의 커다란 상사바위에서 시간이 너무 길어졌다.

상사바위에서 봉화대봉과 고위산을 바라보다가 내려서서 팔각정 갈림길을 지나 헬기장에 이르자 많은 이들이 나무 그늘에 앉아서 휴식을 취하고 있다. 여기서 커피 한 잔씩을 따라 마시고 금오산 갈림길까지 걸어 우측으로 난 데크를 지나 삼릉골 갈림길에 이르렀다.

“이 세 명의 왕이 여기 같이 묻힌 이유가 뭘까.”

신라 8대 왕인 아달라왕, 53대 신덕왕, 54대 경명왕의 세 능이 있어 삼릉(사적 제219호)이라 하는데 시대를 달리하는 이 세 왕이 한 곳에 누워있는지는 기록이 확실치 않다. 이 삼릉골에는 9곳의 절터와 10체의 불상이 남아있다고 한다.

삼릉골 갈림길에서 왼쪽으로 방향을 틀어 금오산金鰲山(해발 468m)에 도착했다. 남산은 금오산으로 부르기도 하는데 삼국시대에 전래한 불교가 신라 때 크게 융성하면서 이 일대는 불교문화를 상징하는 조형물과 조각품이 곳곳에 자리하게 된다.

이러한 불교 유물과 유적은 하늘을 향해 솟은 산을 경배하는 숭산崇山 신앙과 암석을 종교적 대상물로 여기는 암석 신앙을 바탕으로 조성되었다.

마치 불국토의 중심에 자리한 수미산과도 같은 의미를 지닌 산이라 할 수 있다. 정상석 이면에는 서예가인 남령 최병익 선생의 금오산을 노래한 멋진 서체가 각인되어 있다.

높고도 신령스러운 금오산이여!
천년 왕도 웅혼한 광채 품고 있구나.
주인 기다리며 보낸 세월 다시 천년 되었으니
오늘 누가 있어 능히 이 기운 받을런가.

역사와 문화유적의 탐방

길게 새갓골 방향을 잡아 내려섰다가 용장사지에서 걸음을 멈춘다. 남산에서 가장 깊고 넓은 계곡인 용장골茸長谷은 경관이 수려하여 만물상으로 불리기도 한다. 유적으로 18개의 사찰이 있었던 것으로 짐작되지만 이름이 전하는 곳은 용장사 한 곳뿐이다.

조선 시대 생육신의 한 사람인 매월당 김시습이 우리나라 최초의 소설이자 금서禁書였던 금오신화를 저술한 곳이 용장사라는 게 유력한 설로 대두되고 있다.

여기서 목 없는 석조약사여래좌상(보물 제187호)을 보게 된다. 부드럽고 유려하게 선을 흘러내린 조각상으로 우리나라에서 유례가 없는 삼륜 대좌 위에 모셔진 특이한 구조로 되어있으며 석불 자체의 사실적 표현이 뛰어난 작품으로 8세기 중엽 통일신라 때 제작된 것으로 추정한다.

머리가 없어 승형僧形으로 추정하기도 하고, 삼국유사에 기록된 용장사의 보살형 미륵부처인 미륵장육상彌勒丈六像으로 추정하는 설도 있다.

"용장사의 대현 스님이 이 미륵장육상을 돌며 기도할 때 어떤 일이 일어났는지 알아?"

"……."

"이 미륵부처도 대현 스님을 따라 고개를 돌렸다더라."

"나도 돌아볼까?"

"네가 돌면 너 따라 내가 고개를 돌리겠지."

용장사지에서 통일전 주차장을 가리키는 방향으로 진행하다 비파골에 이르러서도 전설 한 편을 듣게 된다.

신라 32대 효소왕이 남산 망덕사 낙성식에 친히 행차하여 재齋를 올리는데 이때 행색이 누추한 중이 왕에게 나서 청한다.

"소승도 재에 참석할 수 있도록 허락해 주십시오."

효소왕이 마지못해 답하였다.

"저기 말석에서 고분 하게 지켜보아라."

재가 끝나고 왕이 중을 불러 조롱하듯 일렀다.

"비구는 어디에 사는가?"

"예, 남산 비파암에 삽니다."

"돌아가거든 다른 사람들에게 왕이 친히 불공을 드리는 재에 참석했다고 말하지 말거라."

"예, 잘 알았습니다. 왕께서도 돌아가시거든 진신 석가를 만났다고 말씀하지 마십시오."

스님은 말을 마치자 몸을 솟구쳐 바위 위로 날아가 버렸다. 효소왕의 명에 따라 신하들이 사라진 스님을 찾으려고 분주하게 움직였는데 비파 바위 안에 지팡이와 바릿대만 보일 뿐 스님은 바위 속으로 자취를 감추었다.

서기 692년 효소왕은 하는 수 없이 비파 바위 아래에 석가사를 지어 사죄하고, 숨어버린 바위에는 불무사를 지어 사라진 부처님을 공양하였다. 지금도 비파골에 석가사지와 불무사지가 남아 있어 진신 석가가 현신했던 전설을 받쳐준다.

참으로 대단한 남산이 아닐 수 없다. 그리 크지도 않은 산에 가는 곳마다 스토리텔링이 이어진다. 삼화령三花嶺에 이르러서도 타임머신은 1500년 전의 신라에 머물러 있다.

남산의 금오봉과 고위봉, 그리고 두 봉우리의 삼각형 위치에 해당하는 이곳 봉우리를 합하여 삼화령이라 하는데 신라 시대의 화랑이 기예를 닦던 장소이자 미륵 사상이 융성했던 곳으로 미륵의 성지였음을 밝혀주는 설화가 삼국유사에 전한다.

경주 남산성 부근에서 삼화령과 관련된 석불 3존이 발견되어 현재 국립경주박물관에 전시되어있다. 삼화령 안내판 위에 있는 지름 2m가량의 바위에는 연꽃무늬가 선명하게 새겨져 있다.

선덕여왕 시절 생의라는 승려의 꿈에 한 노승이 나타나

"내가 이곳에 묻혀있으니 나를 파내어 고개 위에 안치해주시오."라고 하여 그곳에 가보았더니 꿈속에서처럼 풀을 묶어 놓은 곳이 있었다.

생의 스님은 땅을 파 미륵불을 발견하고 삼화령 꼭대기에 모셔놓고 그 자리에 절을 지어 공양하였다. 미륵은 간데없고 바위만 남은 지금의 연화대좌蓮華臺座를 말함이다.

"신라 때는 불가사의한 일들이 많이 생겼었네."

"후후, 그러게 말이야."

다시 내려와 고위산 일대를 둘러보고 그쪽으로 걸음을 옮긴다. 통일전 주차장으로 내려가는 천룡사지 갈림길에서 오른쪽 숲길로 접어들어 이영재라고 이정표가 세워진 고개까지 왔다.

이영재에서 바윗길과 소나무 우거진 숲길을 번갈아 올라 바위 봉우리 393m 봉에서 지나온 금오산과 능선을 바라본다. 옛이야기들이 속속 담겨있는 그 길에서 신라인들의 영남 사투리가 들리는듯하다.

다시 진행 방향으로 봉화대 능선 끝부분에 솟은 봉화대를 보고 갈림길 두 곳을 더 지난다. 용장 계곡 삼층석탑 갈림길과 신선암 마애불 갈림길이다.

나무숲 사이로 드러난 암벽지대인 바람재 능선을 바라보며 고위산 갈림길에 이르자 고위산(해발 495m)까지 800m가 남았다. 고위산은 다음 방문 때로 미루고 곧장 봉화대 쪽으로 향한다.

"경주는 언제든 다시 오고 싶은 도시 아니던가."

경주 남산에 있는 유적은 대다수가 보물이지만 '나의 문화유산 답사기'의 저자 유홍준 박사는 경주남산의 7대 보물로 삼릉계곡 선각육존불, 삼릉계 선각 여래좌상, 삼릉계 석불좌상, 삼릉계 마애석가여래좌상, 용장사곡 삼층석탑, 신선암 마애보살 반가상, 칠불암 마애삼존불 좌상을 꼽았다.

왼쪽 바위 절벽 아래로 그중 두 개의 보물인 신선암 마애불과 마애삼존불 좌상(국보 제312호)이 있는 칠불암이 보여 걸음을 멈춰 서게 된다.

여러 기암을 보며 봉화대와 좁혀간다. 다가가면 소나무에 봉화대봉(해발 473m)이라는 명판이 걸려있다. 우거진 잡목 숲을 헤쳐 돌을 쌓아 올린 봉화대 흔적을 확인하고 바람재 능선 입구에 닿았는데 휴식년제로 길을 막아놓았다.

문화유적 탐방로를 따라 내려가자 열암곡 석불좌상이 의젓하게 앉아있다. 보물 따라, 전설 따라, 천년 신라를 따라 유람하듯 탐방한 14km여 거리의 남산 종주는 새갓골 주차장에 도착하면서 끝을 맺는다. 경주남산은 산행보다 유적지 탐방로라고 보는 게 적절할 듯하다.

"천년의 역사를 한나절 탐방으로 익힐 수가 있겠는가."

수많은 들머리를 섭렵해야 이 산의 참모습을 느끼고 신라 역사를 더 깨닫게 될 거란 생각이 든다. 동시에 머지않은 다음을 기약하게 된다.

때 / 초여름
곳 / 경주 국립박물관 - 상서장 - 절골 갈림길 - 탑골 갈림길 - 해목령 - 포석정 갈림길 - 금오정 - 상사바위 - 금오산 - 용장사지 갈림길 - 삼화령 - 연화대좌 - 통일전 갈림길 - 이영재 - 신선암 마애불 갈림길 - 봉화대 - 열암곡 석불좌상 - 새갓골 주차장

1000m급 일곱 개의 고산 준봉, 영남알프스 태극종주

천황산 정상에서 고원을 사이에 둔 재약산을 바라보고
멀리 신불산 능선을 바라보노라니 겨우 오늘 한나절을
보내는 중일뿐인데 작은 개미 한 마리가 아주 오래도록
거대한 개미굴을 이동하는 느낌이다.

"작년 가을에 시간을 냈어야 했는데."

그렇게 아쉬움을 곱씹다가 또 한해를 넘기고 봄이 오는 길목에 영남알프스를 찾았다. 초조함 가누지 못하고 누군가와의 만남을 애태워 기다린 적이 있었다. 영남알프스로 향하며 그러했던 기억이 떠오른다.

너무나 멀고 시간 내기 어려워 늦고 말았다는 건 실제 부닥쳐보면 허접스러운 핑계였다는 게 여실히 밝혀진다. 집착일지도, 아니면 순간의 감성일지도 모르지만 그러한 속 안의 움직임마저 거기 일곱 개의 산으로 다가서며 생애 손꼽을 만남에 설렘 누그러뜨리기가 쉽지 않다.

울산광역시, 밀양시, 양산시, 청도군과 경주시로 이어지는 경상남북도의 경계 지역에 해발고도 1000m를 넘고 전체면적이 약 255㎢에 달하는 광활한 산악지대를 일컬어 영남알프스라 부르고 있다.

가지산, 운문산, 간월산, 신불산, 영축산, 천황산, 재약산에 고헌산을 포함하기도 하는데 이들 육중한 산들의 수려한 능선과 풍광이 가히 유럽의 알프스를 닮았다고 해서 영남알프스라 칭한다.

사계절 모두 특색 있는 아름다움을 뽐내거니와 특히 가을에는 사자평을 비롯해 신불재, 간월재 등 곳곳마다 억새군락이 환상적인 풍경을 자아내기에 알프스라는 수식을 붙인 것인데 그다지 거부감이 일지 않는다.

단호하고도 강인하며 동시에 유연한 포용을 느끼게끔 꼿꼿한 바위 봉우리와 급준한 단애, 광대하고 부드러운 고원이 조화를 이뤄 찾는 이들이 더욱 늘어나는 추세이다. 또한, 각 산자락에 통도사, 표충사, 운문사, 석남사 등 유서 깊은 사찰이 자리 잡고 있어 관광유적지로도 한몫을 담당하고 있다.

운문산을 오르며 영남알프스의 시발점을 내딛다

친근한 지인 중에 긴 산행의 동행을 권할만한 산우가 얼른 떠오르지도 않았지만 나 홀로 산행에 익숙할 때라서 잠시 망설이다가 결국 혼자 떠난다. 호젓한 유람이 될지, 아니면 고독하고도 지독한 고행이 될지는 직접 부딪쳐서 결과를 얻기로 한다.

집에서 네 번의 대중교통을 이용하며 밀양시 산내면 원서리 석골교에 도착한 건 밤 열 시가 넘어서였다. 열심히 검색해서 예약한 운문산 아래의 청림산장에서 하룻밤을 유숙하기로 한 것이다.

“내일도 날씨가 좋아야 할 텐데.”

운문산 위로 별들이 쏟아지는 걸 보다가 잠을 청한다. 낯선 지방에서의 수면이 달콤할 리 없겠지만 새벽 네 시 반에 눈을 떴을 때는 머리도 맑고 몸 상태도 개운한 편이었다. 어젯밤 쏟아지던 별빛 대신 촉촉하게 습기 머금은 새벽 기운이 산 아래로 퍼져 내려오고 있다.

“잘 쉬고 갑니다.”
“이거 받으세요. 나물 몇 가지랑 잡곡밥 조금 쌌어요. 운문산에서 가지산으로 가시다가 경치 좋은 곳에서 드세요.”

맘씨 후덕한 산장지기는 환한 웃음으로 배웅을 해주며 도시락까지 건네준다. 지갑을 열려는데 강하게 만류한다.

“감사합니다.”

"안전하고 즐거운 산행 하세요."

출발 직전부터 느낌 좋고 기분이 상쾌해진다. 오늘과 내일로 이어질 종주 코스를 도상으로 이으면 태극 모양을 보여 영남알프스 태극 종주라 일컫기도 한다. 내디딜 첫 산이 운문산이며 그 시발점이 경남 밀양의 석골사 입구이다.

겨울 녹아 물 흐르는 소리 외엔 아무것도 없으므로 행복이 뭔지 불행이 무언지 가늠할 게 없을 터. 태풍 전야처럼 고요해서 산골에 동트기만 기다리니 진정한 자유가 이런 걸지도 모른다는 생각을 하게 된다.

"이정표의 거리는 의미가 없어."

첫 이정표를 보지만 거기 적힌 숫자에 속박되지 않기로 했다. 염두에 둘 건 오로지 처녀 산행에서 방향을 잘 잡아 길을 잃지 않는 것이다. 그리하면 행복한 유람의 충분한 자유를 만끽하게 될 것이다.

"날 좀 보소. 날 좀 보소. 날 좀 보소. 동지섣달 꽃 본 듯이 날 좀 보소. 아리아리랑 쓰리쓰리랑 아라리가 났네. 아리랑고개로 넘어간다."

멀고도 긴 대장정의 진입로에 들어서면서 밀양아리랑을 흥얼거리게 되는 건 밀양에 왔기 때문일 것이다. 경상도의 대표적 통속 민요인 밀양아리랑은 이 지역 영남루에 얽힌 비극, 아랑 설화에서 비롯된 것이라고도 한다.

밀양에는 순결을 지키려다 한을 남기고 숨져간 아랑阿娘의 넋을 위로하기 위한 행사가 매년 음력 4월 16일에 열렸었다. 엄격한 심사를 거쳐 선발된 규수가 제관이 되어 제사를 모시는 아랑제이다. 봄에 지내던 아랑제와 가을의 밀양문화제를 합하여 밀양 아랑제라 개칭하고 그 시기를 음력 4월 말에서 5월 초의 농한기에 열고 있다.

밀양 부사의 딸이며 어질고 아름다운 여인 아랑을 관아의 심부름꾼인 통인이 사모하게 된다. 영남루에서 통인에게 욕을 당할 지경에 이르자 끝까지 반항하다가 통인에게 칼에 찔려 살해되고 말았다.

그 일이 있고 나자 밤이면 이 고을 태수의 방에 귀신이 나타나 놀란 태수들이 부임 첫날 죽는 일이 계속 일어났다.

밀양 태수 자리가 비었으나 아무도 가려 하지 않자 조정에서는 자원자를 구해 보냈다. 새로 부임한 태수가 불을 밝히고 앉아있는데 불이 꺼지며 머리를 풀어 헤치고 목에는 칼이 꽂힌 귀신이 들어왔다.

"네가 그 귀신이냐? 기다리던 참이다."

이제까지와 달리 태수가 담대하게 다그치자 귀신은 자신의 원통한 사연을 밝혔다.

"너무 원통하여 이런 짓을 하고 말았습니다."

다음날 태수가 아랑을 죽인 통인을 잡아 처형하자 그 뒤로는 귀신이 나타나지 않았다고 한다. 장화홍련전처럼 익숙한 설화를 떠올리며 급경사의 너덜 오르막에 접어든다. 억산으로 향하는 길이다.

이른 봄 새벽녘 산길은 무척 서늘하다. 어슴푸레 동이 터오기 시작하는 홀로 산자락은 서늘하기는 해도 조금도 을씨년스럽지 않다. 산중 특유의 고즈넉함과 새벽 낭만이 속속 배어 있어 기분이 들떠있다.

저만치 운문산 정상이 우뚝 모습을 드러내고 영남알프스의 최고봉 가지산도 다감하게 미소를 짓는다. 거친 너덜바위 위에 억산億山 정상석(해발 944m)이 세워져 있다. 들머리에서 4km를 걸어왔고 운문산까지 4.3km를 더 가야 한다. 운문산 서쪽 능선에 솟은 억산은 하늘과 땅 사이 수많은 명산 중의 명산이라는 의미의 억만지곤億萬之坤에서 그 이름이 유래하였다. 억만산億萬山 또는 덕산德山으로 불리기도 한다.

운문산과 그 뒤로 옅은 운무를 끌어안은 가지산을 훑어보고는 억산을 떠난다. 궤적 뚜렷한 길 따라, 신선한 공기가 이끄는 대로 몸을 맡기고 유유자적 걷다가 삼지봉(해발 904m)에 이르렀다. 그리고 세 번째 봉우리인 범봉(해발 962m)에서 바람막이를 벗는다. 해가 뜨면서 서늘한 산 기운은 온화한 봄볕으로 바뀌었다.

억산과 운문산을 이어주고 석골사와 운문사가 갈라지는 사거리 고개 딱밭재에서 행동식을 꺼내먹으며 에너지를 보충한다. 운문산을 1.8km 남겨둔 딱밭재까지 석골사를 통해 올라왔으면 거리를 단축할 수 있었겠지만, 영남알프스에 온 건 충분한 시간을 갖고 곳곳을 섭렵하고 싶어서 였으므로 꽤 긴 거리를 우회한 셈이다.

2.6km 아래의 석골사는 애초 석굴사로 불리었듯 예전부터 스님들의 수도처로 이름난 사찰이란다. 대한불교 조계종 제15교구 본사 통도사의 말사로 태조 왕건이 풍요한 도움을 주어 고려 건국 후 아홉 개의 암자를 거느리게 되고 임진왜란 때는 의병들이 활약하던 사찰로도 알려져 있다.

딱밭재를 지나 헐벗은 나목들이 겨울은 지났는지 모르지만 봄이 오지는 않았다는 걸 표현하듯 뻗은 가지에 힘을 싣지 못하고 있다. 상운암 계곡의 암벽들은 낯선 이방인의 방문을 그다지 반갑게 맞아주지 않는다.

거칠고도 냉랭한 모습으로 눈길마저 피하는 모습이다. 아마도 아직 썰렁한 계절의 홀로 방문이 의아스러운 밧줄이다. 청승맞게 혼자 산길 오르는 걸 보는 게 익숙하지 않은가 보다. 곳곳에 아직 녹지 못하고 고드름처럼 매달린 얼음기둥들도 저들보다 더 썰렁한 방문객을 경계하는 눈치다.

"유별나게들 보지 말게나. 나도 똑같은 코리언일세."

첫눈에 허름하고도 다소 부실해 보이는 상운암에 도착하여 수통 가득 약수를 채운다. 물맛은 너무 시원하여 세 시간 30분여의 수고로움을 단번에 덜어준다.

석골사의 산내 암자인 상운암은 예로부터 천진보탑으로 이름난 정진 장소였는데 6·25 전쟁 직후 빨치산 소탕 작전의 목적으로 모든 당우가 소실되어 1960년에 지어진 현존 암자가 명맥을 유지하고 있다고 적혀있다.

촘촘하고도 수북한 뭉게구름 아래로 막 지나온 억산, 삼지봉, 범봉 능선과 주변 조망에 고루 눈길을 던진다. 이 인근에는 제2의 얼음골이라 불리는 동굴이 있다. 소설이나 드라마에서 동의보감의 저자 허준이 스승인 유의태를 해부한 곳으로 묘사되기도 하는 자연 동굴이다.

거리를 더욱 좁혀 운문산雲門山 정상(해발 1188m)에 이르자 가슴이 뭉클해진다. 영남알프스 첫 정상에서 가슴 울렁임을 느끼니 마지막 정상에서의 감동이 어떠할지 쉽게 상상이 된다.

경북 청도군과 경남 밀양시에 접한 운문산은 신란 진흥왕 때 창건하고 고려 태조가 운문선사雲門禪寺라는 사액을 내려 운문사라 칭하게 된 사찰명에서 그 명칭이 유래되었다고 한다.

화랑도에게 세속오계를 가르친 원광국사와 삼국유사를 지은 일연이 머물렀던 곳으로 알려진 운문사에서 딱밭재를 거쳐 이곳 운문산으로 오를 수도 있다.

영남알프스의 최고봉 가지산으로

"오늘이 첨이자 마지막 만남일 수도 있겠지만 너무나 반가웠습니다. 천년이 지나도 부디 지금의 모습 그대로 변함없으시길 기원하겠습니다."

"잘 가시게. 가지산 형님한테 안부 전해 주시게."

오늘 지나게 될 능동산 능선을 바라보고 가지산을 향해 걸음을 옮긴다. 나무계단을 내려서고 넓은 능선을 지나 비좁은 산죽 오솔길을 걷다가 동굴 앞에서 멈춰 선다.

암반 아래 그늘진 바위에 고드름이 달려있고 얼음 바닥인 동굴을 들여다보는데 싸한 냉기가 돈다. 동굴 크기로 보아 허준이 수술한 얼음동굴은 아닌 듯하다.

이곳 산내천 계곡지대에는 지형 특성상 초여름에 얼음이 얼기 시작하여 처서가 지난 뒤에야 녹는 시례빙곡時禮氷谷, 즉 얼음계곡인 밀양 남명리 얼음골이 천연기념물 제224호로 지정되어 있다. 한참을 내려와 닿은 아랫재에서 다시 능선을 타고 올라 햇살 좋은 암릉에 자리를 잡는다.

출발할 때 산장지기가 싸준 도시락을 여는데 입안 가득 군침이 고인다. 조미되지 않은 담백한 자연식으로 허기진 배를 채우자 몸도 마음도 포만감으로 나른해진다. 10여 분 지났을까. 잠깐이지만 눈을 붙였다가 떼니 들머리에 들어섰을 때처럼 개운하다.

가지산 정상 아래의 헬기장에서 걸음을 빨리하여 산장에 이르자 눈썹을 그린 개 한 마리가 꼬리를 흔들며 반겨준다. 덩치는 큰데 무척 순하다. 산장 오른쪽의 바위 지대인 정상까지 꼬리를 흔들며 앞서간다. 개의 안내를 받아 정상에 올라서기는 처음이다. 가지산加智山 정상석(해발 1241m) 앞에 몇몇 산객들이 환한 웃음으로 포즈를 취하고 있다.

그 옆에 낙동정맥의 구간임을 표시한 표지석이 세워져 있다. 영남알프스의 산군 중 절반 이상이 낙동정맥 상에 걸쳐 있다.

고헌산, 가지산, 능동산, 간월산, 신불산, 영축산의 순으로 영남알프스 한복판을 낙동정맥이 관통하며 양옆으로 운문산이나 재약산 등을 끼고 있는 형국이다.

"운문산 아우님이 안부 전하더군요."
"아, 거기서 오는 길이신가. 우리 아우 잘 있던가?"
"네. 안색이 밝으시더군요."
"그래. 신불 아우, 간월 아우 등 아직 남은 다섯 아우와도 기쁜 만남 가지시게."

울산광역시 울주군, 경남 밀양시, 경북 청도군에 걸쳐있는 영남알프스의 최고봉 가지산은 자연경관이 수려하고 문화재나 관광명소가 많아 통도사 지구, 내원사 지구 및 석남사 지구와 더불어 1979년 가지산 도립공원으로 지정되었다.

풍수지리설에 의하면 가지산과 운문산은 암산女山이라 수도승이 각성할 무렵이면 여자가 나타나 '십 년 공부 도로 아미타불'이 된다고 전하는데, 실제로 석남사는 주변의 운문사, 대비사와 더불어 비구니 전문 수도장으로 지금도 많은 비구니가 수도에 정진하고 있다.

정상에서 사방을 둘러보면 과연 유럽의 알프스를 인용한 표현이 과장되지 않다는 걸 느끼게 된다. 첩첩이, 겹겹이 산들이 포개지고 골골 깊숙이 우거진 수림이 끝도 없이 이어진다. 멀리 막 지나온 운문산과 약 10㎞ 거리의 이곳 가지산이 나란히 솟아있어 하나의 산에 두 개의 봉우리처럼 보일 듯하다.

이 일대는 화강암 지질 기암괴석의 바위 봉우리가 많지만,

가지산의 북동쪽 사면은 완만하여 목장으로 이용되고 있다니 참으로 복잡다단한 형세를 갖춘 산군이라 하겠다. 이런 만큼 영남알프스의 산행 행태 또한 동서 혹은 남북으로 넘나들기도 하는 등 매우 다채롭다.

영남알프스의 7 산군은 영축산, 신불산, 간월산과 천황산, 재약산, 그리고 운문산, 가지산에 고헌산을 포함한 3개 권역으로 분류할 수 있다.

이들 세 지역은 배내천, 동천 등의 하천을 이룬 커다란 계곡으로 구분이 명확하기 때문이다. 높고, 깊고, 넓은 산에 들어서서도 이정표가 제대로 설치되어 있어 방향과 거리에 대해 세세하게 표시하고 있다.

이리 갈까 저리 갈까
무얼 망설이랴
구름 흘러 걸리는 곳
거기가 내 갈 곳
그래도 그게 아니라
산허리에 세운 이정표
걸을 거리, 갈 방향만 일러주는 게 아니라 하네
쭉 뻗은 산줄기 멈춰 둘러보라
오른 길만큼, 솟은 태양만큼
큰마음 지녀보라
가파르고 궂은 삶
묵은 세월에 묻어두라

내려가거든
더욱 지혜롭게 살으라
그래서 산허리에 이정표 있는 거라 하네

사자평전 천황산과 재약산 거쳐 노을 길 하산

능동산과 천왕산 일대에 눈길을 담갔다가 가지산과 작별한다. 700여 m를 내려와 중봉(해발 1167m)에서 가지산을 올려다보고 석탑 터널로 내려가는 삼거리를 지나 철쭉나무 군락지에 다다른다.

이곳 철쭉 군락지는 가지산의 날머리 석남터널 입구 위까지 이어지는데 2005년에 천연기념물 제462호로 지정되었다. 추정 수령 약 100~450년인 40여 수의 철쭉나무 노거수와 약 20여만 수의 철쭉나무가 산 정상부에 광활하게 펼쳐져 있어 얼마 지나지 않아 이 지역을 희고 붉게 물들일 것이다.

한방에서는 철쭉꽃을 척촉躑躅이라 하는데 독성이 강해 마취작용을 일으키므로 악창에 외용하며 사지 마비를 풀어주는 데 사용한다고 한다. 철쭉의 독성은 경련 발작을 일으키고 호흡을 마비시켜 먹을 수 없으므로 개꽃 나무로 불리기도 한다.

다시 돌무더기가 있는 석남령을 지나고 입석봉으로 내려섰다가 떡봉이라고도 부르는 격산(해발 813m)에서 숨을 고른 후 길고 가파른 나무계단을 올라 능동산(해발 983m)에 이른다. 석골사 입구 출발지부터 20km가 지난 지점이다.

힘이 소모되었을 즈음이지만 처음과 달리 서두르게 된다. 천황산과 재약산을 거쳐 오늘 밤 숙박하게 될 죽전마을까지 이르려면 시간이 촉박할지 모른다.

쇠점골 약수터에서 식수를 보충하고 임도를 따라 걷다가 다시 산길로 올라 능동 2봉(해발 968m)에 닿았다. 멀리 가지산을 바라보고는 영남알프스 하늘정원으로 이동하여 신불산의 수평 능선에 눈길을 머문다. 산정 휴게소라 할 수 있는 샘물 상회에서 음료수라도 사서 마시려고 했는데 아무도 없이 문이 닫혀있다.

양옆으로 광활하게 억새밭이 펼쳐진 나무계단을 길게 오르면서 천황산으로 다가간다. 갑자기 모세가 홍해를 가르며 바닷길을 걷는 착각에 빠진다.

가을이면 국내 최대의 억새평원을 가르는 이 목재 계단길이 일렁이는 은빛 파도를 뚫고 지나는 기분일 것만 같았다. 이곳부터 천황산에 이어 재약산 수미봉을 거쳐 죽전마을로 내려서는 구간을 사자평 억새길이라 하는데 125만 평에 달하는 면적이라 한다.

"아아~ 한 사람의 개인은 얼마나 작은 미물이던가."

천황산天皇山 정상(해발 1189m)에서 고원을 사이에 둔 재약산을 바라보고 멀리 신불산 능선을 바라보노라니 겨우 오늘 한나절을 보내는 중일 뿐인데 작은 개미 한 마리가 아주 오래도록 거대한 개미굴을 이동하는 느낌이다. 잠시 물리적으로 느끼는 거대함에 위축되고 만다.

경남 밀양시와 울산광역시 울주군에 걸친 천황산의 서남쪽 험준한 바위 형태가 사자 머리와 흡사하여 사자봉이라고도 불렀다. 산세가 수려하여 삼남 금강三南金剛이라 일컫기도 하지만 정상 일대에는 거대한 암벽을 이루고 있다.

바람이 심한 천황산 정상에서 천황재로 내려선다. 천황산의 동북쪽 표고 1000m 지점에서 동남쪽으로 완경사를 나타내는 사면은 높이 800m 부근에서 분지 상의 평탄면을 이루어 사자평獅子坪이라 불리는데 약간의 기복을 이루면서 재약산 남서부까지 온통 억새로 뒤덮여 있다.

사자평 억새는 매년 9월 말쯤 피기 시작해 10월 중순부터 11월 초까지 절정을 이룬다고 하니 이때 억새의 흔들림은 포효하며 내달리는 사자의 갈퀴처럼 보일 수도 있겠다.

이 주변은 농경지로 이용되던 논과 밭이 습지로 바뀌었다. 국내 최대 규모인 약 580,000m^2의 고산 습지가 그것인데 재약산 정상부의 평탄한 곳에 형성되어 있다. 2006년에 환경부 습지보호 지역으로 지정되었고 재약산 산들늪으로 알려졌다.

사람이 떠난 곳에는 다시 자연이 머문다. 하늘 아래 첫 동네인 이곳 화전촌에는 고사리 분교를 비롯하여 약 40여 가구의 주민들이 사자평에 텃밭을 일구면서 생활해 오다가 모두 떠나고 집터마저 자연에 귀화한 지 오래되었다. 지금은 멸종위기종인 삵, 하늘다람쥐, 매 등이 분포하고 있다고 한다.

천황재에서 잠시 쉬었다가 오늘 산행의 마지막 봉우리인 재약산載藥山 정상(해발 1108m)에 다다르자 여기도 바람이 심하다. 신라 흥덕왕의 셋째 아들이 이 산의 약수를 마시고 고질병이 나은 뒤 약수를 가진 산이라 하여 재약산이라 부르기 시작했다는 설이 있다.

재약산도 행정구역상 천황산과 마찬가지로 경남 밀양시와 울산광역시 울주군의 경계에 있는데 일부 산악인들은 천황산을 재약산 사자봉으로, 재약산을 재약산 수미봉으로 부르며 지명에 대한 이의를 제기하기도 한다. 그러나 아직 정상석은 천황산과 재약산을 구분하여 세워놓았다.

점차 노을이 짙게 물드는 중이다. 표충사로 내려가는 길이 있으나 내일 남은 구간인 영축산부터 신불산과 간월산을 가려면 배내골 죽전마을로 하산해야 수월하다.

재약산에서 죽전마을까지 5.1km의 거리가 묵직한 부담감을 주지만 한편으로는 빨리 내려가 꿀맛 휴식을 취하고픈 마음이 간절하다.

주암 삼거리를 지나고 죽전 삼거리를 가리키는 이정표의 방향대로 길게 내려가기만 한다. 고개 숙인 억새밭을 따르다가 뒤돌아보니 재약산이 거뭇하게 자취를 감추기 시작한다. 헤드 랜턴을 꺼낼까 하다가 걸음 속도를 높인다.

죽전마을이 가까워지면서 경사가 급해진다. 완급을 조절해가며 근근이 죽전마을 도로까지 내려섰을 때는 어둠이 내려앉고 마을 곳곳마다 불이 켜진 후이다.

예약한 펜션에 들어서자 장기간 해외 출장을 갔다가 집으로 돌아온 기분이다. 어둠이 가시지 않은 새벽부터 어둠이 짙게 깔린 밤중까지 걷고 또 걸으며 하루를 꽉 채운 셈이다. 눅진한 피로가 몰려든다.

영축산과 사랑에 빠졌나 보다

이튿날,

새벽, 네 시에 울리는 알람이 그리 귀찮지 않다. 몸을 일으켜 팔다리를 흔들어본다. 혹여 다리 근육이라도 뭉칠까 걱정하다가 잠이 들었는데 몸 상태에 이상이 생기지는 않은 것 같다.

바깥공기를 살펴보았는데 이슬이 축축하긴 하지만 기상도 걱정할 상황은 아닌 듯싶다. 오늘 걸어야 할 거리는 어제보다는 짧은 편이다. 새벽 다섯 시 펜션을 나선다.

배내골 주변은 아직 조용하다. 사람들 기척도 없고 산장이나 음식점도 문을 열지 않았다. 69번 지방도로 아래 단장천도 소리를 죽이고 천천히 물을 흘려보내고 있다.

양산시 원동면에 소재한 청수골로 걸어와 스틱을 펴고 등산화 끈도 조여 맨다. 이곳 영축산 들머리에서 오늘의 본격 산행을 앞두고는 팔다리를 움직여가며 가볍게 스트레칭을 하고 크게 심호흡도 해본다.

청수좌골, 중앙 능선과 청수우골이 갈라지는 지점에서 청수우골로 방향을 잡았다. 죽바우등을 통해 오르는 능선의 풍광이 뛰어나다는 조언을 들은 바 있었기 때문이다. 자그마한 계곡을 건너고 이슬 머금은 조릿대 샛길도 걸으며 또다시 이른 봄, 이른 아침에 하늘을 향해 솟구치고자 한다.

영축 능선 사거리 한피기 고개에서 300m 떨어진 시살등(해발 981m)에 닿았을 때도 해는 구름을 벗어나지 못하고 붉게 서기만 어리고 있다.

어제 지났던 가지산, 능동산과 천황산이 길게 능선을 늘어뜨렸는데 곧 지나치게 될 죽바우등이 가깝고 그 뒤로 신불산이 반신을 드러낸 게 보인다. 이젠 낯익어 친근감이 드는 광경들이다.

산 아래에는 양산팔경의 제1 경이며 대한불교 조계종 제15교구 본사인 통도사가 있다. 해인사, 송광사와 함께 삼보

사찰의 하나로 2018년 유네스코 세계문화유산으로 등재된 큰절이다. 몇 해 전 여름, 부산에 사는 옛 직장동료와 함께 통도사와 영축산에 온 적이 있었다.

그의 안내로 이 산에 소재한 19 암자 순례길을 걸었는데 관음암부터 시작해 축서암을 지나 영축산 정상에 올랐다가 백운암으로 내려서서 다시 보타암까지 19 암자를 거쳐 통도사로 회귀하는 약 24km의 트레킹 코스이다.

그래서 오늘 다시 찾은 영축산이 반갑고 영남알프스의 새 아침이 열리는 걸 보면서 내면이 후련해지는 걸 체감한다. 다시 능선 사거리로 돌아와 죽바우등으로 향한다. 오룡산 능선을 뒤로하고 어제 걸었던 알프스 마루금에 눈길을 머물며 걷게 된다. 거대한 암릉을 눈앞에 두었다가 거기 오르면 죽바우등(해발 1064m)이다.

영축산 정상으로 이어지는 체이등, 함박등의 능선이 구름 벗어난 햇빛을 받아 신선한 기운을 뿜어내고 있다. 영축산으로 향하며 돌아보면 우람하게 솟은 죽바우등과 암벽에 솟은 몇 그루의 소나무, 그 위로 흐르듯 깔린 엷은 구름이 발길을 잡아당긴다.

영축산 정상이 가까워지면서 어제 걸었던 산들의 마루금이 선명하게 다가온다. 광활한 억새평원이 펼쳐짐과 동시에 가슴이 쿵쾅거린다. 어제 그토록 오래 보아왔음에도 다시 하늘길이 열리는 순간 신선이 되고 마는 것이다.

몇 해 만에 다시 해후하게 된 영축산 정상(해발 1081m)이다. 아무도 없지만, 적막하다거나 쓸쓸하단 생각이 들지 않는다. 주변의 산군들을 감싸 안으려 낮아진 구름, 소소한 바람에 하늘거리는 겨운 억새의 허리춤이 모두 부드럽고 평온하다.

취서산鷲栖山이라고도 불리는 영축산靈鷲山은 경남 양산시와 울주군에 걸쳐있으며 가지산 도립공원에 속한다. 가지산에서 남쪽으로 뻗은 줄기가 능동산에 이르러 천황산, 재약산으로 이어지고, 또 다른 줄기는 신불산, 간월산과 연결되니 영남알프스의 대동맥이라 할 수 있겠다.

신불산으로 이어지는 정상 일대의 펑퍼짐하고도 광활한 능선은 굳이 억새 물결이 아니더라도 하늘 맞닿은 천국 트레킹 코스이다. 이 산과 연애에 빠졌나 보다. 아니라 싶으면 사랑도 갈라지는데 영축산에 안기니 숨이 꽉 막히는데도 빠져나오기가 싫다.

"그래도 이만 가보렵니다."

"그래? 조금만 더 있다가 가지 그러나."

영축산 품을 벗어나 천국 길에 접어들어 고개를 돌리지 않는다. 뒤돌아보면 다시 그 품에 파고들 것만 같다. 가까이 죽바우등부터 향로산, 재약산, 천황산과 운문산, 가지산,

신불산을 두루 돌아보고 신불재로 향한다. 부드러운 봄바람에 완만한 평원이 줄곧 이어지고 하늘 아래에 사람 사는 세상도 간간이 보여 이보다 훌륭한 유람이 어디 있을까하는 마음으로 걷는다.

신불산에 도레미 송이 낭랑하게 울려 퍼진다

죽전마을을 내려다보면서 오늘 아침 세상과 연을 끊고 영혼이 그 위를 부유한다는 상상에 빠져본다. 삶을 마치고도 이렇기만 하다면 그 마침표가 두려울 리 없으리라. 그건 마침표가 아니라 쉼표일지도 모르겠다. 고행에서의 일탈이자 아늑한 휴가를 위한 여행…….

신불재로 내려서는 긴 데크 계단에서 눈길을 끄는 암릉을 보게 되는데 신불 공룡능선이라고 한다. 보기엔 칼날처럼 날카로운 절벽이다. 억새 고원 사방으로 데크 계단이 설치된 신불재는 영축산에서 2.2km를 왔고 신불산까지 700m를 남겨둔 지점이다.

밀양, 김해 등 낙동강 주변 사람들과 동해안 인근 사람들의 장이 열리던 곳으로 소금, 생선 등 울산의 해산물과 밀양의 산나물, 쌀 등을 교환했다고 한다. 지리산의 화개재처럼 하늘에 올라 식생활을 해결했으니 다시 생각해도 대단한 비즈니스가 아닐 수 없다.

아직 개방되지 않았지만 깔끔하게 지은 대피소 자리에 주막이 있었다고 한다. 이양훈 시인은 작시 '신불재'에서 가을과 주막을 추억하고 싶어 한다.

장날이 좋으냐
주모가 좋으냐
막걸리 취하면
주모 허리 잡네
가을에 하염없이
젖어가는 신불재
전설과 이야기에도
또한 젖어가네

이 자리 신불산 주막에서는 예쁜 주모가 술을 팔았는데 신불神佛에게 빌어 인간으로 환생한 암컷 호랑이였다. 하룻밤 정분을 나눈 나그네들을 어김없이 잡아먹던 주모는 신불의 노여움을 사서 하늘로 잡혀갔다.

혹자는 이 설화에 살을 붙여 슬쩍 풍자하기도 한다. 주모는 잡혀가기 전 얼른 주막을 팔아 2000만 원의 권리금을 건졌다는데 그 돈을 하늘 감옥의 사식비로 썼는지, 신불에게 뇌물로 상납했는지는 알 방도가 없다.

주모에게 잡아먹힌 나그네들의 명복을 빌어주고 신불산 방향의 계단으로 올라섰다.

정상석이 세워진 신불산神佛山 정상(해발 1159m) 일대는 각진 암반이 드러나 있다.

지금까지 거쳐 온 다른 산들과 다른 점이다. 울주군 상북면과 삼남면 경계에 위치하여 협곡과 울창한 수림이 어우러진 빼어난 경관으로 이 일대는 1983년 신불산 군립공원으로 지정되었다.

정상 전망대에서 가지산과 운문산의 방향 바뀐 모습을 눈에 담고 이어 가게 될 배내봉과 간월산을 바라보노라니 전 세계의 공통 동요 도레미 송의 낭랑한 멜로디가 바람을 타고 들려온다.

웅장한 알프스산맥을 배경으로 한 영화 사운드 오브 뮤직에서 춤을 추는 마리아의 모습까지 선하게 그려내다가 마지막 목적지 간월산으로 향한다.

구름 모자 쓰고 간월산에서 마무리하다

급경사 계단이 영남알프스 막바지 걸음을 수고롭게 한다. 내려다보이는 간월재의 풍광은 영남알프스의 하이라이트라 할 수 있다.

계단에 앉아 바람도 쉬어 넘는다는 간월재의 풍경에 심취하게 되는데 산자락 경사면으로 꾸불꾸불한 임도까지 포함해 감상 포인트가 아닐 수 없다.

간월재를 지나 900m 거리의 간월산으로 오르며 돌아본 간월재는 건너편에서 보았을 때와는 또 다르게 비친다. 마찬가지로 드넓은 억새평원 사이를 오르게 되는데 이곳의 산정 일대에도 경사 완만한 산정 평탄면이 발달하여 독특한 경관을 보여준다.

팔을 뻗으면 바로 구름이 잡힐 것만 같은 간월산肝月山 정상(해발 1069m)에 이른다. 울산광역시 울주군의 명산에 올라 주변 산군을 둘러보는데 슬그머니 서운함 같은 게 몰려든다. 이틀 동안 내내 저 산들의 품에 안겼었다.

"다시 또 올 수 있을까."

처음 만나 가까워졌는데 그게 마지막 만남이라는 생각이 들 때 쓸쓸해지고 만다. 정이 들었다는 게 원망스러워진다.

"다시 또 오면 되지."

간월산을 끝으로 하산하였으니 다음엔 간월산을 시작으로 다시 오르면 되지, 뭐. 그렇게 생각하며 기분을 추스른다.

교동리에서 등억리에 이르는 작괘천 입구에는 작천정酌川亭이 있는데 주위에는 간월산에서 맑은 물이 흘러내려 울주 지방의 선비들과 시인 묵객들이 많이 찾았다고 한다.

특히 35m 물기둥 아래로 자욱하게 물안개가 피는 홍류폭포는 간월산의 상징이라 할 수 있다.

간월산과 작별 인사를 나누고 배내봉으로 향한다. 그래도 아쉬워 뒤돌아보는데 신불산도 손을 흔들어 배웅한다. 배내봉으로 가면서는 절벽으로 이루어진 경사면 바윗길에 안전 밧줄을 길게 설치해 놓았다.

배내봉이 600m 앞에 있다는 이정표가 수고했다는 메시지처럼 느껴진다. 멀고도 긴 영남알프스 태극 종주를 마칠 때가 되었다는 신호다.

다른 종주 때와 달리 뿌듯한 성취감보다는 아쉬움이 짙게 고이는 걸 어쩔 수가 없다. 배내봉(해발 966m)에 도착해서도 햇살이 창창하지 않고 눅눅하게 가라앉는 것처럼 보인다. 잠시 머물러 어제 새벽부터의 여정을 짚어본다. 일곱 산의 마루금을 쭉 이어가며 고개를 끄덕인다.

“잘했어. 실수도 없이 차분히 잘 해냈어.”

자신을 위안하고 배내봉을 뒤로한다. 1.4km만 내려서면 최종 날머리 배내고개이다. 그리 향한다. 속도를 높인다. 배내고개로 내려가는 길은 대부분 완만한 나무계단이다. 배내고개에 도착하자 오후 2시 30분이 막 지나고 있다.

오래 기다리지 않아 석남사로 가는 시내버스를 탔다. 석남사에서 울산행 시외버스를 타면 오늘 중에 집에 갈 수 있다. 긴 시간, 긴 길을 돌고 돌아 귀가하게 된다.

때 / 초봄
곳 / 1일 차 : 산내면 석골사 입구 – 억산 – 범봉 – 딱밭재 – **운문산** – 아랫재 – **가지산** – 중봉 – 석남재 – 능동산 – 샘물 산장 – **천황산** – 천황재 – **재약산** – 사자평 – 죽전마을
2일 차 : 죽전 마을 – 청수우골 – 한피기재 – 영축 능선 – 죽바우등 – **영축산** – 신불평원 – 신불재 – **신불산** – 간월재 – 간월산 – 배내봉 – 배내고개

비슬산, 하늘 가까이 흐드러진 참꽃 화원을 걷다

봄은 이미 신록을 거쳐 초여름 짙은 녹음으로
진행 중이라는 걸 숲이 알려준다. 그래도 여기
비슬산 진달래의 분칠은 초록보다 강렬하다. 오르면서 그 향은
어지러울 정도로 온 산야의 공기에 파고든 듯하다.

대구광역시 달성군과 경상북도 청도군에 걸쳐 있는 비슬산琵瑟山은 정상의 바위가 마치 신선이 거문고를 타는 형상처럼 보인다고 하여 비파와 큰 거문고를 의미하는 비슬을 명칭으로 하였다. 또 수목에 덮여 있는 산이라는 의미로 포산苞山 혹은 소슬산所瑟山이라고도 불렸었다.

대구에서 팔공산과 더불어 명산으로 자리매김한 비슬산은 1986년 달성군 군립공원으로, 1993년에 자연휴양림으로 지정되어 관광지로 각광을 받고 있으며 정상 일대 30여만 평에 달하는 평탄한 언덕에 참꽃(진달래) 군락지가 형성되어 매년 봄 비슬산 참꽃 축제를 열기도 한다.

예로부터 비슬산은 영험 있는 수도처로 알려져 왔으며 성인 천 명이 이곳에서 배출된다는 전설이 전해져 내려오고 있다.

특히 명승 일연은 20대에 비슬산 보당암에 머물면서 다양한 신앙과 경전을 접하며 수도했는데 이는 훗날 삼국유사

의 폭넓은 사상 기반이 되었다고 한다.

분홍은 더 붉어지려 꽃잎 활짝 펼쳐 햇살을 흡입하고

이른 새벽 서울에서 출발하여 세 시간여 달려 닿은 곳은 유가사 주차장이다. 버스와 승용차 전부를 주차하기엔 공간이 부족해 보였는데 마침 탑승객들을 내려준 버스가 막 빠져나간다.

차에서 내린 등산객들의 옷차림이 가볍고도 화사하다. 긴 겨울을 보내고 봄의 향연을 즐기러 온 그들에게서 진한 동지 의식을 느낀다.

유가사 일주문을 지나 유가사 입구 갈림길에 불교용품을 판매하는 유가 다원이 있고 거기 세운 이정표의 한 방향이 수도암을 가리키고 있다. 그쪽으로 들머리를 잡고 수도암을 지난다.

진달래는 먹을 수 있어 참꽃이라 하고 철쭉은 독성 때문에 먹을 수 없는 꽃이라 개꽃이라고도 부른다. 참꽃이 진달랫과에 속하는 다른 꽃이라고 이설을 제기하기도 하지만 진달래가 바로 참꽃이다.

재작년 참꽃 축제 때 친구들과 함께 산악회 버스를 이용해 왔다가 자연휴양림에서 올라 소재사로 내려온 적이 있었다. 이번엔 다른 코스를 통해 비슬산 진달래를 감상하고

자 유가사 원점회귀를 택했다. 유가사를 지나 산행로 입구에 '비슬산 가는 길'이 석비에 새겨져 있다.

비슬산 구비 길을 누가 돌아가는 걸까
나무들 세월 벗고 구름 비껴 섰는 골을
푸드득 하늘 가르며 까투리가 나는 걸까.

거문고 줄 아니어도 밟고 가면 운韻 들릴까
끊일 듯 이어진 길 이어질 듯 끊인 연緣을
싸락눈 매운 향기가 옷자락에 지는 걸까.

절은 또 먹물 입고 눈을 감고 앉았을까
만첩첩萬疊疊 두루 적막寂寞 비워 둬도 좋을 것을
지금쯤 멧새 한 마리 깃 떨구고 가는 걸까.

시인이자 승려인 조오현 선사의 시비이다. 편안한 임도를 벗어나면서 금세 1000m 고지의 이름값을 한다. 급하게 경사지고 아무렇게나 널브러진 바윗길이 반복되다가 숨이 가빠질 때쯤 도성암에 이르게 된다.

비슬산에서 가장 오래된 암자라고 한다. 도성암에서 얼마 지나지 않아 도성국사가 도를 깨쳤다는 도통 바위에 도착한다. 꽤 올라온 이곳까지도 유가사를 창건한 신라 도성국사의 자취가 뻗쳐있다.

휴식을 취하며 정상인 천왕봉을 가늠해보고 거기부터 횡으로 굽이치는 시원한 마루금에 눈길을 머문다. 봄은 이미 신록을 거쳐 초여름 짙은 녹음으로 진행 중이라는 걸 숲이 알려준다.

그래도 여기 비슬산 진달래의 분칠은 초록보다 강렬하다. 오르면서 그 향은 어지러울 정도로 온 산야의 공기에 파고든 듯하다.

파란 하늘이 넓게 열린다 싶었는데 어느새 주 능선이다. 도통 바위부터는 조망도 트이고 암봉과 오솔 숲길이 번갈아 나타나 지루하지 않게 올라왔다. 분홍은 더 붉어지려 꽃이파리를 활짝 펼쳐 햇살을 흡입한다.

햇살 그득 담고 산바람 고인 진달래 군락에 많은 사람이 취해있다. 만개한 진달래에 취하고 화사한 공간에 취했으며 파란 여백의 자유로움에 마냥 취한 모습들이다.

정상 천왕봉(해발 1084m) 일대는 막힘이 없다. 지붕도 열리고 벽도 뚫려 약간의 거리낌조차 없다. 시원한 조망을 만끽하다가 강우 레이더 기지가 세워진 조화봉으로 향한다.

이른바 비슬 평원이라 부르는 진달래 군락지이자 평탄한 고원지대가 넓게 이어진다. 과거에는 비슬산 일대가 지금보다 낮고 완만한 구릉지였었는데 광활한 산지가 융기하면서 주변에 하천의 침식이 부활하여 고도 800m 이상에서 평탄한 고원이 형성되고, 양쪽 사면은 급한 경사를 이루게 되었다고 한다.

대견봉 쪽으로도 붉은 물결이 일고 있다. 유가사로의 하산로가 있는 사거리를 지나 월광봉(해발 1003m)에 이르러 지나온 천왕봉을 돌아보고 많은 수목이 우거진 숲길을 따라 광활한 진달래 군락지에 다다른다.

군락지 삼거리에서 내려다보니 데크는 온통 산객들이 운집하여 발 디딜 틈이 없고 그 주위로 만개한 진달래 무리는 저마다 절정의 자태를 뽐내고 있다. 바야흐로 산객들과 진달래 무리는 하늘 바로 아래에서 서로 엉켜 흥겹도록 봄춤을 즐기고 있다.

참꽃뿐 아니라 바위와도 뗄 수 없는 산

능선 분기점에서 조화봉 쪽으로 조금 더 걸으면 산 위에 놓인 석재 다리를 지나게 된다. 산악 현수교나 출렁다리가 아닌데 제법 길다. 기상관측소로 차량이 진입할 수 있도록 만든 다리이다.

레이더 기지 우측에 수북하게 널브러진 큼직하고 날카로운 바위들도 이채롭다. 이 암괴류岩塊流는 다량의 각진 암괴가 사면의 최대 경사방향 혹은 골짜기를 따라 흘러내려 쌓인 형태인데 중생대 백악기 화강암의 거석들로 이루어졌다.

세계 곳곳의 수많은 암괴류 중 규모 면에서 세계 최고라는 직경 1~2m, 두께 5m에 이르는 비슬산의 바윗덩어리들은 2003년에 천연기념물 제435호로 지정되었다.

해발 1000m 부근에서 시작하여 450m 지점까지 사면을 따라 가장 넓은 폭은 80m에 길이 2km나 쌓여 비슬산만의 특출한 경관을 연출한다.

조화봉에서 기상관측소 주변을 둘러보고 비슬산 해맞이 제단이라고 적힌 석재제단이 놓인 걸 보고 인근의 대견사로 향한다. 대견사지로 불리며 100여 년간 방치되었던 사찰터를 2013년에 복원하였다고 한다.

대원사 오른쪽 도로로 미니버스가 대견사 입구까지 오르내리는 걸 볼 수 있다. 1000m 고지까지 4000원을 주고 올라와 정상 일대의 참꽃 축제를 즐길 수 있으니 설악산이나 대둔산의 케이블카에 비하면 가성비가 꽤 훌륭한 편이라 하겠다. 여러모로 이채로운 비슬산의 모습들이다.

조선시대를 배경으로 도망친 노비를 쫓는 노비 사냥꾼의 이야기를 다룬 드라마 '추노'의 촬영 장소였던 대견사와 3층 석탑 옆에서 시원한 조망을 즐기다가 다음 행로로 움직인다.

조화봉에서 대견봉으로 가는 길의 군락지는 더더욱 멋들어져 그야말로 환상적 분위기를 자아낸다. 분홍 참꽃 만발한 캔버스에 흰 참꽃, 붉은 참꽃이 채색의 묘미를 최대한 살려주는 듯하다.

대견봉 정상석(해발 1083m) 인근도 만원이다. 인증 샷 티

켓을 끊고 줄을 선 이들과 한껏 포즈를 취하고 곳곳의 광경을 카메라에 담는 산객들 모두 참꽃처럼 환한 표정이다. 그들과 하늘정원 비슬평전을 뒤로하고 유가사 쪽으로 하산한다. 하산길은 가파르다가 완만하고 그러하길 거듭하다가 계곡에 접어든다.

유가사 닿기 전의 등산로 주변에도 색색 참꽃들이 잘 가꾸어져 있다. 대구시민들이 가족 나들이 등으로 즐겨 찾는 곳이 여기 유가사라 한다.

동화사의 말사인 유가사는 신라 도성국사에 의해 창건되었으며 비슬산의 바위 모습이 아름다운 구슬과 부처의 형상과 같다 하여 옥 유瑜, 절 가伽 자를 따서 절 이름을 지었다고 한다. 역시 비슬산은 참꽃뿐 아니라 바위와도 뗄 수 없는 산임이 분명하다.

비슬산에는 유가사 외에도 소재사, 용연사, 용문사, 임휴사, 용천사 등 많은 사찰이 있어 불교 성향이 강한 곳임을 알 수 있다.

올라갈 때의 유가사 삼거리에 다다르자 산행을 했다기보다는 한동안 붉은 융단을 타고 하늘을 유영했었다는 기분이 든다. 가을 억새로도 장관을 연출할 비슬산이기에 어느 해 가을에 다시 또 불쑥 찾아올지도 모르겠다.

“감사합니다. 진달래 꽃잎 활짝 펼쳐주어 사뿐히 지르밟고 잘 다녀갑니다."

때 / 봄
곳 / 유가면 주차장 - 수도암 - 도통 바위 - 천왕봉 - 월광봉 - 진달래 군락지 - 톱바위 - 조화봉 - 관측 레이더 기지 - 대견사 - 대견봉 - 유가사 - 원점회귀

저녁놀 황금빛 까마귀의 날갯짓, 금오산

홀로 참선도량의 수행에 임한다면 얼마 지나지 않아
해탈의 경지에 이를 것만 같다.
천혜의 장소에서 명금폭포의 울림을 듣고 저녁놀에 나는
황금빛 까마귀를 보노라면 다른 그 무어가 뇌리에 들어차겠는가

경상북도 구미시와 김천시의 경계에 있는 금오산은 1970년 6월 국내 최초의 도립공원으로 지정되었다. 1970년대 수출정책에 따른 구미시의 성장과 함께 관광개발이 활발하게 이루어지면서 더 많은 산객을 불러 모으는 명산으로 거듭났다.

신라 때의 승려 아도阿道가 이곳을 지나다가 저녁놀 속으로 황금빛 까마귀가 나는 모습을 보고 금오산金烏山이라 이름 짓고, 태양의 정기를 받은 명산이라고 한 데서 그 명칭이 유래되었다.

금오산은 능선이 왕王 자 형상을 하고 있어 조선 초기 무학대사가 이 산을 보고 왕기가 서려 있다고도 하였으며, 경북 선산에서 보면 붓끝처럼 보이는 금오산의 필봉筆峰으로 말미암아 선산에는 문장과 학문으로 이름난 사람이 많다고도 하였다.

칠곡 인동에서는 귀인이 관을 쓴 것처럼 보이는 금오산을

귀봉貴峰이라 부르기도 하는데, 예로부터 큰 부자와 높은 벼슬아치가 흔한 까닭이 이 때문이라면서 자랑거리로 삼기도 한다.

금오산 자락에 울리는 회고가懷古歌와 도학의 가르침

아침 금오산은 옅은 운무에 살짝 가려져 있다. 완연하지는 않아도 이미 문턱을 넘어선 봄철 주말인지라 많은 탐방객이 그곳에 찾아왔다.

주차장 아래쪽의 커다란 저수지, 금오지는 눈만 맞추고 통과한다. 고려 말 성리학자인 야은 길재의 충절과 유덕을 추모하기 위하여 세운 채미정(명승 제52호)에 잠시 들러본다.

오백 년 도읍지를 필마로 돌아드니
산천은 의구하되 인걸은 간데없다
어즈버 태평연월이 꿈이런가 하노라

저도 모르게 길재의 회고가懷古歌를 읊조리게 된다. 조선 2대 정종 때, 왕세제이자 실권자였던 이방원이 평소 친분이 두터웠던 길재를 불러 태상박사에 임명하려 했으나 불사이군不事二君, 그는 글을 올려 두 임금을 섬기지 않는다는 뜻을 편다. 이방원은 그 절의를 갸륵하게 여기고 예를 다해 보내주었다.

그 후 길재는 고향인 선산으로 내려와 금오산 아래에 머물렀다. 길재가 고려왕조에 절의를 지킨 것을 중국의 충신 백이, 숙제의 형제가 수양산에 들어가 고사리를 캐던 고사에 비유하여 채미採薇라고 명명한 것이다.

정몽주의 문하에서 공부했다더니 역시 스승과 다르지 않다. 높은 자리라면 제 주제도 모르고 덥석 받아먹었다가 청문회를 거쳐 토해내는 요즘 인물들과는 차원이 다르다는 생각을 하게 된다.

목은 이색, 포은 정몽주와 함께 고려 3은의 한 사람인 야은 길재는 조선 4대 왕 세종이 즉위한 뒤 그의 충절을 기리는 뜻에 그의 자손에게 관직에 등용하려 하자 자신이 고려에 충성한 것처럼 자손들은 조선에 충성해야 할 것이라며 자손들의 관직 진출을 인정해주었다.

어머니에 대한 효도가 지극하며 세상의 영달에 뜻을 두지 않고 성리학 연구에 전념해서 그를 본받고 가르침을 얻으려는 학자들이 줄을 이었다. 김숙자, 김종직, 김굉필, 정여창, 조광조 등이 길재의 학맥을 이었다.

이른 새벽 허공 떠돌던 물 알갱이
바위 비탈 잔가지에 들러붙어 꽁꽁 어는가 싶었다.
아침나절 골에 수북이 고인 안개마저
얼음 가지에 얹히더니 볼품없는 바위벽은
축축이 젖고 만다.

회색 구름 사이 잠시 얼굴 내민 햇살까지 내려앉으니
눈꽃바위는
봄이 오는 골목길이 된다.

탐방안내소를 들어서서 여유롭게 잘 정비된 산책로를 따라 걸으면 케이블카 승강장이 있다. 촘촘하게 잘 쌓은 돌탑들을 우측으로 두고 계단을 오르면서 산행을 하게 된다.

케이블카 승강장에서 150m 정도 올라가면 오른쪽 바위벽에 금오동학金烏洞壑이라는 글씨가 한자 초서체로 암각 되어있다. 금오산 깊은 골의 아름다움을 의미하는 글자이다.

조선 중기의 명필이자 중국 왕희지에 버금가는 초성草聖 고산 황기로가 새긴 글씨인데 각 글자의 크기가 가로, 세로 1m에 달한다. 조선 서예가들 중 김구, 양사언과 함께 초서의 거두로 일컬어지는 인물이다. 율곡 이이의 동생인 이우가 황기로에게 글씨를 배웠는데 나중에 황기로의 사위가 되니 율곡과 사돈지간이 된다.

열네 살에 사마시에 합격할 정도로 천재성을 지녔으나 1519년 기묘사화의 주동 인물 조광조의 사사賜死를 주청한 아버지의 허물로 인해 스스로 벼슬길에 나서는 것을 일찌감치 단념했다. 고향인 선산 낙동강가에 매학정梅鶴亭이라는 정자를 짓고 '매화를 아내 삼고 학을 아들 삼아梅妻鶴子' 자연에 파묻혀, 글씨에 매진하며 일생을 보낸다.

웅장한 기암괴석에 웅장한 초서로 새긴 글씨에서 시선을

거두고 오르자 금오산성을 보게 된다. 고려 시대에 천연 암벽을 이용해 계곡부터 정상까지 이중으로 축성하였는데 외성의 길이가 3.7㎞에 이르고 내성은 2.7㎞에 달한다고 한다. 고려 말 왜구의 침입을 막기 위한 내외 성으로도 이용되었다.

신라 말기 도선국사가 창건한 해운사에 들렀다가 도선굴도 그냥 지나칠 수 없어 10여 분 좁고 가파른 암벽 통로를 쇠줄을 붙들고 오른다. 길이 7.2m, 높이 4.5m, 너비 4.8m로 표기된 천연동굴은 암벽에 뚫린 큰 구멍으로 대혈大穴이라고도 불렀는데 도선대사가 여기서 득도했다고 한다. 또한 길재가 이 굴에 은거하며 도학道學을 익혔다고 한다.

유학은 외래사상 가운데 가장 먼저 우리나라에 전래되어 은연중 가치관의 바탕을 이루면서 우리나라 문화 형성에 중요한 영향을 주었다. 그러다 주자학으로 불리는 새로운 유학으로서의 도학이 우리나라에 처음 들어온 것은 고려 말 충렬왕 때였다.

중국 송 대의 주희에 의해 집대성된 주자학이 고려 말기에 들어온 이래 조선 때 조광조와 이율곡이 도학 정치를 통한 차원 높은 도의 국가를 실현하고자 하면서 사상과 문화의 초석으로 작용하였다. 불교의 종교 이념과 달리 높은 형이상形而上의 높은 정신적 진리는 형이하形而下의 구체적 현실과 불가분의 관계에 있다는 현실이 담긴 유학 사상이라고 할 수 있다.

유학은 본래 현실적 학문으로서 주로 윤리·도덕·정치·교육 등 실제적인 생활면에 응용되어 왔는데 현실을 중시하는 유학의 특성은 도가나 불가로부터 세속성을 벗어나지 못한 비속한 교설敎說로 비판받는 빌미가 되기도 했었다. 그 깊이가 한도 끝도 없는 도학에 잠시 빠졌더니 머리가 지끈해져 엉덩이를 툭툭 털고 다시 길을 나선다.

금오산 명소 중의 한 곳으로 이름난 도선굴은 실제로 도학이 지니는 실제 의미와 관계없이 이곳에서 바라보는 구미시 일대의 전경이 더욱 그 가치를 높인다는 생각이 드는 곳이다.

다시 고도를 높여 대혜폭포에 도착하자 많은 등산객이 거기 모여 폭포의 운치를 즐기고 있다. 금오산 대혜골에는 임진왜란 당시 아홉 개의 우물九井과 일곱 개의 못七澤이 생겼었는데 거기서 형성된 높이 28m의 폭포로서 대혜골 중간지점쯤인 해발 400여 m에 위치하고 있다. 수직으로 떨어지는 폭포수의 강한 위력이 금오산을 울린다고 하여 명금鳴金폭포라고도 불린다.

지금은 폭포 위에 수량을 조절할 수 있는 대혜담이란 조절지를 만들어 운용하고 있는데 이 물이 구미지역 용수공급에 큰 혜택을 주었다는 의미에서 대혜大惠라 명명했다고 한다.

이곳을 지나면서 할딱고개라고 불리는 구간을 오르게 된다. 그 명칭답게 경사 급하게 고도를 추켜올린다. 허리를 잔뜩 굽혀 할딱고개를 올라와 돌아보는 칼다봉 쪽 짙은 갈색의 기암절벽과 바위 능선이 다른 산들의 암벽과 달리 무척 이채롭다.

금오저수지와 그 뒤로 구미시 일대가 한눈에 들어온다. 할딱고개를 지나면서는 더 급한 오르막길이다. 암봉에 자리한 오형 돌탑이 뚜렷이 보일 즈음 호흡이 거칠어진다. 오래전이지만 아주 힘들게 오른 적이 있던 금오산이다. 등로가 잘 닦여진 지금도 가파르긴 마찬가지다.

금오산 정상부에 해당하는 금오산성의 내부는 경사와 기복이 완만하여 넓고 평탄한 지세를 보인다. 일컬어 고위평탄면이라는 곳이다.

역시 최고봉인 현월봉(해발 976m)과 약사봉, 보봉을 포함한 정상 일대는 널따란 분지를 이루며 그 아래로 칼날 같은 절벽들이 솟구쳐있다.

현월봉에서 바라보는 먼 거리의 조망은 시계가 흐려 선명치 않지만, 지척의 약사암과 돌탑 전망대는 멋지고도 아찔한 모습을 보여준다.

여기서 구미시 일대를 내려다보니 거기서 올려다보는 구미산은 시민들 삶의 일부이며 위안으로 작용할 것처럼 느껴진다.

오형 돌탑 앞에서 숙연해지고 만다

다시 약사암 갈림길로 내려서서 양옆의 바위 봉우리를 담장 삼은 동국 제일문을 통과한다. 계단을 내려서서 거대한 약사봉을 등진 약사암에 이른다. 대한불교 조계종 제8교구 본사 직지사의 말사인 약사암은 신라 때 의상대사가 창건했다고 전해지는데 당시의 유적은 현존하는 것이 없다고 한다.

기암절벽 아래에 남향으로 건립된 약사전이 중심 법당이지만 현수교 너머의 범종각에서 홀로 참선도량의 수행에 임한다면 얼마 지나지 않아 해탈의 경지에 이를 것만 같다. 천혜의 장소에서 명금폭포의 울림을 듣고 저녁놀에 나는 황금빛 까마귀를 보노라면 다른 그 무어가 뇌리에 들어차겠는가.

다시 길 따라 오형 돌탑으로 향하면서도 자꾸만 뒤를 돌아보게 된다. 사람의 토목건축 기술에 혀를 내두르다가 울타리 오른쪽이 낭떠러지인 급사면 등로를 내려서서 자연 암벽에 새겨진 4m 키의 마애여래입상(보물 제490호)과 만난다. 그리고 무수히 많은 돌탑을 보게 된다.

“손자인 형석이가 하늘로 떠난 후 10년 동안 극락왕생을 비는 마음으로 돌탑을 쌓았지요."

구미 금오산의 새로운 명소가 되는 여러 형태의 돌탑들을 쌓은 주인공은 70세쯤 되어 보인다. 등산복 차림으로 하산하는 이들에게 사진도 찍어주고 미소로 안전 산행을 기원해주기도 한다.

거칠고 험한 산정 가까이에서 돌을 수집하여 혼자 탑을 쌓는다는 것이 얼마나 힘든 일일까. 그 일을 낙으로 삼고 해내고 있다.

약사봉 건너편의 절벽 부근과 보봉에 싸인 돌탑들을 보면 불가사의한 일을 그분은 해내고 있다는 걸 알게 되었다.

금오산의 '오' 자와 손자 이름의 '형' 자를 따서 오형 돌탑이라 이름 짓고, 짧은 생을 마감한 손자의 명복과 산 찾는 이들의 무병장수를 기원하는 의미에서 돌탑을 쌓는다고 하니 무수히 쌓인 돌탑들을 보면서도 숙연해지지 않을 수가 없다.

크고 작은 바윗돌들이 산의 경사면을 타고 흘러내린 애추지대를 지나면서 내리막이 계속 이어진다. 볼 것 많은 금오산이다.

역사와 문화, 전설과 현실 세계가 어울려 공존하며, 많은 것을 가르치고 많은 느낌을 준다. 그래서 금오산은 다녀와서도 그 느낌이 오래 남는 산 중의 하나이다.

때 / 초봄
곳 / 금오산 공영주차장 - 도립공원 탐방안내소 - 케이블카 승강장 - 대혜문 - 해운사 - 도선굴 - 대혜폭포 - 할딱고개 - 마애불 갈림길 - 현월봉 - 약사암 - 마애불 - 오형 돌탑 - 마애불 갈림길 - 원점회귀

백록담, 남한 최고봉의 분화구가 점점 말라간다

우리나라 최남단 섬의 한가운데 1950m 높이로 우뚝 솟은
남한 최고봉 한라산이다. 능히 은하수를 잡아당길 만큼
높은 산이라는 의미로 명명된 한라산은 금강산, 지리산과
더불어 우리나라 삼신산으로 불리기도 한다.

1966년 한라산 천연 보호구역으로 지정된 바 있는 한라산은 1970년에 일곱 번째 국립공원으로 지정되었다. 2002년에는 유네스코 생물권 보전지역으로 지정되었고 2007년에는 유네스코 세계 자연유산으로 등재되었다. 그리고 2008년에는 물장오리 오름 산정화구호 습지가 람사르 습지로 등록되어 보호 관리되고 있다.

세계 최고의 오름 공화국, 한라산

이러한 제주특별자치도의 랜드 마크라 할 수 있는 한라산漢拏山은 남한에서 가장 높은 산(해발 1,947.3m)으로 산정에 서면 은하수를 잡아당길 수 있을 만큼 높다는 의미를 담고 있다. 1970년 3월에 국내 일곱 번째 국립공원으로 지정되었다.

동국여지승람에는 1002년과 1007년에 분화했다는 기록과

1455년과 1670년에 지진이 발생하여 큰 피해가 있었다는 기록이 남아있다.

이처럼 화산활동에 의해 지표 대부분이 현무암으로 덮여 있고 정상에는 지름 약 500m에 이르는 화구호인 백록담이 있다. 360여 개의 측화산, 해안지대의 폭포와 주상절리, 동굴과 같은 화산지형 등 다양한 지형 경관이 발달하여 수많은 탐방객을 유치하고 있다.

특히 한라산을 중심으로 크고 작은 소화 산체인 오름이 368개나 산재해있다. 또한 한라산은 난대, 온대, 한대 또는 고산식물의 보고로, 한라산 특산종만 73종이나 되며, 약 2000여 종 이상의 식물이 장생하고 있다.

한라산 등산로는 성판악 구간(9.6㎞), 관음사(8.7㎞), 돈내코(7.0㎞), 어리목(6.8㎞), 영실(5.8㎞) 등 다섯 구간이 있는데, 등산 당시에 정상 탐방이 가능한 코스는 성판악과 관음사 구간의 둘 뿐이고 나머지 세 구간은 모두 남벽 분기점까지만 등산이 가능하여 탐방이 가능한 두 구간을 오르내리기로 하였다.

완만하게 오를 수 있는 성판악에서 백록담 정상을 거쳐 비교적 가파른 계단 길인 관음사로 내려오는 길이다.

"총 산행 거리가 19km가량 되는데 괜찮겠어?"

"와보고 싶었던 곳이에요. 잘 인도해 주세요."

아내와 모처럼 제주도에 왔다. 여행 둘째 날, 한라산에 오르기로 했는데 흔쾌히 동반한다. 한라산은 고산 기후와 해안 기후의 상호작용으로 예상치 못한 기상악화를 접할 수 있고 해발고도와 바람에 따른 온도의 변화가 심한 곳이다. 세밀하게 기상예보를 살펴 무난한 날을 택하기는 했지만 오랜만에 산행을 하는 아내와 함께인지라 조금은 조바심이 생기는 것이었다. 성판악 탐방안내소를 출발하는 아내의 걸음이 경쾌하기는 하다.

한라산의 허리를 관통하며 제주시와 서귀포시를 잇는 제1횡단 도로의 중간지점인 성판악은 해발 750m 고지에 위치하였는데 이 도로에서 가장 높은 지대이자 남북 제주를 가르는 고갯마루이다. 산 중턱에 널 모양의 암벽이 둘려있어 마치 성벽처럼 보여서 성널 오름이라고도 부른다.

“백록담이 보고 싶었거든요.”

아내는 백록담으로 향하며 무척 들떠있다.

“그렇게 서두르면 중간도 못 가서 지칠걸.”

한라산 탐방로 중에는 가장 긴 길이다. 편도 4시간 30분이 소요된다고 적혀있는데 그보다 더 걸릴지, 아니면 중도에 포기할지는 체력 안배에 달려있다. 그래서 잔소리를 했는데 다행히 거침없이 거무튀튀하고 송송 구멍이 뚫린 현무암 탐방로를 잘 내딛고 있다. 오르막길마다 정비가 잘되어있기도 하고 거리를 가늠할 수 있도록 곳곳마다 안내판이 설치되어 있다.

계단을 오르고 양옆으로 울창한 숲을 끼고 탐방로에 깔린 두툼한 포대와 돌밭을 골고루 밟으며 오르게 된다. 시야가 가려져 조망은 전혀 기대할 수가 없다. 성판악에서 4.1km 지점인 속밭 휴게소에서 잠시 쉬었다가 사라오름 입구까지 1.7Km 구간을 비교적 편안하게 걷는다.

사라오름 입구에 다다를 즈음에서야 제대로 산길을 오르는 느낌을 받게 된다. 아내에게 사라오름 정상을 구경시켜주고 싶었지만, 상기된 아내의 표정이 거기까지는 무리라고 표현하고 있다.

계속 직진하여 진달래밭 대피소에 이르러 숨을 몰아쉬며 휴식을 취한다. 9.6km 중 7.3km를 올라왔다. 오후 한 시까지 통과해야 정상 탐방을 허가하는 진달래밭 대피소인데 아침 일찍 출발해서 시간에 쫓길 염려는 없었다.

"잘 걷네."

"힘드네요."

대피소 한쪽 편에 앉아 간편식으로 허기를 보충하고 백록담으로 향한다.

“여기부터는 꽤 가파르니까 보폭을 줄여서 걷는 게 좋을 거야.”

4년 전 겨울, 무척 힘들게 하얀 눈밭을 걸어 오르던 때가 떠올랐다. 대피소를 지나면서 얼마 지나지 않아 시야가 트이고 바다처럼 파란 하늘이 펼쳐졌다. 백록담에 이르기 직전 마지막 가파른 계단에서 사방으로 넓게 펼쳐진 벌판이 보인다.

“쉬었다 갈까.”

막바지에 이르러 아내의 얼굴에 지친 기색이 역력하다. 주저앉는듯하더니 금세 컨디션을 가다듬고 일어서는 아내가 갸륵하다.

“그래, 조금만 힘내. 바로 저기까지만 가면 백록담이 바로 아래로 보여.”

암벽 구간에 이르자 불어오던 바람이 더욱 세차게 몰아친다. 밧줄을 잡고 조심스럽게 발을 내딛는 아내를 뒤에서 받쳐주지 않을 수가 없다.

부는 바람에 땀이 식어버리면서 정상에 도착했다. 이미 많은 사람이 정상 주변 곳곳에 무리를 지어 모여 있다. 우리나라 최남단 섬의 한가운데 1950m 높이로 우뚝 솟은 남한 최고봉 한라산이다. 능히 은하수를 잡아당길 만큼 높은 산이라는 의미로 명명된 한라산은 금강산, 지리산과 더불어 우리나라 삼신산으로 불리기도 한다.

산 아래 바다에서 올려다보면 방패를 엎어 놓은 형상의 한라산은 360여 개의 오름을 품고 동서로 길게 해안까지 뻗어있다.

물이 많이 빠진 백록담을 내려다보면서 아내는 희열에 젖었다. 제주도에 올 때마다 백록담을 보고 싶어 했으면서도 여러 가지 여건상 엄두를 내지 못했었다.

“화산 분화구를 직접 보게 되니 감회가 새롭네요.”

“남편한테 잔소리가 심하면 저기서 다시 용암이 솟을 수도 있다던데.”

“그래요? 잔소리 좀 줄여야겠군요.”

한라산의 기생화산들은 분석으로 이루어져 화구에 물이 고이지 않는 데 백록담에는 물이 고여 있다. 예전에는 수심 5~10m의 비교적 많은 물이 있었으나 담수 능력이 점점 떨어져 수심이 계속 낮아지고 있으며 바닥을 드러내는 날도 많아진다고 한다.

백록담은 옛 신선들이 백록주를 마시고 놀았다는 전설에서 그 이름이 유래되었다고도 하고 흰 사슴으로 변한 신선과 선녀의 전설 등에서 유래했다고도 전한다. 수많은 탐방객이 올라와 정상의 희열을 맛보고 아직 휴화산인 백록담을 즐기고 있다.

신생대 3, 4기 무렵 화산 작용으로 생긴 분화구에 물이 고여 형성되었으며 약 140m 높이의 분화 벽으로 사방이 둘러싸여 있다. 총 둘레 약 3㎞, 동쪽에서 서쪽으로의 길이 600m, 남과 북의 길이 500m인 타원형 화구이다. 백록담 너머에서 드센 바람이 불면서 여기저기 앉아있던 까마귀들이 휑치며 하늘로 솟구쳤다.

통일이 되든 혹여 그렇지 않더라도 그네들이 남조선 동포들한테 백두산을 개방하여 천지까지 탐방하게끔 한다면? 뜬금없이 그런 생각이 떠오르는 것이었다. 봄이건 엄동의 한겨울이건 얼마나 많은 관광객이 천지 주변을 에워싸고 있을 것인지 상상을 하다 일어선다.

"이젠 내려가야지."

하늘에 드문드문 떠다니는 구름 사이로 제주도의 해안 전경을 내려다보고 관음사 쪽으로 하산한다. 제법 강하게 일던 바람은 내려오면서 잠잠해졌다. 삼각봉 대피소에 이르러 숨을 돌렸다가 식사를 한다.

"다 식었는데도 꿀맛이네요."
"산에서는 뭘 가지고 와도 입맛이 살아나니까."

커피까지 마시고 고도를 낮춰 개미등을 지나 탐라계곡 대피소까지 내처 내려섰다. 완만하게 편안한 길을 지나면서 관음사 입구까지 도착했다.

"수고했어. 아주 잘 걸었어."
"힘들긴 했지만 뿌듯한 산행이었어요. 오래 남게 될 거 같아요."
"오래 기억에 두지 말고 또 다녀가면 되지. 그땐 관음사에서 올라가 보자고."

이제 한라산은 다녀오겠노라고 마음만 먹으면 예전에 비해 그리 먼 거리가 아니다.

때 / 초봄
곳 / 성판악 탐방안내소 - 속밭 휴게소 - 사라오름 입구 - 진달래밭 대피소 - 백록담 - 삼각봉 대피소 - 관음사 입구